CH00547363

**10
18**

12, AVENUE D'ITALIE. PARIS XIIIᵉ

PIERRE D'OVIDIO

L'INGRATITUDE
DES FILS

INÉDIT

**10
18**

« *Grands Détectives* »
créé par Jean-Claude Zylberstein

« Ceux qui oublient le passé se condamnent
à le revivre. »

George SANTAYANA (1863-1952).

À Jeannette, Mad, Jacques et Jean.

1

Quelques gosses de banlieue jouaient.

Le ciel, blanc crayeux, se teintait de plaques d'un jaune pâle vers l'ouest. Nouvelle menace de précipitations neigeuses dans une lumière terne d'après-midi d'hiver. Riton et Jeannot reprenaient leur souffle devant la palissade qui interdisait l'accès aux ruines. Remontant en courant la rue Gambetta depuis le croisement avec la rue Chauvelot, ils s'étaient bombardés de boules de neige, glissant, se courbant pour esquiver les « obus » qu'ils durcissaient entre leurs paumes. De petits cailloux s'y mêlant parfois, se prendre une boule en pleine poire n'était pas toujours de la rigolade ; aussi ces gamins d'une dizaine d'années avaient-ils fixé des conventions. « Celles de la guerre à Genève », avait décrété, très sérieux, Riton, le plus âgé. Elles tenaient en une seule règle : « Pas dans la gueule ! » Partout ailleurs…

Ils couraient en direction de leur habituel terrain de jeux, la zone. Cet endroit où ils se retrouvaient en bande, ceux de la septième, dernière année de la communale du groupe scolaire Jules-Guesde. Les garçons, puisque les filles menaient leur vie à part, même lors des récréations où elles s'égayaient dans leur propre cour, séparée de celle des garçons par un mur suffisamment haut pour les dissimuler complètement aux regards des petits mâles qui rêvaient d'elles, se contentant d'écouter la rumeur de leurs amusements – enfin, parfois, lorsque le tumulte de leurs cris s'apaisait. Des êtres à part, tellement différents d'eux qu'elles en étaient semblables aux lutins et autres elfes des contes. C'est ce qu'ils imaginaient, car le mur de séparation leur donnait – sinon à toutes, du moins à la plupart – un mystère que la rue, plus ordinaire, leur refusait.

La zone, cet espace vide, large d'une centaine de mètres, marquait la frontière entre la banlieue et la capitale. Paris, borné par les habitations à bon marché (HBM) construites à l'identique il y avait une petite dizaine d'années, en partie dans la période du Front populaire, des immeubles en briques orange montant sur environ six étages qui s'alignaient le long des boulevards des Maréchaux – ceux de l'Empire, bien sûr !

Le dernier ne comptait pas, celui qu'on avait dû supporter ces dernières années. « Celui-ci ? Merci bien ! » disaient les parents.

La zone, c'était leur territoire, le champ des jeux interdits que les adultes abandonnent aux enfants. Un pays sauvage, vierge de constructions. Le domaine exclusif des mauvaises herbes, des buissons et de quelques arbustes malingres, semés par les oiseaux ; une contrée enlaidie de-ci, de-là, par des dépôts sauvages de gravats et autres déchets difficilement identifiables. Un terrain idéal. Pour les parties de ballon, de cache-cache, de guerre entre Boches et résistants.

En lisière immédiate de la zone, un autre lieu propice aux jeux les attirait beaucoup, malgré les interdictions solennelles et répétées des parents en raison

12

des mines ou de bombes oubliées promptes à éparpiller les gosses imprudents : le petit immeuble en ruine qui terminait, sans vraiment la finir, la rue Gambetta. Lors des bombardements d'avril de l'année passée sur Renault-Billancourt, une bombe s'était égarée en plein sur le bâtiment, une mauvaise bâtisse de rapport construite au XIXe à destination des ménages pauvres, faisant une petite tuerie d'une dizaine de victimes parmi ses occupants, justement locataires et ouvriers pour la plupart. L'accès en avait été interdit dans les jours suivants par une palissade, mais, depuis le début de la vague de froid et les très grandes difficultés d'approvisionnement en combustible, surtout le charbon qui faisait terriblement défaut, des planches avaient disparu, arrachées la nuit. Malgré des réparations sommaires, les gamins avaient découvert de nombreux passages en se faufilant, au risque d'accrocher culottes, paletots et vestons, et de recevoir une dérouillée pour chaque déchirure. Évidemment, les mômes savaient qu'il y avait danger, qu'ils risquaient à tout moment la chute d'un pan de mur, d'une poutre encore en équilibre précaire. L'époque n'était de toute façon pas vraiment à la sécurité… et c'était justement ça qui était excitant.

— Nous, on reste au sommet ! On est le maquis du Vercors et vous, vous êtes la Milice et les Boches ! Vous devez nous prendre d'assaut et nous déloger du sommet ! lança Alain, le second habituel de Riton.

Alain, François, Lolo, juchés sur des décombres, au milieu de ce qui avait dû être une chambre à en juger par le papier peint à rayures fines, défiaient Riton et Jeannot qu'avait rejoint Riton II (ou Henri II) pour ne pas le confondre avec son camarade et chef de bande.

— Pourquoi on doit faire les Boches nazis et pas vous ?

— Parce qu'on était là avant !

— Après, on change, sinon je marche pas ! D'accord ?

— D'accord. Attention ! Dans les jumelles, je vois les gros nazis qui veulent nous attaquer avec la Milice des collabos français ! Préparez vos armes ! Ils devront nous tuer pour prendre le refuge. Préparez-vous à mourir dignement ! En vrais Français libres ! C'est nous les Fifis !

— Brébarez-fous bour l'assaut ! bouffonna Riton en lançant le bras vers l'avant pour encourager les deux soldats, l'avant-garde éprouvée de ses troupes, à se lancer à l'assaut du réduit.

Un premier échange de boules eut lieu. Riton II, qui avait perdu son béret durant la charge, se relança vers le sommet avant de trébucher sur un truc noir qui dépassait de la neige.

— Merde ! Ils ont posé des mines, les salauds ! À moi, camarades !

— Mince ! C'est curieux ton truc ! Ça ressemble à... Hé ! Venez voir, les gars ! Riton s'est rétamé sur quelque chose de curieux. Du fameux !

— C'est pas du bois, c'est plus mou.

— On dirait une main.

— Il faut la dégager de la neige.

Une main noire dépassait.

Une main émergeait à peine des gravats, mélange de morceaux de tuiles, de plaques de plâtre et de débris de poutres. Une main dont les doigts étaient légèrement recroquevillés. (La dextre, le pouce se situait à gauche du dos de celle-ci.) Les ongles étaient en deuil et, jusqu'au poignet, elle apparaissait grise ou noire, selon les endroits ; le reste du bras restait caché, englouti dans les décombres. L'intérieur des doigts et la paume étaient couverts d'une poussière fine, parcourue de rigoles dues aux pluies et à la neige.

À peine visible, elle donnait l'impression d'adresser un signe. D'adieu, d'au revoir, d'appel à l'aide, ou, simplement, de salut, de ceux qu'échangent deux personnes pressées se croisant dans la rue. On ne se croise jamais d'ordinaire dans des ruines. On y est enseveli, submergé par ces matériaux froids. Rarement par hasard ou par mégarde, plus sûrement par accident, ou de volonté délibérée, pour disparaître.

Alors, il y avait cette main de noyé dans les matières solides recouvertes par une couche de neige d'une quinzaine de centimètres ; cette neige qui se maintenait depuis deux, trois semaines. On ne savait plus avec précision. Avant il faisait déjà froid, mais seule la pluie tombait. Depuis des mois...

Dimanche 14 janvier 1945, un jour qui était de repos pour Maurice.

Dès la mi-novembre, le temps n'avait pas été clément. De l'avis général, le thermomètre avait trop baissé. Trop vite, trop fort et depuis trop longtemps ! Une dégringolade calamiteuse. Aux pluies avaient succédé les gelées, le verglas et enfin la neige. Une sale neige, collante et dure qui s'était vite teintée de bruns de toutes les nuances en se maculant des boues habituelles de la ville. Depuis la première semaine de l'année, une vague de froid avait submergé la France. Des températures oscillant entre -10 et $-15°$ étaient endurées par les Parisiens. Et ils ne s'habituaient pas à ce froid qui aurait dû disparaître avec tout le reste, avec tout ce passé de souffrance… On en avait fini, pourtant ! Enfin, presque. Pas partout. Pas sur tout le territoire français.

Les canaux du Nord gelés, le charbon n'arrivait plus et les habituelles péniches poussiéreuses et noires restaient à quai, en amont de la Seine, vers l'est, du côté de Bercy. Pour se protéger du froid, les familles conservaient manteaux et gants jusque dans leurs appartements. Rares étaient ceux qui pouvaient chauffer plusieurs pièces. Aux pauvres, la cuisine, aux plus riches, la salle à manger. Et encore, les températures restaient-elles médiocrement supérieures au zéro.

Maurice Clavault ne faisait pas exception à la règle. D'ailleurs, Réjane le lui reprochait assez !

— Avec ta situation ! Tu pourrais en profiter ! Au moins un peu…

Ou, variante :

— Avec ta position ! On pourrait se chauffer ! Je ne dis pas comme ton chef, mais enfin…

Et Maurice répondait invariablement :

— Maman, je t'en prie ! Penses-tu que j'exerce pour mon confort personnel ? Pour quelques boulets ou même quelques sacs de charbon ? Qu'en aurait dit mon père ?

Réjane avait cependant raison, il faisait terriblement froid dans le petit pavillon au 14 de l'avenue Pierre-Larousse qu'ils occupaient à Malakoff, dans la banlieue sud. En sortant, cet après-midi de dimanche, son premier jour de repos depuis le début de l'année, Maurice avait dit qu'il serait de retour en fin de journée.

— N'oublie pas ! Ginette t'attend au métro !

— Comment l'oublier ? Tu me le serines depuis le petit déjeuner ! Porte de Vanves ! Elle m'attendra

16

à l'entrée du métro Porte de Vanves à seize heures quinze, je dois l'attendre jusqu'à la demie.

— Tu n'as rien d'autre que ce costume élimé à te mettre sur le dos ? Mais pourquoi tu travailles ? On ne vous paie plus ?

— Maman ! La guerre n'est même pas terminée ! Crois-tu que le Gouvernement provisoire et de Gaulle ont le temps de s'inquiéter de ce que Maurice Clavault ait les moyens de changer de costume ? On se bat en Alsace, le territoire n'est pas encore libéré et tu voudrais que j'aie une penderie pleine à craquer, un costume pour chaque jour et à chaque jour son costume ? Elle me prendra comme je suis, ta Ginette…

— J'en connais qui se débrouillent mieux que toi…

— Tant mieux. Les combines, le marché noir… pas mes oignons !

— Continue comme ça, on verra bientôt tes coudes crever le tissu. Vous comptez faire quoi ?

— Je l'emmène voir un *Charlot* sur le boulevard des Italiens.

— Après ?

— De quoi tu parles ?

Maurice, un gars aux cheveux bruns coiffés en arrière, soigneusement mouillés et rabattus avec le peigne pour tenir le plus longtemps possible, plutôt joli garçon, entre vingt et trente ans, enfila son pardessus, aussi élimé que son costume bleu marine croisé, cintré à la taille, à la mode dans l'immédiat avant-guerre.

— Bon, j'y vais. Au fait, j'allais oublier, elle est comment ta Ginette ? Ça serait mieux qu'on ne se loupe pas…

— Ne t'inquiète pas ! Elle te reconnaîtra : je lui ai dit quel beau gars tu faisais !

Maurice soupira avec un sourire mi-amusé, mi-agacé.

— Elle va être déçue.

Métro Porte de Vanves, les vendeurs à la sauvette proposaient leurs marchandises.

À proximité des guichets, ils avaient posé sur le sol valises et parapluies ouverts, offrant à la vente des croissants, des peignes, des torches lumineuses et des cravates.

— Une viennoiserie ? Un petit croissant pour une petite faim ?

Maurice fit un geste de refus en jetant un regard circulaire. Il n'avait pas vérifié à la bouche de métro, mais, avec les quinze centimètres de neige du trottoir, il n'imaginait pas qu'on puisse attendre dans ce froid sibérien. En fait de Sibérie, le froid venait, semble-t-il, de l'autre côté. De l'Amérique.

Certains disaient, en manière de plaisanterie grin-çante, que cette vague était, avec les armées de libé-ration, « encore cela qu'on leur devait ! ».

— Une belle cravate pour surprendre la fiancée ?

Maurice sortit sa carte tricolore sans un mot. Les vendeurs replièrent leurs boutiques et grimpèrent l'escalier de sortie en grommelant qu'on les affa-mait, que les choses n'allaient pas beaucoup mieux qu'avant, pourtant on aurait pensé qu'avec le départ des Boches…

Enfin, alors que Maurice s'apprêtait à partir, une jeune femme à la chevelure blonde et bouclée tom-bant jusqu'aux épaules apparut en haut de l'escalier et dévala les marches. Elle était coiffée d'un petit feutre gris, garni d'une mouette, incliné coquine-ment sur sa blondeur d'une manière toute pari-sienne. Sous un trois-quarts en velours côtelé vert bouteille, elle portait un ensemble avec veste froncée à la taille également de velours vert à poches plaquées.

« Encore une de ces filles à la dernière mode qui ne pensent qu'à leur silhouette et à ce qu'elles se collent sur le dos », jugea Maurice qui ne pouvait cependant s'empêcher d'apprécier son élégance.

— Vous êtes Maurice ? Le fils de Réjane ? Vous devez trouver notre rencontre bien ridicule ; cet arrangement qu'ont manigancé nos mères nous place dans une situation drôlement saugrenue !

Maurice se força à sourire. Il se sentait épuisé. Cette nuit encore, il n'avait dormi que par intermittence. De brèves périodes d'assoupissement dans l'insomnie habituelle. Ginette lui tendit la main, son sourire était éclatant. Il la serra avec une vigueur maladroite qui la fit grimacer.

Maurice pensa s'excuser et renonça : les mots ne lui venaient pas. Il se contenta de toussoter.

— Ma mère est persuadée que je travaille trop et que je n'ai plus le temps de faire des rencontres, de trouver la perle : une jeune fille selon son goût... Enfin, si quelqu'un doit être embarrassé... ça doit être moi. Un rôle à ma taille. Rassurez-vous, Ginette !

Elle eut un sourire complice qui l'encouragea à poursuivre après un nouveau toussotement.

— Cet après-midi, j'ai pensé qu'on pourrait voir *Les Temps modernes*. Ils le donnent boulevard des Italiens au cinéma Paramount. Ce programme vous convient ? Mais vous souhaitez peut-être voir un autre film... ou faire autre chose... un musée ? Le ministère des Prisonniers, Déportés et Réfugiés organise une exposition intitulée *Le Front des barbelés* au Grand Palais, mais j'imagine que cela ne vous tente guère... Il faut avoir été prisonnier. C'est-à-dire... pour apprécier ! J'irai plus tard, sans doute avec ma mère. De toute façon, l'expo doit durer jusqu'à la fin février, j'aurai tout le temps.

Maurice resta silencieux, l'air d'être ailleurs, avant de se reprendre.

— Vous avez une meilleure idée ?

— Du tout ! Ça me va parfaitement. *Charlot* ? Chic ! On a besoin de rire avec ce qu'on endure. Au fait, ne comptez pas sur moi pour vous dire combien je trouve votre métier passionnant. Même si je le pensais, je n'en dirais rien !

Ginette eut un rire moqueur.

Ils avançaient côte à côte dans le couloir. Maurice paraissait absorbé dans ses pensées. Après une hésitation, il lança :

— La plupart du temps ça n'a rien de folichon, ce métier… Des histoires de ménages désunis, de violence dans les couples ; en ce moment, la grande mode est au vol de charbon, de bois de chauffage. Avec le froid…

— Et vous vous occupez en personne d'affaires de ce genre ?

Ginette, assise sur une banquette en bois à la seule place encore libre du wagon de seconde classe dans lequel ils avaient pris place en début de rame, levait de grands yeux bruns étonnés vers Maurice, resté debout, qui se retint pour ne pas lui lancer que, n'ayant pas encore la notoriété des fins limiers qui se bousculent dans les romans du genre policier et de gare, il devait travailler sur ce qu'on voulait bien lui confier ; déjà qu'il n'était pas au mieux avec son chef… Voyant le visage de son compagnon se fermer, Ginette rectifia :

— Vous savez, je ne connais pas grand-chose à la police, à part ce qu'on peut lire dans les journaux et quelques romans. Vous devez penser que j'ai une vision bien romantique, je me trompe ? Très idéaliste en tout cas.

Maurice haussa les épaules.

— C'est à peu près ça, j'allais même un peu plus loin.

— Et jusqu'où ?

Maurice grimaça et annonça qu'ils devraient changer dans deux stations pour gagner Opéra par la ligne Balard-Porte de Charenton.

— Vous ne voulez pas répondre ? Alors vous devez certainement penser quelque chose de pas très aimable, du genre : « Cette brave Ginette me paraît bien gentille et bien élevée, mais elle a une sacrée ressemblance avec un produit d'élevage à la ferme, disons proche d'une dinde, ou d'une oie blanche. » Je me trompe ? Sûrement pas de beaucoup !

Maurice rit avant de rassurer la jeune femme. Il n'était pas arrivé à cette conclusion et la réflexion qu'elle venait de lancer lui donnait à penser qu'il devrait immédiatement rebrousser chemin s'il s'était engagé dans cette voie.

Enfin, sans aller jusque-là... pour être tout à fait franc, il avait pensé qu'elle n'y connaissait rien, et ça lui paraissait bien normal et très ordinaire.

— Mais vous ne m'avez rien dit sur vous ! Vous travaillez ?

— Turbin alimentaire, rien de passionnant ! Je suis vendeuse aux Galeries. Mais je voudrais être comédienne ! J'économise pour suivre des cours. Quand on n'a pas de relations dans le milieu, il faut bien en passer par là. En plus de la technique, bien sûr !

— Très intéressant... et vous voudriez plutôt jouer au théâtre ? au cinéma ?

— Vous allez décidément juger que je suis farfelue ! Évidemment que j'aimerais tourner ! Vous savez que j'ai déjà joué dans un film qui devrait sortir bientôt ?

Maurice fit de son mieux pour paraître surpris et enthousiaste.

— Épatant ! Et dans quel film ?

— *Les Enfants du paradis*, de Carné. Avec Brasseur, Barrault, Arletty, pour ne citer que les rôles principaux. Qu'est-ce qu'elle est belle !

— Qui ? Arletty ? Vous savez qu'elle n'a pas bonne presse ces temps derniers, on lui reproche beaucoup son amant, un officier allemand... ou autrichien, je ne sais plus, avec lequel elle s'est un peu trop affichée quand il ne fallait pas... Mais sûr, elle est formidable !

— Et il n'y a pas qu'elle ! Vous verrez ! Un grand film ! Pourtant on a tourné dans un moment pas facile, il y a deux ans maintenant !

— Vous aviez quel rôle ?

— Oh ! Presque rien, juste de la figuration. Je jouais une passante que bouscule le mime, le personnage joué par Jean-Louis Barrault, quand il court à la poursuite du personnage d'Arletty, Garance, qui s'éloigne pour ne plus revenir. J'étais dans d'autres scènes aussi, celles du théâtre, celles où il y a la foule sur les Grands Boulevards. Ce n'est qu'un début. Prometteur, n'est-ce pas ?

— Hein ? Oui. Certainement !

En raison des coupures d'électricité, lorsque Ginette et Maurice sortirent à Opéra, le boulevard, à l'exception de quelques cafés et restaurants, restait dans une semi-pénombre seulement teintée d'un bleu acier par les amas de vieille neige le long des façades grises et sombres des immeubles. Devant le Paramount, la queue commençait de grossir sous les ampoules allumées formant les mots de Charlie Chaplin et des *Temps modernes*.

— J'espère que la salle est chauffée !

— Espérons ; il paraît qu'elles le sont de moins en moins. La pénurie de charbon touche tout le monde. Le gouvernement axe tous les efforts sur l'armée ; l'armée, les combattants, le territoire qui doit être libéré... Priorité absolue.

Ginette soupira et frissonna en serrant le bras de Maurice qui s'était inséré dans la file des spectateurs déjà d'une bonne trentaine de mètres.

— Tout cet héroïsme me désespère ! J'ai envie de me distraire, de rire, de m'amuser, de danser ces danses rapides qui viennent d'Amérique ! J'en ai assez de tout ce sérieux, de la guerre et des misères ! J'en ai par-dessus la tête de cette vie grise, de tout ça !

Et Ginette montrait le boulevard des Italiens, la neige et les rares automobiles qui circulaient, avant de reprendre :

— Vous devez penser que je suis écervelée, inconsciente des grands enjeux, mais j'ai envie de vivre, moi ! Vivre ! M'amuser !

— Moi aussi ! Qu'est-ce que vous croyez ? Que je n'aime que le clairon, l'odeur du sang, que je m'enivre de celle de la poudre ? Que je ne suis heureux que debout devant le mât pour saluer le lever des couleurs au son de *La Marseillaise* ? Non ! Pas du tout ! Je veux vivre autant que vous et que tous les jeunes du pays ! Mais je n'oublie pas ma détention en Allemagne et encore, elle n'a duré que quelques mois ! Je n'oublie pas non plus mon cousin qui a été raflé et dont je n'ai plus de nouvelles depuis des mois et des mois ! Alors, danser ! On aura toute la vie à ne faire que ça ! Danser ! On dansera même à en perdre la tête... À en balayer tous nos fantômes, nos cauchemars intimes... Du balai, les morts ! On danse ! On s'amuse !

— Ah ! Vous avez peut-être raison… Vous êtes bien sombre, Maurice ! Vous avez dû beaucoup souffrir pendant votre captivité… C'est pour ça que vous vouliez qu'on aille visiter l'exposition sur les prisonniers ?

Maurice esquissa un pâle sourire que Ginette interpréta comme valant approbation. Elle réfléchit.

— J'y pense, vous devez être un des fidèles auditeurs de cette émission tous les matins à la radio sur les prisonniers et les déportés à huit heures moins le quart, je l'écoute parfois avant de partir pour les Galeries. Évidemment, je me sens moins concernée que vous… Vous avez des camarades encore retenus en Allemagne ?

— Je suppose. Le Maréchal a beaucoup promis et peu tenu, y compris pour la libération des prisonniers… Vous avez vu des *Charlot* avant-guerre ? Bien sûr, vous me l'avez déjà dit ! On annonce qu'il a fait un autre film, sur la vie d'Hitler paraît-il, qui devrait sortir en France au début mars, vous êtes au courant ?

Alors que la queue commençait d'avancer, une Juvaquatre noire vint se ranger contre le trottoir, devant l'entrée du Paramount.

Deux agents de police en uniforme en sortirent ; le chauffeur laissant tourner le moteur, un brouillard gris pâle noyait l'arrière du véhicule. Les deux agents en pèlerine et képi descendaient la queue depuis la caisse en examinant les gens qui patientaient, cols de manteaux relevés sur les visages, battant la semelle pour tenter de lutter contre le souffle glacé du vent qui prenait le boulevard en enfilade.

Maurice rentra instinctivement la tête dans les épaules.

— Je les connais ! Ils sont de mon commissariat à Vanves ! Je parie qu'ils me cherchent… Bon Dieu !

Mon premier jour de repos depuis des semaines qu'ils vont me bousiller ! Désolé, Ginette... je ne sais pas...

— Inspecteur Clavault ! Inspecteur, vous êtes là ?

Maurice s'ébroua comme un chien mouillé avant de sortir de la file.

— Par ici !

Un des agents leva la main à son képi pour le salut réglementaire en se portant en avant de son collègue.

— Le patron vous demande. On est passé chez vous et votre mère nous a dit qu'on avait de grandes chances de vous trouver ici, vu que c'est la seule salle sur Paris qui programme un *Charlot*.

— Puissante déduction ! Mais ça ne pouvait pas attendre jusqu'à demain ? Non, je suppose. De quoi s'agit-il ? Une catastrophe, j'imagine ?

— Quelle catastrophe ?

— Mais celle qui vous amène toute affaire cessante !

— Ah ! Des gosses, qui jouaient à l'angle de la rue de La Tour et de celle de Gambetta, à Malakoff, ont trouvé un cadavre dans l'immeuble démoli, vous savez, celui de l'an dernier quand ça tapait depuis là-haut sur les usines de P'tit Louis... Les Ricains avaient arrosé un peu partout et...

Maurice coupa l'évocation plutôt convenue de l'agent.

— On sait tout ça, Georges ! Inutile de rabâcher ! Mais dites-moi, il doit s'agir d'un cadavre encore bien frais, j'imagine... Une telle urgence...

— Pas vraiment. Le commissaire Bléchet a dit, quand on lui a signalé la présence du corps, que nous devions vous transmettre l'information comme quoi vous êtes en charge de l'enquête, en raison que vous êtes le plus jeune parmi les inspecteurs sur Vanves.

25

« Et je n'ai pas fini de le payer ! » pensa amèrement Maurice qui demanda qu'on attende un instant, le temps qu'il avertisse une amie. Georges et son compagnon échangèrent un regard complice alors qu'il rejoignait la queue. Finalement, il avait une bonne amie quand même, ce jeune type timide qui vivait toujours avec sa maman et qui leur semblait trop sérieux pour un modeste commissariat de banlieue comme celui de Vanves où l'on était tous plus ou moins en famille. Qui ne participait jamais aux pots et prétextait des migraines dès qu'il buvait un « petit coup ». Pas folichon, le zig ! Tel était l'avis général quand on évoquait Maurice Clavault dans les locaux de Vanves. De plus, le chef, le commissaire Jean-François Bléchet, ne cachait pas son antipathie.

— Désolé, Ginette, une affaire importante. Est-ce que vous voulez qu'on vous raccompagne ou vous préférez rester pour assister à la séance ?

Ginette hésitait.

— Une affaire importante ? De quel genre ? Un cadavre ! J'aimerais bien vous suivre, je guérirais un peu de mon ignorance, vous ne pensez pas ? Je suis certaine que j'en apprendrais plus qu'à rester à me geler dans le cinéma ! Vous pensez que c'est possible ? Dites oui, s'il vous plaît, Maurice ! Vous me feriez terriblement plaisir !

— Je pense que le chef n'apprécierait pas… Après tout, c'est mon jour de repos, alors… Tâchez de rester discrète en tout cas !

— Promis, juré !

Deux agents attendaient devant la brèche dans la palissade, rue Gambetta.

La nuit étant encore plus noire et plus glaciale ici qu'à Paris, ils tapaient des pieds sur la neige en grommelant. On était dimanche soir, et, au lieu de rester collés autour du poêle à profiter d'un semblant de chaleur donné par le bois trop humide qu'un marchand de charbon avait fini par accepter de livrer au commissariat, ils attendaient l'arrivée de l'inspecteur Clavault qui, à l'évidence, ne se pressait pas. Pas plus qu'Antoine, François ou Georges, celui qui, au commissariat, servait de chauffeur. Ils devaient se pavaner dans la Juvaquatre pour épater les passants naïfs en jouant les flics de haut vol en mission. Bref, ils en voulaient à la terre entière ; d'ailleurs ils allaient certainement attraper la crève à poireauter dans cette soirée polaire…

La Juvaquatre noire ralentit le long de la palissade, Maurice et une jeune femme descendirent des sièges arrière.

— Pas trop tôt ! souffla un des fonctionnaires de faction en se redressant pour saluer, imité par son collègue.

— Alors ? Comment se présente l'affaire ?

— Ce sont des gosses qui jouaient dans les gravats, il y en a un qui a trébuché sur une main. Celle d'un cadavre… Mais rien à voir avec le bombardement et les victimes : elles ont été dégagées depuis belle lurette. Non, c'est un corps dont on a dû vouloir se débarrasser en le camouflant sous les gravats. Et la main a refait surface. Par hasard. Possible qu'il y ait eu un tassement. Avec la pluie et la neige qu'on a eues ces dernières semaines. Le plus curieux, c'est qu'elle est peinte en noir jusqu'au poignet, et pas plus bas. Ça fait comme un gant, c'est rigolo ! Enfin, étrange.

— Vous avez dégagé le corps ?

— Pas encore : on vous attendait, on a voulu toucher à rien. Par contre, on a récupéré des pelles chez les parents des mômes qui ont trouvé le corps. On les

a raccompagnés avec la nuit qui tombait… Mademoiselle est avec vous ?

— Bien sûr. Une amie. Allons-y. Par où on entre ?

Les agents, après avoir regardé Ginette avec une
insistante curiosité, écartèrent des planches à moitié
arrachées pour livrer le passage à l'inspecteur et à sa
compagne.

— Faites attention en grimpant, c'est à mi-éboulis
et ça glisse !

Au bout d'une bonne heure d'efforts soutenus, les
premières pelletées étant particulièrement pénibles, le
corps était à moitié dégagé.

Un corps nu, couleur brun sale, à l'exception du
bras droit, depuis le poignet de la main noire jusqu'à
l'épaule qui apparaissait d'un blanc verdâtre dans la
lumière de la torche électrique braquée par l'inspecteur. La tête également était brune, sans cheveux, et
les orbites creuses.

— Il n'y aurait pas le bras, on jurerait qu'il s'agit
d'un coloré, chef ! Je veux dire un nègre…

Maurice, d'un mouvement d'épaules, avait négligé
la remarque. À genoux sur les gravats, il s'était
incliné vers la tête qui le fixait et promenait le fais-
ceau vers la bouche entrouverte, aussi noire que les
yeux.

— On dirait qu'il a quelque chose sur la langue.
Ça va, Ginette ? Vous tenez le choc ?

— Ça va…

La voix était un peu hésitante et blanche.

— Si vous préférez, allez m'attendre sur le trottoir,
nous n'en avons plus pour longtemps, le temps de
faire emporter le cadavre pour le légiste.

— Non, ça va aller… Il faut bien apprendre !

Maurice s'était incliné plus encore vers la tête
jusqu'à presque la toucher. Il avait reniflé la peau à

plusieurs reprises, puis avait glissé ses doigts dans la bouche et en extirpait une chose grise, indéfinissable.

— Quelle horreur ! Un insecte !

— Non, pas un insecte ! Autre chose. Pas un caillou non plus : c'est mou. Curieux, ce corps sent le brûlé…

2

En cette mi-décembre 1926, Wilno s'engourdissait et s'apprêtait à s'endormir doucement sous la neige.

Le vent qui soufflait presque sans discontinuer depuis la fin novembre venait en droite ligne de Sibérie. Glacial. Il avait traversé la Russie continentale et déferlait, rabotant rudement les plates étendues des campagnes, balayant les villes des pays frontaliers, depuis Minsk en Biélorussie jusqu'à Daugavpils en Lettonie, avant de pénétrer en Lituanie et de se ruer sur son ancienne capitale, rattachée récemment à la Pologne.

La ville, qui portait maintenant le nom de Wilno après s'être appelée Vilna selon ses maîtres successifs, russes puis polonais, comptait au milieu des années 1920 environ 200 000 habitants dont plus de la moitié de souche polonaise, un gros tiers de Juifs, soit entre 60 000 et 70 000 personnes, le reste de la population se partageant entre Lituaniens, Russes et Biélorusses.

Les Juifs pieux – et Samuel pouvait citer dans le nombre l'un de ses oncles, aubergiste établi dans les faubourgs –, pour évoquer Vilnè, nom juif de la ville, la qualifiaient d'*Ir Vaem be Israël*. Ils signifiaient ainsi qu'elle était la ville mère d'Israël, la ville métropole ou, pour dire les choses autrement, leur foyer, leur *Heimshtot*. Leur lumière de vie...

Mais Samuel ne voulait plus entendre parler de ce *Heimshtot*-là. Il la vomissait, cette Vilna, Wilno ou Vilnius, cette capitale pourtant de tradition cosmopolite qui virait à l'antisémitisme. Un racisme étroit, vengeur, qui aspirait à la pureté de la race polonaise et mobilisait de plus en plus contre les « étrangers » sur fond de misère et de stagnation économique. Par « étrangers », il fallait entendre les Biélorusses, les Juifs, les Lituaniens ; bref, tous les non-Polonais. Enfin, les Juifs surtout...

Il n'existait plus, et depuis longtemps, ce garçonnet prénommé Samuel qui jouait dans l'arrière-cour d'un quartier du centre-ville, dans l'ombre de la grande synagogue de Vilnius, avec les voisins polonais ou lituaniens, mêlant mots yiddish, polonais ou lituaniens autant dans les apostrophes joyeuses que dans les insultes qui fusaient dans de confuses et brèves querelles.

Samuel Litvak était né en 1910, rue des Juifs dans le quartier Zydowska, où résidaient majoritairement des familles juives, mais où il se pouvait que l'on rencontre aussi sur un même palier une famille d'origine polonaise, une russe, une lituanienne et une juive, et ce sans qu'il y ait entre elles plus d'animosité ou de haine qu'entre familles de même souche. Ni plus d'amitié, d'entente et de compréhension, d'ailleurs.

On se supportait, on se saluait dans l'escalier. Et il arrivait parfois que l'on s'offre des gâteaux, mais seulement lors d'événements extraordinaires tels qu'une noce ou une fête religieuse de première importance. Tous logeaient dans de tristes demeures de deux ou trois étages, rarement plus, trouées de quelques rares fenêtres étroites, ouvertes sur les rues pavées. Au rez-de-chaussée, des boutiques signa-laient en lettres hébraïques leur activité aux passants par la modeste publicité d'enseignes peintes à même le mur ou sur des plaques de bois fichées sur les faça-des. Des façades lépreuses dont l'enduit, gris jaunâtre ou verdâtre d'humidité, s'écaillait par plaques entiè-res pour livrer la brique rouge sombre.

Toutes les familles du quartier avaient la misère en commun, qu'elles soient catholiques ou juives. En commun aussi le métier des pères, artisans pour quelques-uns ou, pour la plupart, ouvriers non quali-fiés, des *schwartz-arbeters*, ces travailleurs à la tâche à qui revenaient les travaux les plus pénibles, les plus physiques et, bien entendu, les plus mal rétribués.

Le matin, Samuel voyait partir très tôt son père. Max était habillé de sa tunique en gros drap épais de couleur sombre, sa *toujourké*, et coiffé de sa cas-quette à visière rigide. Il portait, lovée sur l'épaule, une grosse corde qui manquait toujours de tomber et qu'il replaçait d'un haussement machinal. Un instru-ment de travail, très utile, puisqu'il louait ses services pour décharger les marchandises sur les quais de la Vilia qui coulait au pied de l'ancienne capitale. La Vilia, un affluent du Niémen qui se jetait dans la Baltique après avoir parcouru huit cents kilomètres et que remontaient les navires de commerce les plus divers après la débâcle du printemps. Pendant la lon-gue saison d'hiver, le père se louait à qui voulait… quand sa force de travail trouvait à s'employer. Les journées d'oisiveté forcée lui étaient familières et même trop fréquentes à son goût et à celui de son épouse, Sarah, qui craignait de le voir prendre le che-min du bistrot.

Les affaires marchaient mal depuis la guerre. Tout aussi mal celles des petites gens et la religion n'y faisait rien… Le fait était patent, avéré, reconnu… et déploré ! Mais que faire contre la volonté de Dieu ? Ou des puissants… Courber l'échine et espérer.

Et Samuel ne voulait pas. Plus ! Jamais !

Jamais il ne vivrait la vie du père. Pas plus son frère Lev Ossipovitch, son aîné de trois ans prénommé ainsi pour honorer un précurseur du sionisme, convaincu après la vague de pogroms de 1881 de l'inanité de l'assimilation à la Russie, la puissance dominante dans la région à cette époque.

Les deux frères s'étaient juré de vivre ailleurs. Autrement et mieux. Ils devaient partir, prendre la route de l'exil. Ils complotaient depuis des semaines, préparaient le soir des plans de fuite, prévoyaient des itinéraires tortueux pour éviter les contrôles policiers, qui, selon les récits de voyageurs qu'ils avaient pu rencontrer, se multipliaient à l'ouest de l'Europe.

Samuel et Lev Ossipovitch l'avaient décidé : ils allaient quitter Vilnè.

Ce n'était plus qu'une question de semaines. En tout cas, ils seraient partis avant l'été 1927. Celui de l'an prochain.

Le tout-à-l'égout n'existant pas dans la ville, marcher en été dans les rues par les journées exténuantes de chaleur était tout sauf un paisible passe-temps hygiénique ! On manquait suffoquer et périr intoxiqué tant le ruisseau qui coulait au milieu de la chaussée – un ruisseau dont l'eau laiteuse se parait d'innocents reflets bleus – puait atrocement. On prétendait, peut-être en amère plaisanterie, qu'au plus fort des chaleurs estivales il était déconseillé aux femmes enceintes de sortir de leur logis. Elles encouraient à tout coup le risque de défaillir et même, à ce que prétendaient certains, de perdre l'enfant qu'elles portaient !

En hiver, les 'Hassidim, les Juifs traditionnels, vêtus de leurs cafetans, ces robes aux couleurs magnifiques, rehaussées de broderies et doublées de fourrure, relevant leurs habits pour éviter de les maculer sur les pavés gras de neige crasseuse, se croisaient dans les rues et ôtaient leurs *shtraïmels*, leurs bonnets de fourrure épaisse, avant d'échanger de graves salutations.

Tout ce passé, plus ou moins lointain, que Samuel et Lev gardaient à l'esprit, allait dans un même sens, celui de la fuite. Du genre éperdu. Partir, sans se retourner...

La guerre et l'entrée des troupes allemandes à Vilnè le jour même du Yom Kippour, le 18 septembre 1915, et l'occupation qui s'était ensuivie jusqu'à la fin 1918, leur restaient en mémoire. Ils n'étaient pourtant, à l'époque, âgés que de cinq et huit ans.

En tout cas, dans les esprits de la communauté, les brimades demeuraient vivaces, entre autres celle de l'interdiction pour un Juif de marcher sur le même trottoir qu'un officier allemand. On devait descendre, baisser la tête devant le maître victorieux pour éviter de croiser son regard...

Et surtout la famine s'était emparée peu à peu de la ville avec le prix du pain, qui s'était soudain multiplié par trois, les attentes interminables aux boulangeries, quelquefois de cinq heures du matin jusqu'à des deux heures de l'après-midi, pour négocier un méchant pain noir qui nourrissait mal. Et de plus en plus mal, de mois en mois, au point qu'à défaut de cette grossière farine mal cuite, des marchands de rue vendaient des épluchures de pommes de terre.

Des tas racornis, encore bruns de terre, jetés sur des feuilles de vieux journaux étalées à même les trottoirs. Au risque d'une épidémie de choléra.

Samuel se souvenait particulièrement de l'année 1917. L'année terrible !

Le nombre d'enfants morts avait été multiplié par trois, si l'on comparait avec l'avant-guerre. Au choléra avaient succédé le typhus, en janvier, février, puis, en été, la dysenterie. L'épidémie avait fait des ravages chez les vieillards et les jeunes enfants. Ils mouraient à un rythme effrayant, avec une telle frénésie que les fossoyeurs ne pouvaient plus suivre. Les corps empestaient les maisons au moment des plus grosses chaleurs de cet été continental qui faisait l'extrême écart, entre glaces et neiges d'un hiver interminable et températures torrides.

Le climat ordinaire de Vilnè en ces temps effroyables.

Samuel était tombé malade dans ces heures brûlantes.

On rôtissait jour et nuit sous les tuiles de leur mansarde étroite de la rue des Juifs. Sarah et Max s'étaient relayés à son chevet pour éponger son front et son maigre torse, pour tâcher de lui ôter cette grand-soif qui lui était venue dans toute cette chaleur épaisse et orageuse.

Ils priaient.

Samuel délirait et semblait avoir perdu connaissance ; d'ailleurs il ne pouvait plus avaler que de l'eau sucrée, cuillerée après cuillerée. De précieuses gouttes que Sarah parvenait à glisser entre ses lèvres sèches, à la peau craquelée. Par moments, il semblait reprendre conscience. Il se redressait alors sur son lit. Il ouvrait la bouche et appelait son père, d'une voix haletante qui se brisait sous l'effet de peurs étranges, nées de son imagination fiévreuse et du vieux fond païen de ces pays pleins d'obscurité où l'on conte le soir aux enfants des histoires terribles. D'effrayantes légendes où les chats dévorent les chiens qui se laissent piéger et approchent les tanières des félins, toujours perchées très haut, juste à la cime des arbres. Où les lièvres parcourent la campagne et battent tambour pour appeler leurs semblables à la guerre, coiffés d'affreux chapeaux pointus, où les loups jouent du cor les soirs de pleine lune alors que l'on espère et redoute à la fois l'arrivée des striges, ces oiseaux de nuit avides du sang de l'enfance. Tous ces animaux guettaient les enfants perdus qu'ils faisaient prisonniers pour les engraisser avant de les dévorer au cours de grands festins nocturnes... Et tous assiégeaient Samuel, guettant son départ vers sa très longue nuit.

Samuel était revenu doucement à la vie, alors que dans la maison surpeuplée une dizaine d'enfants partaient. Ce n'était que sanglots étouffés d'un étage à l'autre et lamentations des mères. Les pères se croisaient dans l'escalier, le visage sombre. Ils s'informaient en baissant la voix, pour ne pas attirer plus encore l'attention de Dieu – ou du malheur –, des progrès de la mort chez leurs cadets, leurs derniers-nés chéris.

Sarah et Max avaient beaucoup prié en 1917.

Ils allaient aussi beaucoup prier deux ans plus tard. Si l'ouest de la Lituanie avait recouvré une indépendance perdue depuis plus d'un siècle en vertu du traité de Versailles, sa partie est, avec l'ancienne capitale Vilna, était repassée sous la poigne féroce de la Pologne renaissante, toujours en vertu de ce même traité mal fichu.

À peine les divisions allemandes s'étaient-elles retirées en 1918 que les troupes bolcheviques avaient pris le relais dans Vilnius, éphémère capitale de la Lituanie indépendante, avant de se retirer sous la pression conjointe de l'armée nationale lituanienne et de l'armée polonaise.

Aux petites heures du 19 avril 1919, un régiment de cavalerie composé de trois bataillons de volontaires polonais avait pénétré dans les faubourgs de Vilna alors que ses habitants dormaient encore, y compris la famille Litvak sous son toit de tuiles. Un groupe s'empara de la gare alors qu'une colonne investissait les deux cimetières juifs de la ville, l'ancien et le nouveau, tous deux situés à proximité des rives de la Vilia.

Entre-temps, les Juifs du centre, réveillés par les coups de feu accompagnant la prise de la gare, au sud immédiat, s'étaient répandus dans les rues. Les sabots des chevaux, leurs hennissements, ainsi que des bruits plus sourds en provenance des cimetières alertèrent les hommes inquiets. Les soldats étaient en train de vandaliser les tombes, détruisant les monuments funéraires les plus importants dans l'étrange espoir d'y trouver bijoux, or et argent. Les hommes refluèrent dans la précipitation alors que les plus exposés tombaient sous les balles des légionnaires polonais.

Comme ils regagnaient le centre, une autre colonne y pénétrait et attaquait le quartier en faisant un carnage. Ce pogrom allait durer trois longues journées. Pendant ces trois jours, les logements juifs furent pillés, les magasins, les échoppes dévastés. Pas loin d'une centaine d'entre eux trouvèrent la mort après avoir été contraints de creuser leurs propres tombes, alors que d'autres, attachés à des chevaux, furent traînés sur les pavés des rues. Les soldats polonais s'acharnèrent particulièrement sur les personnes pieuses dont ils coupèrent les barbes avant d'en brûler vifs quelques-unes. D'autres encore furent défenestrés, ou précipités dans la Vilia, les mains liées.

L'écrivain Aron Weiter avait été assassiné par les membres de la Légion polonaise du général Piłsudski. Ils le soupçonnaient d'avoir des sympathies bolcheviques parce qu'il venait d'achever la traduction en yiddish d'*Enfance* de Maxime Gorki. Il reposait, le visage émacié, exposé dans un cercueil improvisé devant lequel les militants ouvriers juifs rescapés du Bund, le syndicat auquel adhérait Max, allèrent se recueillir immédiatement après le massacre.

Le prétexte qui allait être invoqué par le général Piłsudski pour justifier ce pogrom et couvrir ses troupes était que la population civile juive tirait des coups de feu et lançait des grenades depuis fenêtres et toits.

Dans les semaines qui suivirent le 19 avril, les soldats polonais persistèrent dans leurs exactions, éventrant des cercueils à la recherche d'or et de bijoux, attaquant des colonies agricoles juives des environs de la ville, multipliant les actions de boycottage. Ainsi, des paysannes des environs qui avaient voulu vendre aux Juifs affamés de la ville des pommes de terre en furent empêchées par les légionnaires polonais.

La famille Litvak ne quittait plus sa mansarde. Dans l'espoir d'un retour au calme, elle ne sortait que pour assurer le ravitaillement, obtenu grâce aux secours alimentaires d'organisations charitables ne disposant plus que de maigres stocks. Il leur arrivait même de fourrager dans les poubelles pour trouver de quoi ne pas mourir de faim. En 1919, Lev avait douze ans et Samuel n'en avait que neuf.

Les choses étaient revenues doucement à la normale. Le « chacun chez soi » était de mise.

Chaque communauté vivait sa vie, séparée des autres, habitant des rues distinctes, selon un rythme, des habitudes, des langues et des religions différentes. On se tolérait. Sans plus. Mais cette tolérance pouvait ménager des surprises…

Ainsi, pour les cortèges dits « unitaires » du 1er Mai, alors que Juifs et Polonais s'apprêtaient à défiler ensemble, dans la cour de certains immeubles de jeunes Polonais s'affairaient à préparer de longs bâtons de bois, ferrés au bout, pour aller *shlogen zydes*. Quand ils lançaient ces mots, ils riaient très fort et multipliaient les bourrades dans les côtes, les tapes sur les épaules. S*hlogen zydes*, c'était dérouiller les Juifs aux côtés desquels ils manifesteraient pourtant en fin de matinée dans les artères de la ville. Et il faut bien avouer que la vie devenait de plus en plus difficile à Vilnè avec la fermeture de ses débouchés, la perte des marchés de la Lituanie indépendante et de la Russie bolchevique, sans compter la concurrence de la Pologne plus industrialisée. D'ailleurs les Litvak, dès 1920, avaient déménagé vers le bas de la maison dont ils occupaient jusqu'alors une mansarde pour se réfugier maintenant dans une des caves. Max ne trouvait plus à s'embaucher. Sur la Vilia, les bateaux se faisaient de plus en plus rares… Lev et Samuel avaient obtenu un emploi d'apprentis chez un ferrailleur. La ferraille se vendait mal. Ils gagnaient un salaire de misère pour des journées de seize à dix-sept heures. Cela les autorisait à vivre dans une cave du premier sous-sol. Glaciale ou étouffante, selon la saison. « Humide et puante toute l'année ! » plaisantaient les deux frères.

Restait l'exil. L'émigration.

Dans les familles de la rue, le leitmotiv des jeunes, leur obsession du lever au coucher, était *Abi émigrirn*, pourvu qu'on émigre !

Depuis le début des années 1920, ils parlaient de quitter la Jérusalem du Nord qui se délabrait année après année ; sans oublier le redoutable antisémitisme des nouveaux maîtres polonais. Le rêve, la destination par excellence était les États-Unis, ce formidable pays neuf, ce pays joyeux où l'on pouvait espérer vivre en hommes, de ceux qui ne se terrent pas dans l'obscurité ! Hélas, le rêve s'était brisé : des quotas restreignant l'immigration avaient été instaurés en 1924 et la chose s'était sue rapidement dans le quartier, chaque famille comptait quelqu'un, un parent plus ou moins proche, qui s'était vu refuser l'accès au sol américain. Restaient l'Amérique du Sud, l'Europe occidentale... Et Paris. Pour le cadet du moins, l'aîné persévérant, malgré les récentes limitations, à vouloir gagner les États-Unis.

Samuel conservait sous son oreiller une carte postale toute craquelée, veinée de pliures blanches, une vue de Paris, représentant des toits et la tour Eiffel qu'on distinguait dans un lointain relatif et nuageux. Il l'examinait sans fin à la lueur de bougies qui se consumaient en volutes d'une fumée épaisse, noire et nauséabonde. Il connaissait cette vue par cœur et aurait pu en décrire les yeux fermés chaque pan de zinc, chaque morceau de façade entrevue, en imaginer même les couleurs, dire les nuages qui prétendaient combattre la tour de métal.

La nuit, les deux frères se racontaient la vraie vie, celle qu'ils allaient vivre lorsque prendrait fin celle qu'ils menaient dans les caves du ghetto...

À défaut de gagner les terres espérées de l'exil, tous deux se rassuraient de la proximité de la Lituanie indépendante. Depuis les élections de juin 1926, la gauche lituanienne était au pouvoir sous la présidence de Kazys Grinius, et il se disait qu'il n'y avait pas de politique antijuive en Lituanie et dans la nouvelle capitale, Kaunas. En cas de nouveaux pogroms organisés par le pouvoir polonais, le pays pouvait constituer un refuge, même provisoire.

Cet espoir aussi fut déçu.

Depuis l'automne 1926, une partie de l'armée lituanienne complotait.

Selon des rumeurs persistantes qui circulaient dans certains milieux, le président Kazys Grinius, sous l'influence de l'Union soviétique voisine et des bolcheviques, allait, appuyé par le parlement récemment élu, se livrer à une débauche de réformes égalitaires. Entre autres – c'est du moins ce qui se disait dans les casernes, aux mess des officiers surtout, aussi dans les postes de police –, Grinius procéderait à un partage radical de la terre qui allait déposséder complètement les grands propriétaires fonciers au profit des masses paysannes. Ces tristes péquenots, rétrogrades et totalement ignorants, ruineraient le pays et la Lituanie, qui venait à peine de recouvrer sa place parmi les nations indépendantes, sombrerait dans la misère, le chaos économique et l'anarchie politique. Il était proprement impensable que l'armée assiste à cette trahison de la patrie par des « internationalistes rouges » sans réagir ! L'arme au pied et les bras ballants ! Par le Christ, c'était impossible ! Mais que faire ? Comment lutter ? Très vite, l'idée d'un putsch ne tarda pas à s'imposer. D'ailleurs, l'ancien président Antanas Smetona et Augustinus Voldemaras, un leader nationaliste lituanien de premier plan, informé du complot en cours pour destituer Grinius, avaient promis leur soutien à l'entreprise, apportant la caution civile dont les militaires avaient besoin pour légitimer leur coup d'État… Augustinus apportait en renfort son organisation, les Loups de fer, une milice calquée sur les Faisceaux de Mussolini.

Samuel et Lev suivaient dans les journaux l'ascension des Loups et s'inquiétaient. On en parlait aussi beaucoup dans les cafés où se réunissaient les militants du Bund qui craignaient quelque chose comme une nouvelle marche sur Rome.

Ce qui devait arriver arriva effectivement, apportant aux frères Litvak la confirmation que le pire était souvent le plus plausible. Le 17 décembre 1926, un coup d'État militaire renversait le président Grinius et plaçait à la tête du pays Antanas Smetona, qui prit immédiatement comme Premier ministre Voldemaras. Dans les mois suivants, les Loups de fer devaient vite faire sentir leur présence et leur poids politique nouveau à une Lituanie qu'ils promettaient de mettre au pas !

Samuel et Lev venaient d'apprendre les événements qui secouaient leurs voisins. En cette mi-décembre 1926, alors que Vilnè s'engourdissait et s'apprêtait à s'endormir doucement sous la neige, ils marchaient dans les rues vidées par le vent, soupesant leurs chances de quitter la Pologne qui rejetait les Juifs. Les frères Litvak en honnissaient d'autant plus cette nation très catholique. La porte de sortie de la Lituanie leur était dorénavant fermée.

Le 21 décembre 1926, Lev Ossipovitch et Samuel Litvak firent leurs adieux à leurs parents et jurèrent qu'ils les feraient venir dès qu'ils seraient « arrivés ».

Arrivés où ? Dans quels pays ? Par quels moyens ?

Ils n'en savaient rien. Ces deux jeunes gens de dix-neuf et seize ans quittaient Vilnè au matin du 21. Un matin d'un gris très pâle, presque blanc. Ils n'étaient munis pour tout bagage que de quelques vêtements et d'un peu de nourriture enveloppés dans une sorte de balluchon qu'ils faisaient passer d'une épaule à l'autre.

Évidemment, ils sifflaient en marchant.

Évidemment, ils se retournèrent à peine pour contempler une dernière fois le quartier où ils étaient nés et avaient grandi, avant de gagner la gare.

La Vilia prise depuis peu par les glaces, un des itinéraires possibles pour gagner la Baltique, en empruntant la rivière puis le Niémen, avant de trouver à s'embarquer comme manœuvres sur un cargo ou tout autre rafiot en partance vers Rotterdam, Anvers ou Le Havre, se trouvait exclu. Restait la voie terrestre. La veille du départ, ils avaient dessiné les grandes étapes de leur périple.

D'abord la traversée de la Pologne. En train. Si possible en évitant les contrôles, ou en tablant sur l'indulgence des contrôleurs, sinon à pied… ou tout autre moyen. À la gare, les Litvak avaient suffisamment d'argent pour s'acquitter du trajet jusqu'à Grodno, mais Lev suggéra qu'il leur serait aisé d'arguer, en cas de vérification, qu'ils avaient dû courir après le train et qu'ils s'étaient donc trouvés dans l'impossibilité de prendre les billets, etc. Ensuite, soutenait l'aîné, si cette stratégie était payante, pourquoi ne pas la suivre indéfiniment ? Par sauts de puce. Wilno-Grodno, Grodno-Bialystok, Bialystok-Varsovie, et ainsi de suite. Le plan semblait excellent aux deux frères qui s'en félicitèrent.

Ils s'installèrent cependant dans les wagons de troisième classe, en bout de train au départ de Vilnè. Ils trouvèrent difficilement deux places sur des banquettes de bois vernis, entre des fermières chargées de sacs de pommes de terre et de poules qui caquetaient dans les cages qu'elles disposaient sous les couches superposées de leurs jupons et de leurs vastes jupes noires en coton. Elles avaient pris place aux côtés d'ouvriers habillés en blouses de gros drap, occupés à téter des pipes et à lancer de puissantes bouffées d'un tabac brun qui piquait les yeux, et de quelques représentants de commerce faméliques, qui serraient contre leurs ventres des valises en carton bouilli débordant de bonneterie. De grosses ficelles de chanvre maintenaient fermées à grand-peine ces pauvres bagages pleins à craquer d'articles de fantaisie misérables.

Les frères s'excusèrent à voix basse, préférant le polonais au yiddish qui leur était plus naturel, alors que les fermières, qui feignaient de ne pas les voir, campaient sur leurs positions et conservaient leurs aises.

— Poussez-vous donc, les mères ! lança rudement un des ouvriers en produisant un jet de fumée formidable. Vous ne voyez pas que vous prenez la place de douze !

Le paysage de plaines défilait lentement, alternant forêts, lacs et étangs gelés, champs enneigés, villages et hameaux qui semblaient déserts ; enfin, trois heures plus tard, ils entraient à Grodno. La plupart des ouvriers descendirent, y compris leur défenseur qui leur adressa un sonore « Bonne route et bonne chance ! » avant de quitter le wagon, alors que le convoi redémarrait vers Bialystok, distant de seulement deux cents kilomètres. Samuel dodelinait du chef et s'endormit assez vite, la tête reposant tantôt sur l'épaule de son frère, tantôt sur celle d'une vieille campagnarde polonaise qui le repoussait en grommelant. Il leur fallut changer de train pour gagner Varsovie. Toujours en troisième classe, ce qui intriguait Samuel : tant qu'à frauder, pourquoi ne pas voyager en classe supérieure ? Leur expulsion n'en serait pas moins définitive…

Il n'en parla pas à Lev.

À Lodz, ils durent descendre en grande précipitation, une escouade d'hommes en uniforme montait dans le train en partance. De loin, ils auraient pu passer pour des soldats… ou des contrôleurs ! Ils avaient faim, n'ayant rien avalé depuis leur départ à l'exception de deux *beigels* chacun, des petits pains ronds croustillants qu'ils mâchèrent longuement pour tromper leur appétit.

Ils se dirigèrent vers le quartier juif qui regroupait plus de 100 000 âmes. Ils y trouveraient sûrement du secours et un abri pour la nuit. Plus encore qu'à Vilnè, les 'Hassidim semblaient en force et les femmes qu'ils croisèrent portaient toutes la perruque sous des fichus multicolores aux couleurs vives. Lev et Samuel regardaient les étals de nourriture et comptaient leur argent. À eux deux, ils avaient exactement cinquante zlotys et quatre-vingts groszys, environ la moitié de leur salaire mensuel d'apprentis chez Zelezniski, le ferrailleur proche de la Zydowska. Le pain de seigle au kilo valant la moitié d'un zloty, ils en achetèrent deux kilos et demandèrent au marchand s'il avait idée d'un endroit où dormir à l'abri. Ils devaient partir tôt pour Breslau dès le lendemain…

L'homme, d'une cinquantaine d'années, les considéra en grattant sa barbe poivre et sel ; il ne voyait pas… Bien sûr, par charité, il pouvait se faire qu'il les accueille dans sa cuisine, si une couverture et le sol comme matelas leur convenaient, mais il devait au préalable confesser une pensée qui le chagrinait : la présence de ses filles. Elles risquaient fort de s'émouvoir de la venue inopinée de deux gars qui risquaient fort, à leur tour, d'être émus. Et le marchand riait en se caressant machinalement le menton tout en considérant les jeunes gens. Lev et Samuel jurèrent qu'ils ne lèveraient même pas les yeux vers les demoiselles, tout en questionnant le bonhomme sur leur âge.

Bien sûr, ils ne respectèrent pas le serment prêté au père. Les rires découvrant des dents fines et très blanches et les regards admiratifs des deux filles aux mirettes brillantes et aux jolis minois, qui écoutaient attentivement le plan qu'ils avaient élaboré pour sortir de Pologne et la vie qu'ils mèneraient dans les fabuleux pays exotiques que les frères faisaient valser ce soir-là, accompagnèrent durablement leur périple et bercèrent leurs rêveries dans les moments de vague à l'âme.

Le lendemain, plein d'une tristesse obscure dont ils se refusaient à analyser les causes, ils montèrent dans le train à destination de Prague, via Breslau.

Loin de prendre la ligne droite pour gagner Breslau en Allemagne, la voie ferroviaire multipliait les crochets dans le paysage de plaines et de collines aux courbes molles pour desservir Pabianice et Kalisz avant d'approcher la frontière allemande où les deux fugitifs auraient à affronter les contrôles policiers.

Assis côte à côte sur les lattes de bois, ils se parlaient à l'oreille, envisageant les options pour quitter le territoire polonais. Lev pensait qu'ils devraient rester le plus longtemps possible dans leur compartiment, quitte à subir des interrogatoires probablement rudes quant à leur destination, et surtout pas dissimuler qu'ils étaient juifs. Ils allégeraient ainsi, grâce à leur exil, le fardeau de la malheureuse Pologne. Cette pauvre nation, accablée de tant de maux...

Ils éclatèrent de rire à l'étonnement de leurs voisins qui les regardaient avec suspicion, craignant de voyager en compagnie de jeunes gens à la cervelle dérangée.

Samuel penchait lui pour une issue plus romantique. Il se proposait de sauter du train dès que celui-ci ralentirait au moment d'aborder la zone des contrôles policiers et douaniers ; ils traverseraient à pied la frontière pour gagner l'Allemagne. Ainsi, ils évitaient le risque d'être renvoyés.

La neige avait recommencé de tomber en flocons légers. Le paysage devenait moins plat, les vallons se faisaient plus fréquents et adoucissaient leurs courbes sous la neige qui accentuait le noir intense des troncs d'arbres, leurs branchages levés comme des bras décharnés dans la blancheur du ciel ouateux. À l'approche de la frontière, le train ralentit et Samuel, qui plaquait son visage contre la vitre, vit – ou crut voir, mais n'est-ce pas la même chose lorsqu'on s'évade ? – dans une courbe une haie de soldats ou de policiers polonais et allemands qui attendaient le long de la voie.

Peut-être ne s'agissait-il que de fourrés ou d'arbustes plantés dans un alignement rigoureux, mais il prit peur et, saisissant Lev par le bras, il le tira précipitamment vers la porte du wagon. Les deux frères se laissèrent tomber dans la neige du talus. Il était tout à fait possible que Samuel ait eu raison de sauter du train car, avant de gagner la forêt toute proche, ils remarquèrent que, plus loin, le train s'était arrêté. Il demeura de longs moments en gare tandis qu'ils entendaient des cris, des ordres, et assistaient à des bousculades d'uniformes… toute une agitation autour du convoi qui ne semblait pas vouloir redémarrer.

Ils franchirent à pied la frontière. Ils étaient maintenant en Allemagne.

Ils ne craignaient plus rien…

Après des jours et des jours d'un trajet épuisant où Lev et Samuel Litvak restaient sur un qui-vive permanent, ils entrevoyaient la fin prochaine du voyage.

Après l'Allemagne, la Tchécoslovaquie et l'Autriche qu'ils avaient traversées tantôt en train, tantôt en péniche, à l'arrière de camions, sur des charrettes ou à pied, s'arrêtant pour louer leurs bras en échange de nourriture et d'un peu d'argent, dormant le plus souvent dans les granges ou les étables des fermes où ils trouvaient de l'embauche, ils étaient maintenant en Italie. Et ils s'étonnaient beaucoup de ne plus voir de neige à mesure qu'ils approchaient de la plaine padane. Une pluie et un brouillard permanents rendaient flous les champs coupés de haies de peupliers.

Un soir qu'ils s'étaient aventurés dans une trattoria d'une petite ville et qu'ils comptaient les lires qu'ils avaient en poche, ils furent invités à partager le repas accompagné d'un rouge épais, servi en carafe, d'ouvriers agricoles qui allaient repartir dans le Sud. Ils chantèrent et burent à l'unisson de leurs hôtes ; ils sortirent soûls dans la rue, vite frigorifiés et ramenés sur terre par une pluie fine et glacée.

Ils admirèrent beaucoup le centre des villes qu'ils traversaient, s'étonnant de la richesse et de la diversité des façades ; décidément les Italiens devaient être un peuple heureux.

Et leur Vilnè, leur Jérusalem du Nord, leur semblait maintenant bien misérable et bien laide avec ses maisons trapues et ses rues grossièrement pavées.

Ils étaient honteux de l'avoir trouvée si belle.

3

Dans le lit étroit qu'il avait conservé depuis l'enfance, Maurice n'arrivait pas à trouver le sommeil.

Il était onze heures passées. Maurice revivait la journée qui venait de s'écouler. Dès neuf heures, ce lundi, il s'était présenté au bureau de son chef, le commissaire Bléchet, responsable du poste de Vanves.

Jean-François Bléchet, inspecteur principal à la libération de Paris en août de l'année précédente, avait, malgré sa jeunesse, été promu pour remplacer le vieux Louis Bobillot. L'ancien commissaire, un homme proche de l'extrême droite, en particulier de la Cagoule, avait eu l'immense tort de mettre trop d'enthousiasme dans sa collaboration avec les occupants et de pourchasser avec un zèle éclatant les communistes, tous anciens militants, puis résistants, très influents dans cette banlieue ouvrière. Les deux communes, Vanves et Malakoff, sur lesquelles s'étendait l'action de Bobillot et de ses hommes, faisaient partie des bastions tenus (dans l'avant-guerre) par les partisans français du Komintern de Staline ; elles figuraient en bonne place dans la « ceinture rouge » de Paris.

Le vieux « Loulou de Pauvre manie » ou « Louis fou », sobriquets qui lui avaient été donnés par les inspecteurs et même les agents du commissariat de Vanves en raison de son caractère autoritaire et du mépris affiché qu'il témoignait envers ses subordonnés, avait refusé, contrairement à tant d'autres de ses collègues, de mettre un peu de Résistance dans son passé de collaborateur enragé pour ménager l'avenir après l'hiver 1942-1943 et la victoire soviétique de Stalingrad.

En conséquence de quoi, il se trouvait maintenant enfermé dans une cellule du fort de Vanves depuis l'été de la Libération. Sur ordre du Comité parisien de Libération, le vieux Loulou attendait son procès devant la cour de justice après son arrestation. Il aurait dû risquer la guillotine et, à Vanves, Malakoff et dans les environs, nombreux étaient ceux qui auraient volontiers souhaité voir trancher son cou sous la caresse glaciale de la Veuve. À défaut, puisqu'on ne faisait que fusiller les collabos, le regarder, chancelant contre un des murs du fort, faire face au peloton.

Donc, le jeune commissaire Jean-François Bléchet, qui avait fait partie du réseau de résistance intitulé sobrement « Honneur de la police » au printemps 1944, en avait été récompensé par le bureau, le siège et les fonctions de son ancien supérieur, qui se morfondait toujours dans sa cellule ce lundi 15 janvier 1945.

Il faisait un froid de gueux dans tout le commissariat. Comme partout. Et cela mettait Bléchet d'une humeur massacrante. Il avait lancé un « Entrez ! » menaçant à l'adresse de Maurice et l'attendait, calé dans sa fureur.

— Alors, Clavault ? Ce corps, où en êtes-vous ?

— Je l'ai fait transférer pour analyse chez le légiste, hier soir, après son exhumation.

— Des indices ? Une piste quelconque ? Homme ?
Femme ? Un viol peut-être ?

— Non, pas de viol. C'est un corps d'homme. Probablement enseveli depuis plusieurs semaines, peut-
être un ou deux mois, difficile de se prononcer avec
ce froid… ça ralentit le processus de décomposition ;
je dirais quelques semaines, on en saura plus avec le
rapport du toubib qui devrait arriver d'ici demain.
Il y a quand même quelques indices intéressants :
même sans examen approfondi on se rend vite
compte que le cadavre a été en grande partie brûlé.
Rien qu'à sentir la peau… Sans parler de la couleur
brune et de l'épiderme craquelé. Encore que, pour ce
qui est de l'épiderme, ça pourrait n'être qu'un effet
de la décomposition…

— C'est tout ? Vous n'avez rien relevé d'autre sur
les lieux ?

— Non, enfin si.

— Oui ou non ?

Le commissaire Bléchet, ayant tout juste dépassé
la trentaine, perdait déjà ses cheveux blond pâle. Le
visage marbré de rouge, une tendance marquée à
l'embonpoint qui s'était accentuée depuis qu'il
n'était plus sur le terrain et passait le plus clair de son
temps assis, Jean-François Bléchet s'agaçait vite. En
particulier avec Maurice Clavault, son plus jeune inspecteur. Un « pistonné ». Un gars pas « réglo », au
passé politique suspect, qui avait bénéficié de protections dont il ne pouvait se vanter dans les temps présents.

— Pas d'autre indice de terrain. Il était enseveli
sous les gravats d'une maison bombardée par erreur
et, dans ces conditions…

La voix de Maurice avait baissé et son ton était
devenu hésitant. Fatigue de la nuit passée ? Angoisse
de l'entretien ?

— Bien sûr ! coupa Bléchet, qui détestait l'indécision et confondait souvent action et réflexion. Bien sûr, bien sûr… Rien d'autre ?

— Si. Une chose curieuse. J'ai relevé dans la bouche du cadavre un morceau de caoutchouc gris. Comme un petit paquet replié contenant une bandelette de papier portant une écriture, enfin apparemment.

— Et quoi d'écrit ?

— Ce n'est pas bien net, l'encre est très pâle. Le papier a dû être attaqué, peut-être par des insectes. En tout cas, il n'en reste qu'un bout, rogné de partout. Je ne l'ai pas encore examiné sérieusement, je pensais m'y mettre ce matin.

— Et qu'est-ce que vous attendez ? Ah ! Un instant, Clavault ! Est-ce que vous avez pensé à interroger les gosses ?

Maurice resta muet.

— Faites-le ! Décidément, il faut tout vous dire, mon petit vieux ! Allez ! Allez ! Au boulot !

Et Bléchet fit un petit geste de la main pour chasser Maurice. « Triste con ! » pensa l'inspecteur en adressant un sourire navré au portrait du général de Gaulle accroché au-dessus de son supérieur. Sans relever la tête des papiers qu'il était en train de feuilleter, le commissaire lança :

— Vous êtes encore là ! N'oubliez pas que la France doit se relever ; alors, relevez vos manches !

Maurice, allongé dans le noir de sa chambre sous trois couches de couvertures, revivait la scène. Encore et encore.

Le général de Gaulle, dans son cadre, scrutait dans le lointain le devenir de la France libérée, surplombant du regard le commissaire Bléchet, lequel feuille-

tait des dossiers sans les lire. Une allégorie : l'incom-
pétence couverte par le politique.

Il entendait Réjane remuer dans son lit dans la
chambre d'à côté à l'étage. Elle aussi peinait à trouver le sommeil malgré ses tisanes.

Réjane vivait dans un état d'inquiétude permanent.
Pour tout et rien. Par-dessus tout, pour son fils…
dont on ne reconnaissait pas les mérites… dont
l'ambition légitime était brimée par les jaloux… dont
la sensibilité, la beauté et l'intelligence n'étaient pas
encore appréciées par des jeunes femmes de vraie
valeur, etc.

Maurice souriait dans le noir à l'évocation des tour-
ments infinis de sa mère concernant son avenir, surtout
pour ce qui tenait aux jeunes femmes, toutes « filles de
bonnes familles », puisque filles de ses vieilles amies
de pensionnat, une école religieuse pour jeunes demoiselles bien nées, localisée dans la Bresse, dont elle
n'était sortie que pour épouser le père de Maurice.
Réjane s'obstinait à lui présenter ces jeunesses dans
l'espoir d'un « agrément mutuel », agrément qu'elle
étendait et subordonnait naturellement à son propre
avis.

Jusqu'à Ginette – les deux jeunes gens étaient
convenus de se revoir un soir prochain de cette
semaine-là pour assister enfin à cette séance manquée
des *Temps modernes* au Paramount –, Maurice s'était
montré très réservé. Affichant ironie ou indifférence,
il avait découragé les efforts de séduction de toutes
celles dont il avait oublié jusqu'aux visages et pré-
noms, alimentant d'autant l'inquiétude maternelle, ce
désarroi qui la faisait se tourner et retourner dans son
lit. Avec ou sans tisane…

Au commissariat, son bureau était une pièce
minuscule. Une table en bois blanc qui supportait
une machine à écrire et les dossiers des affaires en

cours occupait la plus grande place. Elle obligeait Maurice à des contorsions pour la contourner afin de gagner son siège, une chaise dont la paille s'affaissait et se défaisait de plus en plus. L'inspecteur avait sorti l'indice d'un tiroir. Ce drôle de morceau de caoutchouc gris assez épais, replié comme un paquet-cadeau sur une étroite bande de papier aux bordures mâchurées ainsi que l'aurait fait un insecte à grosse carapace noire, armé de mandibules ou de pinces acérées.

Il avait allumé la puissante lampe de bureau qu'il avait dirigée sur le bout de papier bruni et défraîchi. Il relisait les cinq lettres tracées à l'encre bleu pâle, dont les quatre dernières, groupées, étaient précédées d'un A majuscule, des lettres à peine lisibles et qui, pourtant, portaient témoignage. Elles attestaient d'un cri, d'un ultime appel du défunt, d'une possible accusation qui refaisait surface...

Il appartenait désormais à Maurice de faire que cet appel ne reste pas sans écho.

Cinq lettres écrites en capitales : « A PARN » ou « A PARM ».

Maurice n'arrivait pas à se prononcer entre le N ou le M. Parfois, il lui semblait évident qu'il s'agissait d'un M avec cette amorce assez nette d'un V à l'intérieur de la lettre, mais dont la remontée finale du trait était seulement esquissée. À d'autres moments, il aurait juré reconnaître un N. Et l'usage d'une loupe n'y changeait rien. Il s'épuisait à lire des lettres maintenant tremblantes, saisi jusqu'aux os par le froid. De toute façon, les deux versions du message ne renvoyaient à rien de clair pour lui. Elles ne lui fournissaient pas le plus petit embryon de piste. Si ce n'est que le mort n'était certainement en rien responsable de l'écriture de ce message énigmatique.

Pourquoi placer dans sa propre bouche, se fourrer sur la langue un morceau de caoutchouc qui devait lui amener le cœur aux bords des lèvres ? À moins d'une impérieuse raison ; une volonté farouche de dénoncer son ou ses assassins… Possible, mais peu probable.

Une autre personne, donc. Un témoin ? Un complice, pris de remords ? L'assassin ? Dans quel but, dans ce dernier cas ? Pour narguer les flics en revendiquant la paternité de l'acte ? Le « A PARN » ou « A PARM » serait-il une sorte de signature ?

« Moi, A PARN, ou A PARM, ai tué cet homme, puis brûlé ce corps que voici !… Attrapez-moi si vous le pouvez ! Je sais que vous n'y parviendrez pas ! »

Sans oublier la main droite peinte en noir jusqu'au poignet. Comme un gant orphelin. Quelle signification lui attribuer ? Sinon une revendication cachée, un sens de la mise en scène parfaitement théâtral : la main droite, la main noble, pure, opposée à la « sinistre », celle du mal, des actes impurs. Mais de quoi au juste était mort l'homme à la main noire ? La veille, Maurice, après avoir fait dégager le cadavre à la pelle par les deux agents qui pestaient contre le froid et l'obscurité, avait donné l'ordre de l'emporter à la morgue sur les quais de Seine après un examen superficiel qui lui avait permis cependant de découvrir le message posthume, sans qu'il s'y attarde. Pour être honnête, il devait reconnaître qu'il était déconcentré par la présence de Ginette, qui le troublait davantage qu'il ne l'aurait souhaité.

Bah ! Le toubib ferait son bilan et la cause de la mort serait rapportée avec plus de certitude qu'il n'aurait pu en avoir.

Maurice se retourna dans son lit. Bientôt minuit. À côté, derrière la cloison, Réjane ne gigotait plus. Apaisée, sinon rassurée, elle avait dû trouver le sommeil qui la fuyait. Peut-être même rêvait-elle à des noces prochaines. À Maurice, son fils bien-aimé qu'elle conduirait radieuse jusqu'à l'autel, accroché fièrement à son bras…

Il repoussa les couvertures et posa les pieds sur la descente de lit aux couleurs fanées, plantée de roses roses énormes et répétées qui semblaient sortir du tapis tant elles étaient volumineuses. Enfant, ces bouquets de fleurs l'inquiétaient, lorsqu'il espérait chaque soir la venue de son père mort. Il alluma la lampe de chevet, puis le poste de TSF en mettant le volume au minimum audible sur sa station préférée.

« … lors de la rencontre opposant hier, dans la soirée de dimanche, les clubs sportifs dans le championnat de football de la zone nord, Le Havre et Lille, la capitale du Nord a dû s'incliner par le score de 3 à 1.

Dans la rencontre entre le Red Star et le Football Club valenciennois, la neige qui s'est mise à tomber à gros flocons a perturbé le déroulement d'un match qui promettait d'être… »

Maurice coupa la radio. La litanie des résultats sportifs l'intéressait médiocrement. Depuis sa détention en stalag dès la fin mai 1940 dans le nord de l'Allemagne, dans une campagne plate comme la main, perdue du côté de Brême, Maurice dormait très mal.

Une insomnie passagère, liée au traumatisme de la guerre et de sa blessure, qui se résoudrait au fil des mois, peut-être des ans, avaient pronostiqué les médecins qu'il s'était résolu à consulter. Les semaines, les mois passaient. Son sommeil restait fragile, se perturbait d'un rien. Il suffisait qu'une affaire ou un incident qui s'était déroulé dans la journée le tracassât pour qu'il le ruminât sans fin, au moins jusqu'au milieu de la nuit et même, quelquefois, aux premières lueurs du jour. Il se levait la tête dans un brouillard cotonneux qui ne se dissipait qu'après avoir absorbé des tasses et des tasses de café à la chicorée.

Pour combattre l'insomnie, Maurice avait élaboré un plan. Ou, plutôt, il avait pensé mettre à profit ces heures imposées de rêverie, de divagations, en lisant – ou relisant pour certains – de grands textes classiques. Encore un legs du stalag où un professeur de lettres avec qui il s'était lié lui avait redonné le goût de la langue et des auteurs. Au tout début de cette année, le lendemain du Jour de l'an que Réjane et lui avaient fêté en solitaires, il avait décidé de se lancer dans la lecture des *Essais* de Montaigne dont il n'avait gardé que quelques souvenirs de lycéen. Des extraits qui lui avaient d'ailleurs plu au point qu'il s'était toujours dit qu'un jour il s'y replongerait. Un passage tout particulièrement, où Montaigne disait son plaisir à se faire réveiller par un domestique au milieu de la nuit afin de jouir du plaisir de pouvoir se rendormir avec la conscience du temps devant soi.

Maurice progressait lentement, il revenait sur certaines phrases obscures. La veille, il avait éteint après avoir lu quelques pages du chapitre intitulé *Que philosopher, c'est apprendre à mourir*. Il était deux heures du matin. Avant d'ouvrir le volume, il avait écouté un programme de musique légère sur une station étrangère qu'il avait captée au hasard d'un tour de la mollette. Et cette nuit, il reprenait aux mots abandonnés :

« ... et de même que les Égyptiens, après leurs festins, faisaient présenter aux assistants une grande image de la mort par un homme qui leur criait : "Bois et réjouis-toi, car, mort, tu seras comme cela", de même moi j'ai pris l'habitude d'avoir la mort non

seulement dans mon imagination, mais continuellement à la bouche ; et il n'y a rien dont je m'informe
aussi volontiers que de la mort des hommes : quelles
paroles, quel visage, quelle attitude ils ont eu alors ;
il n'y a aucun endroit dans les histoires que je remarque aussi attentivement. »

Que voulait dire Montaigne par ce « continuellement à la bouche » ? Une simple image ? La chose
paraissait inimaginable. Comment garder la mort
« continuellement à la bouche » ?

Les Français venaient de vivre la mort sur le territoire. Même les plus écervelés, à l'exemple de ces
« zazous » qui se moquaient de la guerre et de l'Occupation, prétendant tout ignorer et feignant de ne se
préoccuper que de frusques à la mode, de musique
de jazz sautillante et d'amourettes, avaient été pris
dans le tourbillon mortel de la débâcle allemande…
Avaient-ils eu, eux aussi, la mort en continu à la bouche ? Comme on garde entre les dents une herbe ou
une fleur arrachée à un talus qu'on mâchouille d'un
coin des lèvres à l'autre en cheminant, sans y prêter
plus d'attention ?

L'homme à la main noire avait, lui, *dans* la bouche
le signe de la mort, de sa mort. En était-il pour autant
plus sage ?

Peu probable…

Maurice reposa les *Essais*. La mort, il avait bien
cru la trouver dans les Ardennes en mai 1940.

Son régiment était cantonné dans un village à
proximité de Sedan, au nord-ouest de la ville de gar-
nison. Lorsque l'offensive allemande s'était déclenchée
le 10 mai, les chars du général Guderian n'eurent
aucun mal à effectuer une percée dans les Ardennes,
un secteur que l'état-major français jugeait être un
obstacle naturel infranchissable. Maurice Clavault,

58

qui était affecté à une pièce d'artillerie, fut blessé d'une balle, peut-être perdue, à la poitrine. Ses camarades, se repliant devant l'assaut d'une vague de blindés, chars et automitrailleuses, s'étaient relayés pour le soutenir et le porter après avoir improvisé avec sa chemise déchirée un pansement de fortune.

Un détachement motorisé de la Wehrmacht les captura sans difficulté et les regroupa avec d'autres soldats et quelques officiers dans une caserne de Sedan. Là, Maurice fut soigné par un étudiant en médecine. Sa blessure ne présentait pas un caractère d'extrême gravité, aucun organe vital n'ayant été touché, et il promena son torse enveloppé de gaze et de coton dans la cour de la caserne quinze jours d'affilée.

Dans la dernière semaine de mai, les prisonniers furent convoyés en train vers l'Allemagne et les stalags qu'on leur avait assignés. Leur groupe – y compris Maurice qui était à peu près rétabli et qui, surtout, n'avait pas voulu se désolidariser de ses camarades en utilisant sa blessure – fut dirigé vers le nord, près de Brême.

Leur camp se composait de dix rangées d'un alignement de trois bâtiments en bois. Ceux-ci étaient entourés d'une clôture de barbelés haute de trois mètres, gardée par des sentinelles postées sur des miradors tous les cinquante mètres. À l'intérieur de ces baraquements d'une vingtaine de mètres de longueur, au sol de terre battue, s'alignaient les châlits aux planches grossièrement rabotées, aux paillasses rugueuses et aux couvertures si minces que les prisonniers conservèrent la nuit leurs capotes sur le dos dès les premières semaines de l'automne. Les appels du matin et du soir rythmaient une vie si ennuyeuse et si monotone que beaucoup furent soulagés lorsqu'ils se trouvèrent contraints à la fin de l'été d'aller travailler dans les fermes et les entreprises des environs.

Les paysans qui étaient affectés dans les fermes où le mari avait été mobilisé se montraient particulièrement satisfaits. Ils retrouvaient une vie presque normale, à l'exception des appels et des contraintes imposées dans le camp avec les nombreuses corvées.

Maurice, sans qualification particulière, avait été dirigé comme manœuvre chez un couvreur. Il était tombé sur un brave homme, à la cinquantaine bien entamée, qui ne parlait pas un mot de français. La mobilisation d'un fils de l'âge de « son » Français, jointe à une gentillesse naturelle, avait aplani les obstacles de la langue en le poussant à l'indulgence et à une grande patience dans les explications par gestes qu'il fournissait à l'apprenti qui lui avait été échu. Ainsi, une recommandation des plus importantes avait nécessité pour être saisie de longs moments de réflexion et une débauche d'efforts de l'artisan…

Si jamais il arrivait à Maurice de perdre l'équilibre sur un toit, il devait avoir le réflexe d'écarter les coudes de son torse pour se retenir entre deux chevrons ou deux poutres de la charpente. Pour se faire comprendre, le maître couvreur avait multiplié les gestes avec force grimaces et grognements. Ces mimiques avaient fait penser à Maurice, dans un premier temps, qu'il cherchait à mimer l'envol maladroit et disgracieux d'une grosse volaille avant de comprendre le sens de cette mise en scène. Et il était arrivé effectivement au prisonnier de se sauver une fois d'une chute de plusieurs mètres grâce à la méthode « lourd volatile »… Maurice en avait été quitte pour de gros hématomes et la peau des avant-bras râpée depuis le coude jusqu'au poignet.

Jusqu'à la fin de l'hiver, Maurice avait mené une vie sinon agréable, du moins supportable dans son stalag au fin fond de la province de Brême, dans ce

Tiefland, ce morceau de la vaste plaine germano-polonaise, si monotone que seules les habitations des hommes font figures d'accidents de terrain.

Il avait appris le soir à jouer aux échecs et à différents jeux de cartes avec ses voisins de paillasse. Pour se distraire avant l'extinction des feux, ils se récitaient des poèmes appris en classe dont ils complétaient les strophes manquantes au gré des souvenirs des uns et des autres, des recettes de cuisine, ils se racontaient les livres qu'ils avaient lus, les films qu'ils étaient allés voir, les musées qu'ils avaient visités, les rues et les quartiers des villes qu'ils avaient arpentés...

S'il n'y avait eu le froid, la nourriture insuffisante faite de soupes claires dans lesquelles baignaient quelques carottes, navets et trognons de chou – plus rarement de patates – et d'une quotidienne ration d'un pain noir, dur et mesuré chichement, la condition de prisonniers et la vie d'exil auraient été presque vivables grâce à cette camaraderie entre les soldats.

Début mars, une lettre tout ce qu'il y avait d'officiel, à en-tête tricolore, avait averti Maurice qu'il serait libéré et rapatrié en France. Le Maréchal lui octroyait cette faveur. Maurice n'en comprenait pas la raison : elle lui avait aliéné nombre de ses compagnons de stalag et avait troublé l'amitié des plus proches. Il jurait n'avoir jamais sollicité cette libération, bref n'y être pour rien.

Durant la première semaine de mars 1941, il faisait son paquetage dans une hostilité quasi générale ; certains demandant à voix haute quelles bassesses, quelles compromissions avaient acheté cette liberté indue, d'autres se contentant de lui montrer obstinément le dos. C'est seulement rentré à Malakoff que Maurice obtiendrait une explication. De la bouche même de Réjane.

Alphonse, le père de Maurice, avait, à partir de 1916, combattu dans les tranchées du secteur de l'Aisne aux côtés d'un authentique aristocrate.

Un Du Moulin de Labarthète, avec qui il s'était lié de camaraderie, puis, au fil du temps, des mois de tranchée et des épreuves, d'amitié solide.

Jusqu'à la mort d'Alphonse, les deux hommes s'étaient revus malgré leur différence de conditions sociales. L'épreuve du feu partagé était la plus forte ! Alphonse tenait un petit commerce de sacs et d'articles de cuir – ceintures, étuis à cigarettes et à cigares, etc. – dans le XIVe arrondissement ; Louis Du Moulin, plus âgé, poursuivait une carrière dans la diplomatie, interrompue par la déclaration de guerre, et logeait dans le noble et chic VIIe.

Alphonse Clavault n'était pas de constitution robuste et la boue des tranchées, le froid, sans doute aussi des séquelles d'attaques au gaz moutarde avaient eu raison au cours de l'hiver 1925 d'une flamme qui n'avait jamais vraiment brillé. Louis était venu à l'enterrement de son camarade de combat. Il était accompagné de son fils aîné, Henri, nettement plus vieux que Maurice. Il avait salué la veuve, rigide au bord de la tombe, tenant par la main contre elle son enfant, et l'avait assurée qu'en toute occasion elle pourrait faire appel à lui si le besoin s'en faisait sentir.

Réjane était assez fière pour n'en avoir jamais eu besoin, élevant Maurice dans le double culte de son père, glorieux guerrier et victime de son devoir de soldat, et de la mère-patrie, la France, qui méritait qu'on perdît pour elle un mari et un père.

À l'occasion des fêtes de fin d'année, elle ne manquait jamais d'adresser ses vœux à Louis et à sa famille, s'inquiétant du jeune Henri qu'elle avait mal-

heureusement rencontré dans des circonstances dou-
loureuses.

Louis répondait ponctuellement, demandait des
nouvelles de Maurice, sans omettre de rappeler que
l'offre qu'il avait faite tenait toujours. Une promesse
est une promesse, une parole donnée ne se reprend
jamais. Lorsque Réjane avait appris la blessure et la
captivité de son fils à Sedan, elle s'était adressée à
lui. Pouvait-il faire libérer Maurice ?

À ce moment de la guerre, où l'on ne savait pas
encore comment les choses allaient tourner, malgré
les revers français du moment, Louis ne pouvait rien
faire. De toute façon, son intervention aurait moins
de poids dans la mesure où il avait quitté la carrière,
mais Henri avait suivi la voie tracée par son père et
lui saurait sûrement comment agir pour le mieux.

L'armistice demandé le 17 juin 1940, les choses
étaient devenues plus claires... La promesse allait
être tenue. Et cela d'autant plus aisément qu'Henri
Du Moulin de Labarthète était devenu directeur du
cabinet civil du maréchal Pétain, chef de l'État français
qu'il avait suivi à Vichy, capitale de la zone libre.

Réjane, munie d'une lettre de recommandation de
la main de Louis et d'un sauf-conduit pour le passage
de la ligne de démarcation, s'était donc rendue à
Vichy. L'ancienne ville d'eaux, choisie pour ses
nombreux hôtels auparavant occupés par les curistes,
l'était maintenant par les ministres et leurs équipes
autour du Maréchal, investi des pleins pouvoirs le
10 juillet. Une large majorité de députés, y compris
de gauche, avait approuvé cette mise à mort volon-
taire de la démocratie, étranglée par ses propres
acteurs...

À la fin février 1941, Réjane avait dormi dans le
train.

Un convoi bondé, encombré jusque dans le couloir d'enfants, de femmes et d'hommes anxieux, entourés de leurs valises, balluchons et cabas. Elle ne s'était réveillée qu'aux contrôles français et allemands pour le passage de la ligne, au-dessous de la Loire.

Elle avait demandé son chemin et s'était trompée à plusieurs reprises, malgré les panneaux. Des erreurs à l'exacte mesure de son trouble. Elle, qui n'avait pratiquement jamais bougé de Paris et de sa banlieue, à l'exception d'un bref voyage de noces dans le Midi, se trouvait en territoire inconnu.

Elle questionnait ceux qu'elle croisait sur la direction de l'*Hôtel du Parc*, résidence officielle de Pétain à Vichy. Les passants la regardaient de haut, jugeant sa petite robe noire et son manteau sombre à col de fourrure en lapin, et se contentaient de grommeler quelques mots incompréhensibles. « Ils doivent me prendre pour une pauvresse qui vient mendier une faveur auprès du Maréchal ! » pensait Réjane outrée, sans réaliser la justesse et la cruauté de son indignation.

Elle n'avait pas pu le voir. Sinon de loin. Distante d'une vingtaine de mètres, elle n'en avait pas moins reconnu, au milieu d'une petite foule enthousiaste, la démarche, le képi étoilé sur la chevelure blanche, l'uniforme et la canne, tous ces attributs qu'on représentait d'abondance dans les actualités Pathé des deux cinématographes, tous deux installés sur la place de la mairie à Malakoff. Elle avait été arrêtée par des gardes mobiles affectés au service d'ordre et à la protection du vieux militaire. Elle avait beau brandir la lettre de recommandation de Louis Du Moulin, le chef de l'escorte l'avait maintenue à distance : une entrevue avec le Maréchal se préparait de longue date ! Comment pouvait-elle l'ignorer ?

L'admiration qu'elle éprouvait pour le héros de Verdun n'en avait pas été entamée. La grande élévation d'esprit du « sauveur de la France » méritait qu'on ignorât la trivialité de la vie quotidienne et de ses tracas…

À défaut du chef de l'État, pouvait-on lui indiquer le directeur du cabinet civil ? Au moins, où il serait possible de formuler une demande de rendez-vous. Certainement. À l'*Hôtel du Parc*. Qu'elle demande auprès des autorités. Finalement, à la fin d'une journée accablante, Réjane avait décroché un rendez-vous de quelques minutes avec le fils de Louis.

— Je cours après le temps, ne m'en veuillez pas, avait prévenu Du Moulin junior, avant de couper la veuve qui s'était lancée dans un interminable plaidoyer en faveur de Maurice, circonstancié à l'extrême, partant de la blessure, passant par Sedan, pour aboutir au stalag perdu dans la plaine du Nord.

« Je vois, je vois. Tenez, notez-moi sur ce bloc le nom, le matricule de votre fils et son lieu de détention, j'essaierai de faire de mon mieux. Mais je ne vous cache pas que nous recevons d'innombrables demandes de libération de nos prisonniers de guerre et les Allemands ne se montrent pas spécialement accommodants. Comme dans beaucoup d'autres domaines, je dois le reconnaître. Ils ne sont pas faciles à manœuvrer, ces temps derniers. La victoire soûle plus encore que la défaite. Les clauses de l'armistice, pourtant léonines, ne sont même pas respectées par eux… mais je vois que je m'égare et vous fais perdre votre temps. Et le mien par là même. Enfin, je ferai de mon mieux. Au revoir, madame.

Réjane était sortie du bureau en remerciant d'abondance : le fils avait cette même droiture héritée du père… Henri Du Moulin de Labarthète souriait en la raccompagnant.

Réjane était repartie confiante : Maurice allait revenir.

Maurice était revenu.

Réjane l'attendait sur le quai de la gare du Nord, dans l'odeur un peu acide du charbon brûlé, de sa poussière mêlée à de la vapeur d'eau. Des locomotives sous pression qui, attendant de partir, lâchaient des sifflets de vapeur stridents. Une joyeuse animation fébrile, pour célébrer à l'unisson l'événement. Le convoi dans lequel Maurice avait pris place n'était composé que de prisonniers libérés des camps en Allemagne, la plupart pour des raisons médicales graves. On envoyait en quelque sorte ces pauvres bougres mourir ailleurs.

Lorsque Maurice, tenant son paquetage grossièrement ficelé à la main, apparut sur le marchepied d'un wagon, Réjane crut éclater de joie. Elle agita les bras en l'air comme une folle, retenant à grand-peine des rires et des cris de sauvage. Elle se précipita dans les bras de son fils. Il fit de son mieux pour être au diapason de la joie maternelle. D'ailleurs, Réjane ne s'apercevait de rien : elle flottait dans le bonheur. Il était revenu ! Il était revenu ! Après Alphonse, Maurice, le fils qu'elle ne reverrait plus…

Heureusement, le Maréchal était intervenu. Et, pour Réjane, cet héroïsme-là valait bien celui de Verdun ! Mille fois même !

Alors que Maurice se détachait doucement des bras de sa mère, une chorale d'enfants de l'école primaire, regroupés au bout du quai, accueillait les prisonniers libérés, dont beaucoup portés sur des brancards, d'un *Hymne au Maréchal* aigrelet, les voix trop aiguës des garçons déraillant par moments.

Une flamme sacrée monte du sol natal
Et la France enivrée te salue, Maréchal !
Tous tes enfants qui t'aiment et vénèrent tes ans…

Maurice tâchait de répondre aux interrogations fiévreuses de sa mère et de la rassurer de son mieux.

Profitant d'un bref moment de silence, il posa la question qui le tourmentait depuis l'annonce officielle de sa libération :

— Comment se fait-il que j'aie été le seul libéré de mon baraquement ?

Réjane, se cramponnant à son bras, montrait en riant un porteur croulant sous les valises et les paquets d'un officier allemand partant en permission, bref, faisant celle qui n'avait pas entendu.

— Je t'ai posé une question ! Tu as entendu ? Faut-il que je répète ?

— Pourquoi me brutalises-tu ? Tu es à peine de retour… tu veux tout gâcher !

4

Maurice se rendait toujours à pied au commissariat.

Il ne mettait pas plus de dix minutes d'une marche énergique à travers des rues qui s'animaient. Un commerçant installait sur le trottoir de maigres étals de légumes et quelques rares oranges perdues dans un cageot trop vaste, un autre peignait au blanc d'Espagne le menu du jour sur la vitrine, le suivant plaçait en devanture quelques tromblons de robes dont il espérait se débarrasser. Espoir toujours déçu, constatait Maurice qui s'amusait de retrouver d'un jour sur l'autre des modèles démodés depuis la nuit des temps…

Ce circuit à l'itinéraire invariable lui permettait d'effacer les fantômes de la nuit et de se préparer aux activités du jour.

En arrivant au commissariat, l'agent à l'accueil l'avertit qu'on avait fait déposer une enveloppe sur son bureau. Elle provenait très certainement de l'Institut médico-légal : il avait reconnu le bonhomme qui se chargeait habituellement d'acheminer le courrier de la morgue.

Le pli était placé bien en évidence au-dessus d'une pile de chemises où il classait les comptes rendus d'enquêtes. Pour la plupart ceux de « bricoles » telles que violences conjugales, vols à l'étalage, mais aussi cambriolages nocturnes, avec ou sans effraction, et autres attaques de comptables chargés de la paie hebdomadaire des ouvriers de petites entreprises localisées à Vanves et à Malakoff.

Une plaie, ces agressions. Les comptables refusaient d'être armés, craignant pour leur vie s'ils se risquaient à riposter. Sans compter que les truands se modernisaient. À l'imitation de leurs puissants collègues ricains, ils étaient de plus en plus motorisés et utilisaient des voitures puissantes, notamment les fameuses tractions avant. Au commissariat de Vanves, la seule traction disponible était réservée aux déplacements du commissaire. Le temps d'arriver sur les lieux dans les deux Juvaquatre fatiguées, on ne retrouvait que le malheureux convoyeur plus ou moins estourbi qu'on ne pouvait, au mieux, qu'aider à recouvrer ses esprits, alors que les témoins désignaient des directions contradictoires pour indiquer le sens de la fuite :

— Si, si ! Je vous assure, ils se sont enfuis dans cette rue. La grosse traction noire ! Elle faisait un grondement formidable ! Ah ! ça ! Ils ont dû en laisser, de la gomme, sur les pavés !

— Mais non ! Vous déraillez complètement ! Ils sont partis dans ce sens-là !

Sans oublier les descriptions totalement discordantes et fantaisistes des agresseurs, un grand maigre très brun, un petit gros au chef déplumé ; ils étaient deux, non ! Trois, etc.

Finalement, on n'arrivait à les coincer qu'en comptant sur la chance... ou sur la bêtise. Des habitudes de confort que les petits truands prenaient. Nombreux étaient ceux qui attendaient le même encaisseur, le même comptable, au même endroit, à la même heure et le même jour de la semaine ou du mois. Revenant hanter les lieux du crime, comme on dit, avec des routines de petit fonctionnaire qui se rend à son boulot !

Et il y avait maintenant cette mort mystérieuse de « l'homme à la main noire », comme l'avait baptisé Maurice.

À l'écoute de la radio qui accompagnait toujours le petit déjeuner que Réjane lui avait préparé, Maurice avait appris que les usines de Louis Renault avaient été nationalisées par ordonnance du Gouvernement provisoire. Il buvait chaque matin des bolées et des bolées d'un café léger additionné de chicorée, trempant dans le bol le reliquat de la baguette que Réjane s'était procuré la veille en faisant plus d'une heure de queue à la boulangerie de l'angle de l'avenue Pierre-Larousse en échange de tickets.

« Un symbole, une façon de satisfaire les partisans de l'épuration de la sphère économique qui, de l'avis général, n'a pas été beaucoup touchée jusqu'à présent », avait pensé l'inspecteur en avalant une dernière gorgée, avant de se diriger vers l'évier de la cuisine pour rincer son bol. Son geste avait soulevé les protestations rituelles de Réjane. Une cascade de : « Je n'ai que ça à faire », et autres « Comme s'il n'avait que ça à penser ! Alors que son devoir l'attend ! »…

Maurice, la laissant dire, avait déposé un baiser distrait sur le front de sa mère avant d'enfiler la canadienne râpée qu'il avait achetée aux puces en 1943. Un achat ruineux, bien qu'elle fût d'occasion et manifestement longtemps portée, en raison de la pénurie générale.

Alors qu'il s'apprêtait à sortir, il entendit le speaker annoncer les horaires des coupures pour les jours à venir. L'électricité serait coupée de 8 h 30 à 17 heures, avec un rétablissement pour le sud de Paris de 11 h 45 à 12 h 45. Nouvelle suspension de 22 h 30 jusqu'à 6 h 30 ; par ailleurs, les magasins devaient impérativement fermer à 17 heures. Le gaz, lui, serait suspendu à partir de 20 h 30 jusqu'au matin. Sans oublier – ce que faisait d'ailleurs allègrement la radio – le manque général de charbon. Seules les familles ayant un enfant en très bas âge étaient livrées. Et encore ! Le combustible qui leur était maigrement octroyé ne leur permettait de se chauffer qu'une semaine dans le mois !

Pour protester contre ces restrictions, sans compter les difficultés de l'alimentation – on parlait de stocks entiers de pommes de terre qui pourrissaient quelque part en Bretagne, faute d'essence et de camions en état de rouler –, une manifestation de cinq cents ménagères avait eu lieu dans la banlieue sud à Villejuif. Une délégation avait été reçue à la mairie. Le speaker ne précisait pas le résultat de l'entrevue. Rien, probablement, pensa Maurice en refermant la porte du pavillon.

L'enveloppe ne contenait que deux feuillets couverts d'une écriture serrée que Maurice reconnut immédiatement comme celle du Dr Joseph Darras.

Un des plus anciens parmi les médecins légistes qui officiaient à la morgue de Paris, quai de la Rapée, un bâtiment bas et sombre qu'on voyait depuis le wagon sur la ligne de métro enjambant la Seine.

Le Dr Darras avait pris Maurice en amitié et le blaguait quand ils se voyaient sur son « sérieux de macchabée » dans le travail.

— Mets-toi à l'aise, petit ! Il attendra bien encore un peu, ce pauvre zigoto, prends le temps de souffler... Tu n'es pas chargé de sauver le monde, petit !

Et il éclatait de rire en bourrant une pipe d'un tabac sombre qui produisait une fumée âcre. « Pour chasser cette odeur de mort qui empuantit tant les vivants », plaisantait le légiste avec un grand sourire afin de moquer sa grandiloquence.

Des feuillets, Maurice retint deux informations majeures.

Tout d'abord, l'individu, un homme, de taille moyenne, âgé d'une quarantaine d'années, d'après l'état de sa dentition plutôt bonne, était mort sur le coup d'une blessure due à une arme de poing. Une seule balle tirée en plein cœur.

Seconde information : le corps dénudé, après avoir été aspergé d'essence, avait été en partie calciné. En partie, car le torse, le bras gauche et la tête ne portaient que des traces de brûlures superficielles.

Suivait une série d'autres données de moindre importance. Pas trace de coups violents qui auraient pu précéder la mort, un état de décomposition qui permettait de penser que la mort datait de quelques semaines. Peut-être quelques mois, en raison de la vague de froid intense.

Maurice replia les feuilles qu'il rangea dans la chemise portant l'inscription, épaisse et soulignée au crayon rouge, de : L'HOMME À LA MAIN NOIRE, feuilles qui venaient s'ajouter à celles de son premier rapport, relatant la découverte du corps, daté du 15 janvier 1945.

> « Le dimanche 14 janvier 1945, aux environs de 17 h 30, les agents de service au commissariat de Vanves sont venus me chercher, moi, Maurice Clavault, inspecteur de police judiciaire, suite à la trouvaille par des enfants qui jouaient dans les ruines d'un immeuble sis dans la commune de Malakoff, rue Gambetta, au numéro 45, à proximité immédiate de la zone, d'une main dépassant de la couche de neige.

J'ai fait procéder à l'exhumation du corps par les agents Pilbert et Bonte et, après un examen succinct (la nuit était tombée et la torche électrique dont je disposais n'éclairait que très partiellement les lieux), j'ai pu constater que ce corps était celui d'un individu masculin de la bouche duquel j'ai pu extraire, enveloppé d'une sorte de paquet grossier en caoutchouc gris, un message griffonné dont le sens semble difficile à déchiffrer à première vue ; j'ai fait transporter au plus vite le cadavre pour analyse au centre médico-légal de Paris afin de faire procéder aux analyses de rigueur. »

Rapport établi le 15 janvier 1945
à 10 heures.

Maurice relisait distraitement son rapport. Il avait la sensation qu'il manquait quelque chose, un élément pourtant d'importance. Que lui avait dit hier Bléchet ? De « se remuer » ou quelque chose de la même farine qui se voulait énergique. De la pure énergie…

Les gosses ! Il avait oublié de questionner les gosses. Recueillir leurs témoignages… même si ceux-ci n'aboutissaient à rien ! Sinon le commissaire triompherait à bon compte : « le petit vieux », inexpérimenté, avait encore oublié une étape fondamentale de toute enquête bien conduite. Grand 1 : Le Témoignage ! Grand 2 : Les Indices ! Ou l'inverse !

Maurice descendit à l'accueil. Un planton bâillait derrière le bureau, face à l'entrée sur la rue.

— Où sont Pilbert et Bonte ? Ils sont de service aujourd'hui ?

L'agent haussa les épaules.

— Ils devraient être de service, hier ils étaient de repos…

— Ils seraient où ?

— Aucune idée. Ah, si ! Ça me revient d'un coup ! Il y a eu une plainte de voisinage, ils y sont allés. Ils disaient qu'ils seraient de retour assez vite puisque c'est tout près, à Vanves même.

— Quelle plainte ?

— Une bonne femme qui hurle à sa fenêtre. Il paraît qu'elle gueule tout ce qu'elle sait que les nazis sont de retour et qu'ils vont torturer tout le monde dans le coin si on ne les passe pas à la mitrailleuse. Les voisins sont excédés ! Ils prétendent qu'elle hurle de nuit comme de jour.

— Il y a de quoi ! Les malades se multiplient, ces temps-ci… L'époque veut ça ! Bon ! Dites à Pilbert et Bonte de se présenter dès qu'ils seront de retour. Compris ?

Évidemment, les parents de Riton, d'Alain et de Jeannot n'avaient pas le téléphone. D'ailleurs, dans cette banlieue ouvrière, avoir le téléphone était signe de distinction. Un privilège réservé aux notables, à l'exception de certaines professions dont les médecins et les pharmaciens, raccordés en priorité.

Maurice décida de se rendre, un peu avant midi, chez Riton et Jeannot qui habitaient tous deux rue de la Tour, à Malakoff, à proximité du terrain où avait été découvert le corps.

La rue était faite d'immeubles assez bas, guère plus de trois ou quatre étages, cachant dans des cours étroites et secrètes des bâtiments moins élevés ou de petits pavillons biscornus, construits à la diable, selon les besoins de leurs habitants qui rajoutaient une pièce, un appentis, un local de jardin, toutes constructions qui s'intégraient à la longue. Avec le temps, elles passaient du provisoire à du « en dur »… bref, des annexes bricolées en toute illégalité et sans déclaration à la mairie ; laquelle s'en moquait bien dans la situation de pénurie de logements que la France connaissait. Tant mieux si l'on pouvait faire appel au système D, paraît-il inné chez les Français.

Maurice choisit de commencer par les parents de Riton : le gamin avait été décrit par les agents comme le chef de la petite bande, le plus déluré et le plus bavard des trois. Il sonna au premier étage d'un immeuble donnant sur une cour intérieure. Une femme encore jeune, aux traits fatigués, emmitouflée dans une robe de chambre en lainage peluchex, par-dessus un pull-over et une épaisse jupe de coton, vint ouvrir à demi la porte. Elle considéra avec méfiance l'inspecteur avant de lui lancer :

— C'est une manie que vous avez de déranger les gens à l'heure des repas ? Comment faut-il vous dire qu'on n'a besoin de rien ! Absolument rien de rien ! Pas besoin de savon fabriqué par les aveugles, enfin, soi disant !

Elle s'exaspérait.

— Pas besoin non plus de brosses proposées par les sourds-muets ! Rien, je vous dis ! Vous comprenez à la fin ?

— Mais parfaitement. D'ailleurs, je ne vends ni savon ni brosses.

Maurice exhiba sa carte.

— Votre fils est rentré de l'école ? C'est lui que je veux voir.

— Henri ? Non, mais il ne devrait plus tarder. Qu'est-ce qu'il a manigancé encore ?

— Rien, je veux juste l'interroger sur la découverte qu'ils ont faite, lui et ses copains...

— Ah ! Je vous assure : je lui avais pourtant interdit d'aller traîner dans ces ruines ! Il n'écoute rien... Tenez, je crois que c'est lui, j'entends son pas dans l'escalier... Riton ? Il y a un monsieur de la police qui veut t'interroger.

— Bonjour, monsieur.

— Bonjour, Riton. Je peux t'appeler comme ça, tu permets ?

Le gamin, ôtant son béret, fit un signe de consentement de la tête. Il regardait Maurice, un peu inquiet, et triturait sa galette bleu nuit entre ses mains. Les trois restèrent silencieux sur le palier. La mère et Henri scrutaient le visage de l'inspecteur qui attendait, impassible. Maurice avait l'air ailleurs.

Au bout d'un moment interminable, la mère proposa qu'ils entrent : inutile qu'ils se donnent en spectacle aux voisins. Maurice se secoua, un mouvement imperceptible, et approuva. De toute façon, il n'en avait pas pour bien longtemps, juste quelques questions. La routine.

— Tu étais avec quels copains, dimanche dernier ?

Maurice nota les noms négligemment sur un calepin.

— Vous allez souvent là-bas ?

Riton hésita en regardant sa mère du coin de l'œil.

— Tu peux parler : maintenant, c'est du passé, et je suis sûr que ta maman ne te grondera pas. Pas vrai, madame ?

Riton admit. Ils avaient pris l'habitude d'y jouer depuis deux, trois semaines, depuis que la neige s'était mise à tomber en abondance. Dans les ruines, elle restait plus blanche. Non, ils n'avaient pas remarqué de changements dans les décombres de la baraque depuis qu'ils en avaient fait leur terrain de jeux. Pas de tas nouveau. Ni de déplacement. Ils n'avaient rien remarqué d'étrange non plus.

Maurice notait toujours, sans presser le gosse qui se dandinait en tordant toujours son béret, mais un peu moins nerveusement.

— Est-ce que tu crois que tes camarades auraient pu voir quelque chose que tu n'aurais pas remarqué ? Tu crois que c'est possible ?

76

Riton haussa les épaules. C'était possible, mais il n'y croyait pas beaucoup.

— Alors, j'irai vérifier chez Jeannot. C'est ton copain. Tu peux me dire où il habite dans la rue ? En tout cas, je te remercie, tu m'as drôlement aidé !

Au printemps 1941, le 15 avril, un jeune homme élancé, aux cheveux bruns tirés en arrière, attendait devant l'*Hôtel du Parc*.

Il attendait l'apparition quotidienne du maréchal Philippe Pétain pour sa promenade de santé. Le vieil homme, âgé de quatre-vingt-cinq ans, tenait à ses petites habitudes.

La veille, les journaux avaient fait grand bruit autour d'une nouvelle preuve de la traîtrise de la Grande-Bretagne, la « perfide Albion », cet ancien allié dont l'aviation venait de bombarder le port et l'arsenal de Brest tenus par l'armée et la marine allemandes en faisant de nombreuses victimes, essentiellement parmi les civils. On avait relevé soixante-seize morts après le passage des bombardiers de la RAF.

Comme beaucoup d'autres, le jeune Maurice Clavault s'était indigné de la mort de ces Français. Suivant le courant général d'anglophobie attisé par la presse des deux zones qui poussait à resserrer les rangs autour de la personne du chef de l'État, il avait fini par se résoudre à remercier Henri Du Moulin pour son intervention dans sa libération, comme l'en pressait Réjane depuis son retour de captivité, à la mi-mars.

— Tu ne comprends pas que ne pas aller à Vichy et le remercier de vive voix, c'est non seulement de l'ingratitude, mais surtout de l'incorrection ! répétait-elle à chaque occasion.

Aussi, Maurice, après avoir assisté à la balade matinale du vieux monsieur, avait fait la rencontre d'Henri Du Moulin dans son bureau, une pièce toute proche de la chambre où se reposait Pétain après sa promenade. Son identité avait été contrôlée un nombre incalculable de fois avant qu'il soit conduit auprès du directeur du cabinet civil.

Il avait balbutié quelques remerciements empruntés. Henri, très souriant, l'avait assuré du plaisir qu'il avait trouvé à pouvoir rendre service au fils d'un ami très cher de son père, avant de l'interroger sur ses perspectives d'avenir professionnel.

Maurice avait bafouillé son désir d'entrer dans la police, pour apporter sa modeste contribution à l'immense tâche qu'avait entreprise le Maréchal de relever le pays. Il avait eu sa première partie du bachot et avait interrompu ses études afin d'aider sa mère dans le commerce familial, mais il n'avait aucun goût pour cette activité qu'il accomplissait par piété filiale.

L'accomplissement de ce souhait ne posait pas de problème pour Henri Du Moulin qui avait « ses entrées » au ministère de l'Intérieur, un collaborateur proche du ministre étant de ses « bons amis ».

Maurice était reparti de Vichy, un peu honteux, mais le cœur léger. En montant dans le train, il sifflotait, un large sourire aux lèvres. Il se sentait d'humeur indulgente envers le monde en général et, à la réflexion, surtout envers lui-même… Lorsqu'il se fit écraser les pieds dans le couloir par un voyageur monté à la dernière minute, Maurice se contenta de sourire. Une broutille.

Maurice se voyait dans un bureau du quai des Orfèvres, accrochant son pardessus, ôtant son chapeau, en répondant d'une voix bourrue au salut général et respectueux de jeunes inspecteurs qu'il avait sous ses ordres.

Peu de temps après, Maurice intégrait le commissariat de Vanves et, après une année de service en tant qu'agent de base, il passait un examen interne et devenait inspecteur. Il conservait son affectation à Vanves.

Maurice contemplait le portrait de Charles de Gaulle en grand uniforme de général de brigade.

Il lui semblait distinguer une pointe d'ironie dans l'œil du chef d'État qui regardait de toute sa hauteur le sommet du crâne dégarni du commissaire.

Jean-François Bléchet avait ordonné avec insistance qu'il vienne au plus vite... dès qu'il serait de retour au commissariat, l'avait averti le planton, en ajoutant : « Il n'a pas l'air de très bon poil, ce matin ! »

Bléchet était resté un long moment penché sur son bureau, lisant – ou faisant semblant – le journal *L'Aurore*, qui, à l'instar des autres quotidiens nés à la Libération, ne comportait qu'une feuille imprimée recto verso. Enfin, il releva la tête, feignant de remarquer juste à l'instant la présence de son inspecteur.

— Foutu journal ! Vous savez ce qu'ils écrivent ? Ils suggèrent que, pour suppléer au manque de charbon, on organise des coupes dans les forêts autour de Paris ! Vous imaginez un peu ! Chacun sa scie ! Remarquez, ça réchauffe, de scier du bois. Alors ? Votre histoire ? Vous avez un peu avancé ?

— Un peu, admit prudemment Maurice. J'ai interrogé les gosses qui ont trouvé le corps. Ils disent tous qu'ils n'ont remarqué aucun changement dans les ruines, aucun tas déplacé ou nouveau qui aurait pu attirer leur attention depuis qu'ils en ont fait leur terrain de jeux. Au moins depuis le début des chutes de neige. Conclusion : le corps a dû être déposé avant, peut-être à la fin novembre ou à la mi-décembre, le gel et la neige ensuite ont peut-être provoqué un tassement des gravats qui a fait émerger la main sur laquelle un des gosses a buté.

« Le rapport du légiste manque terriblement de précision en ce qui concerne la date possible de la mort, le froid a retardé le processus de décomposition du corps.

— Bon ! Vous n'avez pas vraiment avancé, à ce que je vois. Et le bout de machin dans la bouche, vous avez du nouveau ?

— Pas réellement. Je vais faire mon rapport, il semblerait qu'il y ait écrit quelque chose comme…

— Bon, vous me noterez tout ça, coupa le commissaire. Dites, je vous ai fait demander pour autre chose. Une histoire très déplaisante et dont on peut dire qu'elle ne tombe pas vraiment bien sur le plan politique.

— Oui ?

— Nous venons d'enregistrer la plainte d'une pauvre fille qui prétend avoir été victime d'un viol commis par des soldats.

— Dans notre secteur ?

— Non, mais elle dépend de nous : elle habite à Malakoff. Elle était sortie sur Paris pour aller danser rue de Lappe dans le XIᵉ avec une camarade d'atelier. Elles ont été invitées par un groupe de soldats qui les ont fait boire ; quand elles ont été bien pompettes, ils les ont entraînées dans une arrière-cour et violées.

« La fille prétend qu'elle était vierge, de même que sa collègue. Premier emmerdement ; le second, nettement plus grave, les soldats en question, ils étaient cinq ou six à ce qu'elle dit, étaient tous des GI.

« Vous voyez le topo ? Bougrement ennuyeux que ça tombe sur nous ! Pensez aux incidences politiques et diplomatiques… Politiques, surtout ! Nos libérateurs salis, etc. Une histoire plutôt vilaine… Alors que la guerre contre le nazisme n'est même pas ter-

80

minée ! Les Alliés ont besoin d'être unis contre la barbarie qui relève la tête, avec l'offensive en Alsace. Enfin, pas besoin d'un dessin ! Pour l'enquête, allez-y en douceur… Mollo, hein ! Mollo-mollo ! On marche sur des œufs.

« Peut-être aussi que la fille n'a pas toute sa tête… Elle paraissait un peu… bon… disons simplette, quoi !

« Je crois qu'il faudrait creuser dans cette direction. Elle peut avoir tout inventé pour camoufler un petit ami à ses parents. Si ça se trouve, elle est enceinte et n'a trouvé que cette histoire comme excuse… Je dis que c'est tout à fait possible. Enfin, à envisager ! Oui, une hypothèse raisonnable.

— Je vérifierai.

— C'est ça ! J'ai fait déposer la plainte dans votre bureau. Il vaudrait mieux s'en occuper au plus vite. Allez, mon petit vieux ! Au boulot !

Le commissaire avait replongé le nez dans le journal et se désintéressait complètement de Maurice.

« Je parie qu'il ne lèvera pas la tête avant d'avoir fini de lire son article ; à vue de nez, je dirais encore deux bonnes minutes, pensait le jeune inspecteur, amusé. Histoire de bien me signifier qu'il est le chef. » Et il adressait un sourire de connivence au portrait du Général qui restait sur le mur, toujours figé et sans doute toujours ironique.

— Encore là ? s'agaça Bléchet, sans lever la tête. Vous voulez quoi ?

« Chapeau ! Il ne me regarde même pas ! »

— Je suppose qu'il faudrait peut-être que je me mette en liaison avec les *MP* ?

Cette fois, Bléchet avait relevé la tête, des points d'interrogation clignotaient très nettement dans ses yeux.

— J'imagine qu'on ne peut pas laisser les Ricains de la police militaire en dehors du coup ? Si jamais il se confirme que les dires des jeunes filles sont exacts, bien sûr !

— Sûrement. Vous avez raison, on ne pourra pas les laisser en dehors. Bon ! Mais tout ça est loin d'être confirmé. Espérons !

5

Ils contemplaient le bonhomme allongé sur le béton de la réserve.

Le type avait dû s'effondrer sur la face. Le torse projeté en avant pour parer l'agression. Ou attaquer son meurtrier. Il s'était probablement affaissé d'un seul coup, son élan brisé net.

Charles retourna le cadavre en le tirant par une épaule. Il avait une drôle de tête, tout en pointe, des lèvres presque inexistantes qui découvraient de petites dents, surtout les canines, aiguisées et tranchantes. Charles pensa qu'il avait une tête de rongeur. Un rat. Une fouine peut-être.

— Qu'est-ce que tu fous, Gustave ? Tu ne pourrais pas me donner la main ? T'as entendu ce que disais le taulier ? C'est pas le moment de dormir, bon Dieu !

En soufflant, un peu, Charles regardait la combinaison bleue imprégnée de sang au niveau de la poitrine.

— Ben, il a pas réussi à l'éviter celle-là. En plein cœur ! Boum ! Descendez tout l'monde ! Fin du spectacle. Mais qu'est-ce que tu fourgonnes dans ces caisses ? Viens m'aider. J'ai pas l'intention d'coucher ici !

— J'arrive. Où t'as mis le bidon ?

— Dans le coffre de la bagnole, serrure fermée. S'agirait pas qu'on se l' fasse piquer par un petit malin qui irait le refourguer pour mettre un peu de beurre sur sa tartine. Va jeter un œil dans la rue. Faudrait pas qu'on soit repéré par un curieux qui lancerait l'alerte générale à grands coups de trompe. Pour le coup, ça serait un rien embarrassant.

— Ça va, personne en vue ! Remarque, à quatre plombes du mat', on a peu de chances de rencontrer une noce, pas vrai ?

— Sûr ! Où t'as dit qu'on pouvait larguer notre encombrant ?

— Je réfléchis…

— Et pourquoi pas dans la Seine ? Serait pas le premier à voguer vers la mer et ses p'tits poissons… Surtout par les temps qui courent !

— Charles ! Le taulier a dit qu'on ne devait pas l'identifier de si tôt, suppose qu'il remonte trop rapidement, qu'il s'accroche à la ligne d'un pêcheur. Tu imagines un peu la tête du chef ? Moi, je préfère pas !

— Alors ?

— J'ai mon idée. D'abord, faut le coller dans la bagnole. Je prends les jambes et toi les bras. On y va ?

— Pourquoi je m'coltine la partie la plus lourde ?

— Tu vois la différence entre la tête et les jambes ? Eh bien, moi, je représente la tête. C'est plus simple pour tout l'monde…

La vieille Peugeot 301 marron empruntait la rue de la Tombe-Issoire en direction de la banlieue.

Il tombait une pluie fine et glacée que les essuie-glaces fatigués peinaient à chasser du pare-brise.

84

— On n'y voit goutte, c'est le cas d'le dire ! ricana Charles avant d'ajouter : T'es bien sûr d'aller dans le bon sens ?

— T'inquiète pas !

— Et on va où, comme ça ?

— Un copain m'a parlé d'un immeuble qui avait morflé dans les bombardements d'avril sur Boulogne-Billancourt. Ils visaient Renault et y a eu une bombinette égarée qu'est tombée largement à côté : en plein sur cet immeuble à Malakoff. Un bombardement de Ricains, quoi !

— Je croyais que c'était la RAF !

— Mais non ! Les Ricains ! Imagine la gourance ! Eh ben, cette gourance-là, j'te dis qu'elle risque de nous arranger la vie. Et même pas mal. En plus, on aura pas besoin de creuser, suffira de le recouvrir... Enfin, faudra voir.

— Tu sais où il est, ton tas de gravats ? On peut pas traîner jusqu'au matin sinon...

— Juste en limite de la zone quand on arrive à Malakoff. On peut pas le louper. Je sais plus exactement le nom de la rue, mais y paraît qu'y a des palissades tout autour. Pour empêcher les curieux de fouiner et ça, ça nous arrange bien l'coup !

Dans les rues obscures d'un Paris désert, la 301 ralentissait à peine aux croisements, filant jusqu'aux boulevards des Maréchaux pour tourner à droite sur le boulevard Brune.

Gustave sifflotait un air confus qui se transforma en hymne au Maréchal avant de vite dérailler vers une ritournelle des faubourgs. Charles sursauta :

— Qu'est ce qui t'arrive ? Un coup de vague à l'âme ?

— Du tout, juste une habitude qui devient une sale manie. Ces jours-ci, il fait pas bon s'oublier.

Gustave bifurqua à gauche à une intersection du boulevard Brune, juste à l'angle de bâtiments en brique jaune qui donnaient directement sur la zone. Dans la zone même, des feux de braseros dispersés groupaient autour d'eux de petits tas d'ombres humaines indistinctes.

— On dirait qu'y en a de plus en plus de gars d'la cloche ! Pas vrai ? s'interrogea Charles.

— Pas seulement. Y en a. Mais y a aussi les mal-logés, et tous les mal-lotis qui débarquent de leur trou de province pour tenter fortune à la capitale et qui se retrouvent dans la purée. Un peu comme nous, maintenant. Bon ! On devrait plus être très loin. Tu vois le nom de la rue ?

— Rue Gambetta, on dirait bien.

— C'est ça ! Terminus. Tout l'monde descend, y compris notre zèbre ! Dernière station. On lui fait passer la palissade et on revient pour les pelles et le bidon d'essence. T'as pas oublié les pelles, au moins ?

Charles se contenta de hausser les épaules sans répondre.

Le corps était nu. Charles et Gustave avaient eu du mal à déshabiller le cadavre. La rigidité s'accentuait avec l'air de la nuit et la pluie qui tombait sans discontinuer.

Ils firent un petit tas du bleu, de la chemise, des sous-vêtements et des chaussures, avant d'asperger le corps d'essence. Gustave releva d'un geste brusque le bidon qu'inclinait Charles.

— C'est bon, arrête !

— Qu'est-ce qui t'prend ? Tu veux que j'm'arrose aussi ?

— Réfléchis un peu ! Tu crois pas qu'on pourrait se faire quelques billets à vendre l'essence au lieu d'tout gaspiller bêtement ?

— Tu crois que ça suffit ?

— Mets le feu, on verra bien. Du moment que la tête et le torse sont cramés, le reste c'est du peaufinage… D'ici à ce qu'on l'retrouve, les rats et autres bestioles l'auront becté d'bon cœur, j'dirais… Alors, pour l'identifier… Sans compter qu'on peut s'faire repérer si ça dure trop, l'opération « cendres du défunt ».

Charles jeta une allumette. Une flamme joyeuse s'éleva malgré la pluie.

— Parfait ! Dis donc, Charles, j'ai oublié mes sèches dans la bagnole, tu veux pas me les chercher pendant que je commence à l'recouvrir ? Ça m' réchauffera un peu. Elles sont dans la boîte à gants.

— T'as rien oublié d'autre, par hasard ? J'ai pas l'intention d'faire des allers-retours pour toi toute la nuit !

Alors que Charles s'éloignait, Gustave griffonna rapidement quelques mots sur un bout de papier qu'il enveloppa avant de le glisser dans la bouche encore fumante. Il referma d'un geste ferme et précis la mâchoire qui pendait.

— Peut-être bien que c' p'tit truc, ça permettra qu'on finisse par apprendre ta triste histoire, mon pauv' gars. Mais c'est SGDG, comme on dit ! Sans garantie du gouvernement. Surtout d' celui qu'on a maintenant !

— Qu'est-ce que tu fabriques, Gustave ? Tu lui as mis un caillou dans la bouche ?

— T'avais pas entendu revenir ! T'as failli m'faire peur… Mais non, qu'est-ce que tu vas t'imaginer ! Je lui refermais la mâchoire pour pas qu'il s'étrangle avec toute cette pluie qui lui tombe dans l'bec ! Sans compter qu'il risque de s'enrhumer !

Les deux hommes riaient en pelletant ; ils devaient maintenant dégager une tombe, enfin, un trou suffisamment profond dans les gravats pour qu'il ne refasse pas surface de suite, ce gars à tête de fouine, clamsé, dénudé et carbonisé...

6

Samuel regardait s'éloigner l'*Île-de-France*.

Il agitait son cache-col très au-dessus du petit groupe resté à terre. Lev le voyait-il ? Samuel sauta, les bras levés vers le paquebot qui gagnait la ligne d'horizon sur la mer grise. Il devait n'être plus qu'un point sur le quai dans le port. Un point minuscule vu du Havre. Même pas : tout juste la trace d'une présence imaginée...

Quand se reverraient-ils ? Quand pourrait-il serrer de nouveau son aîné contre lui ?

Depuis bientôt quatre ans qu'ils étaient à Paris, Lev et Samuel avaient pris des habitudes. Enfin, Samuel. Lev, qui restait dans son idée première d'émigrer vers les États-Unis, avait déposé de multiples demandes auprès de l'ambassade, place des États-Unis, demandes qui avaient toutes été rejetées en raison de l'instauration de quotas sévères pour les immigrants d'Europe centrale et septentrionale. Et ces quotas avaient encore été aggravés avec la crise qui avait éclaté aux Amériques en 1929 et qui faisait des ravages dans les zones industrielles avec les fermetures d'usines et le chômage massif.

Malgré ces rejets successifs, Lev ne se décourageait pas. Refusant l'idée de se fixer définitivement en France, il voulait rester en marge de l'activité que Samuel et lui avaient développée au fil des mois et des années.

En arrivant à Paris, ils s'étaient rendus dans le Marais, un quartier du centre dont l'axe majeur était la rue des Rosiers avec ses échoppes de tailleurs, de chapeliers et de modistes qui portaient indication de leur raison sociale en yiddish, tout à l'identique de Wilno qu'ils avaient pourtant quitté depuis longtemps.

À l'évidence, il n'y avait pas de boulot pour deux jeunes qui ne parlaient pas français, tout juste, des « s'il vous plaît », des « merci » et des « monsieur, madame », ces rares mots qui tous sifflaient dans leur bouche et qui faisaient se retourner sur eux les passants.

Un épicier juif d'origine polonaise leur avait offert gîte et couvert contre une aide pour décharger et mettre en place les produits qu'il se faisait livrer chaque jour. Gîte modeste. L'arrière-boutique et deux matelas qu'ils roulaient le matin. Couvert succinct. Les produits qui ne trouvaient pas preneurs, les plus que défraîchis, ceux destinés à la poubelle.

Cependant ils apprenaient la langue ; ils écoutaient les clients qui venaient chercher les harengs gras de la Baltique, les gros cornichons doux et autres produits typiques d'Europe centrale. Beaucoup parlaient un yiddish pimenté de mots français. D'autres, qui ne le parlaient pas, appréciaient l'exotisme et venaient rêver de voyages lointains, en mangeant « étranger », faute de moyens pour s'y rendre. Petit à petit, les frères s'imprégnaient de la langue. Comme des éponges. Ils s'immergeaient…

Ils étaient depuis trois mois à Paris et juin 1927 s'annonçait comme un été torride. Dans l'arrière-boutique de l'épicier, une sorte de verrière qui recevait en plein la chaleur d'un soleil poussiéreux, l'air devenait irrespirable à partir du milieu de la matinée. Lev et Samuel travaillaient en tricots de corps et transpiraient d'abondance en soulevant les caisses de légumes et de fruits et surtout les barils de harengs en saumure.

— On ne va pas rester ici, à suer comme bœufs polonais en plaine ! s'exclamait Lev !

— Tu as raison, il faut qu'on trouve autre chose… D'abord, un autre lieu pour dormir et surtout qu'on ait un peu d'argent dans nos poches. Comme ça on pourrait aller danser, rencontrer des filles. Tu n'as pas envie de te dénicher une fille gentille et mignonne, Lev ? Une jolie fille aux yeux brillants quand tu lui parles ? Qui écouterait tes plaisanteries sans grimacer ?

— Quelle idée ! Bien sûr que ça ne m'intéresserait pas du tout, cette fille dont tu me parles ! Mais pour en trouver des comme tu dis, il faut avoir autre chose que les coutures dans les poches. Il faut faire craquer doucement les billets, qu'elles entendent le bruit qu'ils font quand tu les froisses. Sans ça…

— Alors, il faut trouver le métier ! Tu as une idée ?

— Aucune. Ici, on ne vit pas comme en Amérique, on ne peut pas trouver un business au petit poil qui rapporte gros. Et vite !

— Bon, peut-être pas très vite, mais il y a aussi de bons turbins à faire pour des gars débrouillards.

Samuel avait pris un petit air futé avant de lancer à Lev, qui souriait d'avance :

— À quoi tu vois que les gens ont de l'argent dans leurs poches ?

Lev réfléchit un moment en posant la caisse qu'il venait de soulever. Samuel s'était assis sur la pile dont il venait d'entamer le transbordement jusqu'à la boutique et observait son aîné.

— À leurs vêtements, à leurs bijoux, je ne sais pas… On les reconnaît tout de suite, ceux qui ont de l'argent.

— Quand tu leur parles, quand tu les vois de près, d'accord. Mais qu'est-ce qu'ils ont tous en commun, les gens riches ?

Lev hésitait.

— Autre chose que les vêtements ? Je ne vois pas… Ah ! si ! L'accent ? C'est ça ? Ils parlent autrement que les autres ? Ils n'utilisent pas les mêmes mots ?

— Tu n'y es pas ! Cogite encore. Comment ils se déplacent ?

Lev eut un grand sourire.

— J'y suis ! Ils ont des voitures ! Ou bien ils se déplacent en taxi ! C'est ça ?

— Tu en as mis du temps !

La voix de leur employeur s'éleva depuis la boutique. Mais qu'est-ce qu'ils fabriquaient, les deux frères, à lambiner comme ça ? Ils pensaient que l'heure de la sieste était arrivée ?

Samuel haussa les épaules et retint Lev qui voulait se lever.

— Laisse-le grogner un peu ! Il n'a qu'à les porter lui-même, ses caisses, s'il est si pressé…

— Et alors ? Tu vois quoi comme trafic de première classe avec les voitures ? On n'a même pas l'argent pour en acheter une. Pour conduire un taxi à Paris, il faut… je sais pas… être au moins un prince exilé.

— Pas pour nous, la voiture. Juste pour les autres. Et pas une entière. Seulement des pièces qu'on pourrait revendre.

L'épicier, furieux, venant aux nouvelles, s'indigna de voir les frères assis paisiblement.

— Mais qu'est-ce qui se passe ici ? Déjà la pause ?

— Et la chaleur ? Vous la sentez pas ? Essayez un peu de porter vos caisses par cette chaleur. Au fait, vous nous donnez l'argent quand ? Pour le boulot qu'on fait avec Lev ? Ça s'appelle un salaire en français, précisa Samuel en constatant le masque d'incompréhension totale qu'affichait l'épicier.

— De l'argent ?

À l'automne, Lev et Samuel avaient leur emplacement aux puces de Clignancourt.

En réalité celles de Saint-Ouen. Un bout de trottoir sur la rue des Rosiers qu'ils avaient dû conquérir de haute lutte.

Ils l'avaient emporté sur des biffins, des chiffonniers installés de longue date qui prétendaient à l'exclusivité de cette portion d'une des rues principales du marché aux puces.

Lorsque les frères Litvak, après avoir observé plusieurs jours d'affilée l'activité du marché, s'étaient présentés la première fois avec leur bâche et deux valises pleines à craquer, ils avaient dû faire le coup de poing face à une demi-douzaine de chineurs, des semi-clochards. Ces épaves de la rue qui étalaient guenilles, ustensiles de cuisine rouillés ou cassés, pièces disparates de vaisselle ébréchée, prétendaient à grands coups de gueule et force injures ne pas leur concéder un pouce de leur territoire. Quelques coups vigoureux judicieusement assénés sur des adversaires imbibés pour la plupart avaient mis fin à cette querelle de préséance sur le bitume.

Les frères arrivaient tôt le matin, alors que la nuit s'attardait. Ils étalaient la bâche sur laquelle ils disposaient les objets, essentiellement des accessoires pour automobiles et motocyclettes qu'ils récupéraient au prix de tournées incessantes chez les garagistes et les casseurs. Si leur bénéfice en fin de journée était modeste, leurs besoins l'étaient plus encore.

Bientôt, les valises ne suffirent plus. En 1928, près d'un an après leur installation rue des Rosiers, un voisin leur prêta une carriole à bras à laquelle ils s'attelaient, toujours de grand matin ; l'engin réveillait les riverains avec le terrible bruit de ferraille de ses roues cerclées.

Ils vendaient des phares, des flèches clignotantes pour changement de direction, des écussons métalliques – les articles de décoration de ce genre étaient très prisés et très recherchés –, des chambres à air, parfois des pneus rechapés, selon les opportunités de la veille.

Ils avaient leur petite réputation et les amateurs devenaient de plus en plus nombreux. Il arrivait même qu'on leur passât commande de telle ou telle pièce, ou tel ou tel accessoire. À peine la marchandise était-elle étalée soigneusement sur la bâche qu'un des frères repartait pour la tournée habituelle, à la recherche d'un rétroviseur extérieur, d'un avertisseur pour corner aux croisements, d'un carburateur ou d'autres pièces de mécanique à mesure qu'ils élargissaient la gamme de leurs produits et leur clientèle.

Le soir, Samuel se félicitait en comptant la recette du jour et les perspectives qui s'ouvraient. Peut-être pourraient-ils avoir une boutique, un endroit bien à eux, monter un fonds solide, être entre leurs murs... Ils pourraient même penser à faire venir les parents si les affaires continuaient de prospérer...

Lev acquiesçait, mais montrait beaucoup moins d'enthousiasme.

D'accord, maintenant ils pouvaient faire crisser des billets dans les poches arrière de leurs pantalons, inviter de jolies filles au café ou dans les dancings à la mode, ou même les convier à dîner dans les brasseries ruisselantes de lumière sur les Grands Boulevards, mais Lev restait insatisfait.

Certes, ils s'habillaient mieux, portaient des knickerbockers le dimanche et des vestes cintrées à la taille pour fêter les filles de leur compagnie et peut-être leur faire oublier un peu cet accent bizarre qui faisait rire ces demoiselles de la confection ou de la coiffure… Même s'il s'estompait.

Lev faisait mine de se réjouir de la bonne santé de leur commerce, d'écouter les plans qu'échafaudait Samuel après quelques verres avalés en joyeuse hâte dans les bals bondés aux orchestres assourdissants où les couples sautillaient sur la piste. Il hochait volontiers la tête à l'évocation de cette boutique solide qu'ils ouvriraient sous peu, à l'énumération des contacts, nombreux et variés, qu'ils entretenaient, « pour ne pas mettre tous leurs œufs dans le même panier », comme le pontifiait Samuel, mais il n'arrivait pas à partager l'enthousiasme de son cadet.

Souvent, Samuel apostrophait son aîné :

— Mais tu m'écoutes ? On dirait que tu fais semblant, pour me faire plaisir. C'est comme si tu écoutais, mais tu es parti au loin, très loin d'ici…

Lev protestait mollement. Le lendemain, les jours suivants, il retournait faire la queue place des États-Unis pour obtenir son visa, le permis d'émigrer, l'autorisation de voir, depuis le pont d'un paquebot, le port de New York, la statue avec la torche qui éclairait le monde… Et il agiterait son chapeau, sa casquette pour saluer la statue, saluer aussi cet immense pays tout neuf qui l'accueillerait généreusement, qui lui donnerait la chance de devenir un de ses fils…

Lorsqu'il revenait abattu par une démarche infruc-
tueuse auprès des services de l'ambassade, Samuel
l'encourageait à la patience.

— Attends encore un peu, je ne sais pas, un an,
deux ans... Tu auras plus d'argent en poche, je te
rachèterai ta part de la boutique et tu pourras ouvrir
ton propre commerce aux États-Unis... Tu ne feras
pas partie de tous les galeux qui ne savent pas où dormir et sur qui les gens crachent quand ils tendent la
main pour une piécette ou deux ! Attends ! On fera
venir mère et père. On sera tous réunis et on pourra
s'embrasser, manger et boire ensemble une dernière
fois ; alors tu partiras. Tu seras heureux. Tu seras
léger. Et tu iras là où tu as décidé, parce que tu seras
toi aussi un monsieur avec chapeau et manteau. Et
une écharpe bien chaude de laine épaisse pour te protéger du froid de l'hiver.

Lev souriait.

— On fera comme tu as dit, petit frère. Tu es plus
sage que moi !

En 1930, au début de l'hiver, Samuel et Lev avaient
trouvé le lieu idéal.

Leur lieu. Leur boutique. Elle était dans le XIe,
avenue Parmentier. À proximité du commissariat et
de la mairie. Ils avaient visité un grand nombre de
commerces, de locaux industriels, d'ateliers, dans les
quartiers de l'Est, le Paris populaire, en opposition
aux arrondissements bourgeois de l'Ouest. Les frères
Litvak pensaient en effet que leur activité devait rester dans la continuité de celle qu'ils avaient commen-
cée aux puces. L'automobile, tout le monde en rêvait.
Et qui ne voulait en posséder une ?

Les riches, quant à eux, roulaient en cabriolets,
coupés, berlines, voitures de maître, souvent avec
chauffeurs ; ils faisaient entretenir leurs véhicules

par des garagistes et n'avaient nul besoin de chiner pour se procurer à moindre coût tel ou tel enjoliveur... Seuls les petits, ceux de la classe moyenne, pouvaient avoir besoin des Litvak. Et ceux-là n'habitaient pas les beaux quartiers, les appartements aux plafonds très hauts, aux pièces spacieuses, ouvertes en grand sur la lumière du jour, dans des immeubles avec escaliers de service, cuisine, communs et chambres de bonnes.

Cette boutique, un ancien troquet tenu par un Auvergnat qui se retirait et retournait passer le reste de son âge dans sa province, n'était pas très grande. Elle comprenait deux pièces au rez-de-chaussée, l'une donnant sur l'avenue d'une dizaine de mètres de longueur et de quatre, cinq mètres de profondeur, dotée d'un comptoir en zinc que Samuel avait immédiatement décidé de conserver, la seconde, légèrement moins profonde, qui servirait de réserve pour entreposer le stock, comportait un escalier qui donnait accès au logement du premier étage.

Celui-ci se composait de quatre chambres en enfilade desservies par un corridor, une petite cuisine en façade ainsi qu'une salle à manger tout en longueur, assez étroite, dont les fenêtres ouvraient sur l'avenue. L'appartement lié à la boutique avait emporté la décision de Samuel. Il y voyait un lieu propice. Celui où la famille pourrait à nouveau se réunir, un endroit où les parents se sentiraient à leur aise.

Chaque matin, le père descendrait prendre son petit noir au café qui faisait l'angle, un café nommé de façon amusante *Le Zanzibar*. Il y serait salué comme on fête un ami de toujours, il y lirait son journal en yiddish et parlerait fort, blaguerait avec les autres habitués... lorsqu'il aurait appris quelques mots, bien sûr.

Sarah n'aurait que l'embarras du choix pour faire ses courses sur l'avenue, les commerces s'y succédaient et rivalisaient de profusion en marchandises. Elle penserait à coup sûr voir l'image du paradis dans cette opulence... D'ailleurs, elle serait très fière du commerce de ses fils, de l'ordonnancement parfait des accessoires d'automobiles, les pneus avec les pneus, les chromes avec les chromes, selon la taille, le type de modèle, etc.

Samuel retournait toutes ces pensées en visitant à nouveau boutique et appartement, après la signature du bail. La famille Litvak y serait fameusement heureuse. Et réunie. Au moins un temps... Le bonheur ne dure jamais très longtemps.

Jusqu'en 1930, les frères avaient reçu des nouvelles des parents. Une lettre écrite par un voisin, un membre de l'Union professionnelle des *Schwartzarbeter* de Vilnè à laquelle appartenait Max, qui lui demandait ce petit service à cause de sa vue déclinante – c'est du moins ce qu'il prétendait –, arrivait irrégulièrement. Tous les deux, trois mois environ, les frères attendaient *la* lettre.

Les parents allaient bien. Lev et Samuel ne devaient pas se faire du souci pour eux : d'ailleurs le père avait retrouvé à s'employer et la santé de la mère était toujours aussi bonne malgré le vent sibérien, venu plus tôt, qui glaçait les rues à un point tel qu'on hésitait à sortir, même en plein midi.

À la mi-mars 1931, alors qu'ils étaient maintenant installés avenue Parmentier, ils n'avaient encore reçu aucune nouvelle d'eux. Pas de lettre d'une page recto verso, avec la grosse écriture du camarade du syndicat. Ils avaient pourtant annoncé la grande nouvelle avant la fin de l'année et renouvelé leur souhait de les faire venir en France maintenant qu'ils s'étaient fixés à Paris. Ils enverraient le prix du voyage dès que les parents seraient décidés. La lettre arriva avec le printemps et les feuilles nouvelles aux arbres d'avril sur l'avenue.

Les choses allaient mal à Vilnè. De plus en plus mal. Les entreprises familiales de bonneterie fermaient les unes après les autres avec la crise, le chômage touchait de plus en plus ouvriers et petits employés, les soupes populaires faisaient le plein. Le soir, les queues résignées de nécessiteux qui patientaient s'allongeaient aux carrefours où les roulantes étaient stationnées.

Pour trouver à s'embaucher, le père avait dû restreindre ses prétentions. Il ne recevait désormais qu'un peu plus de cinq zlotys pour sa journée de labeur alors qu'un kilo de pain blanc coûtait plus d'un zloty et le café dix zlotys le kilo. Alors ils ne viendraient pas cette année-là. Peut-être l'an prochain, si les choses allaient un peu mieux, et si Dieu voulait.

L'an prochain...

Les frères comprirent en lisant la lettre que Max et Sarah ne viendraient jamais.

Il ne leur suffirait pas, comme ils l'avaient espéré, d'expédier les billets de train. Il leur faudrait aller les chercher tout là-haut, à Vilnè.

Cela, Lev ne s'en sentait pas le courage. Enfin, pas dans l'immédiat.

Il ne voulait pas faire ce qu'il considérait – sans se l'avouer – comme une marche arrière. Retourner à Vilnè, c'était repartir de zéro, c'était se nier toute possibilité de vivre ailleurs, c'était au-dessus de ses forces.

Chaque matin Lev ouvrait la boîte à lettres et cherchait dans la modeste pile de courrier si le sésame qu'il attendait, l'enveloppe tant espérée, magistralement frappée de l'aigle américain, ne s'y trouvait pas,

et, chaque matin, il soupirait et passait aux factures
adressées à l'enseigne d'

ACCESSOIRES AUTOS / MOTOS.
TOUTES MARQUES,
Litvak frères.

Rien à faire. 1931 allait se terminer comme les
années précédentes : il n'y avait pas de place pour un
seul Lev dans tous les États-Unis d'Amérique.

Et ce matin-là, un 25 août, allait rester inscrit pour
toujours dans la mémoire de Lev. Le visa était
accordé !

Dans la première semaine de septembre, Samuel
accompagnait Lev qui embarquait en seconde classe
sur le paquebot l'*Île-de-France*, lequel faisait la
liaison Le Havre-New York.

À cette occasion, Samuel avait loué pour la journée à un prix modique un cabriolet Citroën chez un
collègue garagiste. Une mignonne petite voiture, dotée
de deux phares ronds sur les ailes aérodynamiques,
avec des chromes qui soulignaient la fluidité de sa
ligne et des pneus aux flancs blancs. Capote baissée,
dans un magnifique soleil de septembre, les deux
frères avaient rallié Le Havre, cheveux au vent. À
l'arrière, une valise en cuir fauve toute neuve reposait
sur la banquette étroite.

Lev se retournait souvent pour en admirer le luisant, les boucles métalliques rutilantes… et protester
contre cet achat dispendieux alors qu'une valise plus
ordinaire en carton renforcé de baguettes de bois
aurait aussi bien fait l'affaire.

— C'est le dernier cadeau que je peux te faire, ton
dernier souvenir de France… Tu ne voulais pas me
quitter comme un clochard alors que les affaires com-
mencent à marcher, pas vrai ? Qu'est-ce que tu aurais

pensé de ton frère s'il t'avait laissé partir comme un gueux ? Rien de bien ! Comme ça, quand tu reviendras nous rendre visite aux parents et à moi, tu sauras dans quel bagage mettre tes affaires et les cadeaux que tu nous destineras !

Ils se séparèrent au pied de la passerelle sur le quai alors que les sifflets de l'équipage prévenaient de l'imminence du départ et qu'on relevait les amarres du paquebot. Les moteurs lancés à pleine puissance grondaient, faisaient trembler toute l'armature du navire et brassait en tourbillons épais l'eau sombre entre le quai et la coque. Après avoir monté vers les aigus, le son se calmait à mesure que le transatlantique s'écartait du quai.

— Ne nous oublie pas ! Pense à écrire aux parents ! À moi aussi ! Et si l'Amérique ne te plaît plus, reviens ! criait Samuel à Lev.

Celui-ci fit un signe de la main en cornet autour de son oreille. Il n'avait rien entendu et agitait sa casquette avec enthousiasme.

Samuel était reparti longtemps après. L'*Île-de-France* n'était plus qu'un point imperceptible sur la ligne bleue de l'horizon alors que la lumière déclinait.

Maintenant, il allait s'occuper seul de la boutique. Et, toujours seul, des parents, restés à Vilnè, qu'il devrait convaincre... Pendant tout le retour, Samuel s'inquiéta de sa capacité à faire face.

Il n'éprouva aucun plaisir à filer dans la nuit vers Paris sur des nationales vides à l'exception de quelques camions de livraison qu'il doublait comme s'il les avalait d'un coup, faisant disparaître leurs phares en un clin d'œil.

Samuel réfléchissait. Il aurait besoin d'être secondé, au moins pour la boutique qu'il ne pourrait pas tenir toute la journée et approvisionner en pièces dans le même temps... Il avait aussi à négocier avec les fournisseurs.

Il lui faudrait quelqu'un de confiance. Peut-être une femme. Une femme dans une boutique rassure le client… C'est ce qu'on dit, en tout cas. Peut-être pas dans sa partie, la mécanique, l'automobile… Encore que, ça donnait un côté moderne au commerce.

Depuis quelques semaines, Samuel fréquentait Irène Sliwoski. Irène, une jeune fille sage et rieuse. Ayant le sens de l'humour, elle se moquait gentiment de lui lorsqu'il jouait par trop les capitaines d'industrie avec La boutique, point de départ d'un empire de plus en plus vaste à mesure que la soirée s'avançait et que Samuel levait son verre. Et elle repoussait d'une tape amicale, mais ferme, les mains du jeune homme lorsqu'elles se faisaient un peu trop entreprenantes à son goût.

Il l'avait rencontrée à un bal du 14 Juillet organisé par les pompiers sur la place de la mairie du XIe. Irène était juive d'origine polonaise et travaillait comme petite main dans un atelier proche des Halles qui fournissait de grands noms de la haute couture. Elle était en passe de devenir ouvrière, la première main de l'atelier étant satisfaite de son travail.

Elle avait prévenu Samuel : elle ne se donnerait qu'à son mari, après la cérémonie. Irène aimerait beaucoup que Samuel soit celui-ci, mais elle n'irait pas au-delà d'un flirt s'il n'avait pas d'intention sérieuse… Acceptait-il qu'elle le présente ?

Son père, Yankel, était casquettier rue des Francs-Bourgeois et habitait avec sa mère, Hannah, dans un appartement sombre qui leur servait également d'atelier. Samuel hésitait, il avait à peine dépassé la vingtaine et se sentait encore bien tendre pour s'engager. Fonder un foyer… il devait y réfléchir.

Irène, un peu plus jeune, était bien faite, avait un joli minois, de beaux cheveux blonds, longs et bouclés, qui retombaient sous ses épaules. Elle était intelligente. Elle ferait sûrement une bonne épouse. Mais à vingt et un ans… Samuel estimait devoir attendre un peu avant de prendre une décision.

Par contre, Irène serait parfaite pour le seconder dans la boutique. Ce serait aussi une excellente épreuve… Accepterait-elle pour lui de lâcher un boulot qui lui plaisait beaucoup ? Une *formidable* mise à l'épreuve.

Samuel leva le pied, soulagé. D'ailleurs, il entrait dans Paris.

7

Maurice releva les nom et adresse de la jeune femme dont le viol embarrassait tant le commissaire, et nota dans son calepin noir à élastique : Lucienne Reignié. 13, rue Sadi-Carnot à Vanves.

« Ce mardi 16 janvier 1945, Mlle Reignié Lucienne, Marie, Josiane, âgée de dix-neuf ans, ouvrière dans un atelier de tricots pour dames, domiciliée au 13, rue Sadi-Carnot, est venue déposer plainte pour agression sexuelle et viol. Un viol survenu dans la soirée du dimanche 14 janvier à Paris dans un lieu inconnu de la plaignante, situé dans le XIᵉ arrondissement de Paris. Une cour d'immeuble, selon la description qu'elle nous a faite du lieu. La plaignante n'était pas la seule victime. Elle était accompagnée d'une amie et camarade d'atelier, la dénommée Antoinette Hôters domiciliée à Issy-les-Moulineaux, laquelle aurait, selon les dires de la plaignante, subi les mêmes sévices, à savoir avoir été contrainte à des rapports sexuels répétés avec différents hommes, tous soldats de l'armée américaine. Cinq ou six. La jeune femme, très éprouvée, ne se souvient plus.

Les faits se sont produits après une soirée passée dans un dancing, rue de Lappe, après que
ces jeunes filles se furent laissées convaincre de
boire à la victoire toute proche avec les Américains… »

L'inspecteur soupira. L'enquête n'allait pas être
simple. Avec les mouvements incessants des troupes
américaines qui montaient pour arrêter les dernières
contre-offensives allemandes en Alsace et dans les
Ardennes, comment retrouver la trace de trouffions
semblables entre eux comme des gouttes d'eau aux
yeux des victimes ?

Depuis juin 1944, deux millions de GI avaient
débarqué sur le sol français. Comment en retrouver
cinq ? Ou six. Tous les jours, il en mourait des centaines dans les engagements avec la Wehrmacht… Et
cette mort les transformait en héros. Un héros peut-il
violer une femme, comme n'importe quel type pris
au hasard dans une foule ?

Il apercevait nettement l'inanité de l'entreprise et
se sentait épuisé d'avance.

La nuit précédente, il avait écouté les nouvelles à
la TSF. Deux collabos avaient été condamnés à mort
en province : Joseph Aunet à Nîmes, qui défilait har-
diment en tête des miliciens de la ville, et Andrée
Berger à Clermont-Ferrand, pour avoir livré quatre-
vingts patriotes à la Gestapo de la ville ; un autre,
dont il n'avait pas retenu le nom, avait été fusillé à
Montauban et un jeune de dix-neuf ans, engagé dans
la Milice de Joseph Darnand, n'avait, en raison de sa
jeunesse, été condamné qu'à cinq ans de prison.

Dans un meeting qui s'était tenu la veille au soir
au gymnase Japy dans le XIe, la SFIO avait réclamé
une justice plus sévère et une épuration plus rapide.
Maurice avait éteint. On ne disait rien des prisonniers
et déportés.

Délaissant Montaigne et ses *Essais* qui attendraient une prochaine insomnie, il avait entamé la lecture d'un roman d'André Chamson, *Le Puits des miracles*. Il avait été frappé par la nouvelle « Le Tueur de chiens » qui ouvrait le recueil et dont les derniers mots étaient :

> « — Et trente ronds de mieux… il faut bien que tout le monde vive ! Vous n'allez pas m'empêcher de gagner mon rutabaga ? Y faut crever… Y a rien de plus utile… Y faut crever… »

Bien sûr, il fallait bien que les gens crèvent, qu'ils disparaissent, qu'ils soient retrouvés à moitié calcinés, comme ce type à la main peinte en noir, pour que lui vive et qu'il fasse son boulot de flic. Il devait aussi le gagner, son rutabaga !

Depuis le dimanche soir, il n'avait pas encore vraiment eu le temps de s'occuper de lui, de réfléchir à la résolution de l'énigme posée par la découverte du corps… et maintenant on lui collait cette histoire de viol. « On », Jean-François Bléchet, tout nouveau commissaire, grand résistant depuis la mi-juin 44 et médaillé par le préfet de police, Charles Luizet, en septembre de la même année. Si le héros n'appréciait pas le jeune inspecteur, celui-ci le lui rendait bien ; il le jugeait opportuniste, prétentieux…

Maurice se retourna nerveusement sous l'épaisse courtepointe qui recouvrait les deux couvertures de laine et il éteignit la lampe de chevet. Il était deux heures du matin ce jeudi 18 janvier. Dans cinq heures, il devrait se lever et s'habiller dans le froid de sa chambre à peine tiédi par le poêle anémique du séjour – on gardait toutes les portes ouvertes le soir – et ses deux maigres pelletées de mauvais charbon pour la nuit. Un charbon friable et poussiéreux qui fumait beaucoup et ne chauffait rien ou presque hors des parages immédiats du poêle.

Maurice n'avait plus aucune nouvelle de son cousin Antoine, le fils de Mathilde, la sœur de son père, qui, depuis son mariage avec Jean-Rémy, vivait à Grenoble où le couple tenait depuis les années 1920 une épicerie fine. Cela faisait maintenant plus d'un an. Un an et presque un mois pour être précis. Le jeune homme, de six ans son cadet, que Maurice aimait beaucoup et considérait comme le jeune frère qu'il n'avait pas eu, avait été arrêté par les Allemands, deux jours avant la Noël 1943.

Antoine avait été pris dans une rafle sur la place Vaucanson, devant la poste centrale de Grenoble. Maurice n'en avait été averti qu'au début 1944, vers les 5 ou 6 janvier, alors que son oncle et sa tante ignoraient toujours où, dans quelle prison, fort ou autre lieu, leur fils était détenu.

Lorsque les troupes d'occupation italiennes, installées en Isère depuis la fin de la zone libre, avaient été remplacées par les troupes allemandes, début septembre 1943, l'atmosphère avait changé du tout au tout. Le temps des arrestations, des rafles et des déportations était venu. Les Allemands appliquaient une stratégie de répression massive dans un département particulièrement hostile. Une manifestation de résistance patriotique le 11 novembre 1943 s'était soldée par l'arrestation de plusieurs centaines de personnes. On était sans nouvelles de la plupart.

Antoine était allé déposer le 23 décembre un colis pour un client de son père à la poste principale de Grenoble, qui était sur son chemin pour se rendre chez un camarade de lycée. Il devait être midi moins le quart et les guichets étaient pris d'assaut. Antoine avait donc patienté devant celui des expéditions lorsque des policiers allemands étaient entrés et avaient brutalement ordonné l'évacuation, poussant les gens à coups de crosse dans les reins pour activer le mouvement. Ils avaient aussi cerné la place et regroupaient les passants pour les charger dans des camions en direction de la caserne Bayard.

À midi, la place Vaucanson et la poste principale étaient vides, les camions et leur chargement avaient disparu. Disparition durable.

D'après ce que Mathilde et Jean-Rémy avaient recueilli comme maigres renseignements, une centaine de personnes avaient été arrêtées, uniquement des hommes ou presque. Ils n'en savaient pas plus fin 1943 et n'avait appris leur départ vers Lyon et probablement Compiègne que dans la première semaine de 1944. Depuis, ils n'avaient eu aucune nouvelle d'Antoine. Il avait probablement été transféré avec les autres raflés en Allemagne, mais l'oncle et la tante n'en avaient aucune certitude. Ils avaient demandé à Maurice de se renseigner, mais il avait dû avouer son impuissance.

En avril 1944, plusieurs semaines après les événements, Maurice avait finalement appris que, selon un rapport du préfet, Antoine et ses compagnons avaient été déportés après être passés au centre de triage de Compiègne. Depuis, Maurice attendait le retour d'Antoine.

Il se disait que l'hôtel *Lutetia* deviendrait le point de chute pour les prisonniers de guerre et déportés libérés par les Alliés au fur et à mesure de leur progression. On parlait du printemps prochain. Au plus tard, de l'été.

Aussi Maurice attendait-il avec impatience le printemps et la défaite allemande.

La rue Sadi-Carnot semblait interminable à Maurice.

En sortant du commissariat, situé rue Fratacci à Vanves, il avait commencé par prendre la rue Carnot, longue d'un bon kilomètre ou peu s'en fallait, dans le mauvais sens.

Préoccupé et lassé par la perspective d'avoir à mener une enquête interminable et sans doute inutile, il n'avait pas fait attention aux numéros sur les façades de pavillons et d'immeubles ; aussi avait-il déjà dépassé le numéro 100 avant de se rendre compte de son erreur en levant pour la première fois la tête. Une divagation d'autant plus étrange qu'il connaissait la rue pour l'emprunter chaque matin en se rendant au commissariat.

Les trottoirs étaient ponctués de neige sale, amassée en tas irréguliers, avec, entre ceux-ci, des passages noirs ou grisâtres de cendre de bois ou de charbon déposée par les concierges pour éviter les glissades périlleuses des passants. Surtout des vieilles. Elles se cassaient facilement la figure avec leurs semelles en bois.

Ce matin-là encore, la lumière jaune et terne, jointe aux bruits assourdis par la neige, rendait la rue hostile et presque déserte à l'exception de quelques automobiles dont les pneus faisaient des pschitt-pschitt en projetant la neige fondue sur les trottoirs et sur les très rares passants qui levaient le poing et criaient des insultes lasses.

La concierge du 13, une grosse femme flasque, emmitouflée dans une couverture militaire, raclait la neige avec une large pelle carrée en fer et jurait sans trêve.

— Saloperie ! Saloperie de neige ! Ça colle, c'est sale et ça regèle la nuit ! Comme si j'avais pas assez d'emmerdes avec ces feignants qui vident n'importe comment leurs poubelles ! À croire qu'ils veulent faire de l'élevage de rats dans la cour ! Après, ils gueulent que c'est jamais assez propre ! Bande de pourris ! Crevures, ouais ! Tous des crevures !

La bonne femme reprenait son souffle après sa diatribe, considérant avec découragement la portion de rue qui lui incombait, puis l'inspecteur qui s'était immobilisé et la fixait, amusé.

— Et qu'est-ce qu'il veut, le p'tit jeune, à bayer ses deux ronds de flan, comme s'il voulait gober les mouches ?

Maurice brandit sa carte tricolore sous le nez de l'aimable personne.

— L'p'tit jeune voudrait savoir où crèche, parmi toutes vos crevures, celle qui a pour nom Lucienne Reignié, une p'tite jeune fille qui doit avoir autour de la vingtaine…

— Faut pas l'prendre mal : je parle toujours comme ça, mais vous pouvez demander, quand il s'agit de rendre service… Lucienne Rayé, vous dites, j'vois personne de c'nom-là dans l'immeuble que j'tiens…

— Reignié, pas Rayé.

— Il y a bien une jeune fille gentille et modeste qui ne passe pas ses journées à se peigner en pleine rue comme le font toutes les filles de maintenant, à croire qu'elles sont toutes filles de joie, mais tout l'monde l'appelle Lulu.

— Elle travaille dans un atelier de tricots ?

— C'est ça ! Deuxième étage, à droite sur le palier.

La bonne femme, le menton reposant sur l'extrémité du manche de la pelle, figurait en allégorie de la perplexité. Alors que Maurice la contournait pour gagner l'entrée, elle lui lança :

— C'est tout d'même curieux, ça ! Alors, elle porte pas le même nom d'famille que sa mère ?

— Vous savez si elle est là ?

— Bien possible, je l'ai pas vue de c'matin. Pareil, hier… Qu'est-ce qu'elle a fait d'mal ? Rien de grave ? Une histoire de marché noir, peut-être ?

Maurice haussa les épaules.

— Mais non. Rien de tout ça. Courage pour la saloperie de neige !

Maurice entendit un trottinement léger derrière la porte sur le parquet qui grinçait un peu. Une jeune fille très pâle, aux cheveux ternes de couleur châtain, aux yeux tristes et à la bouche tombante, se tenait debout, le corps dissimulé derrière la boiserie qui laissait juste apparaître la tête.

— Qu'est-ce que vous voulez ?

— Je suis l'inspecteur Clavault, du commissariat de Vanves. Je viens pour l'enquête. Suite à votre plainte.

— Ah ?

— Je peux entrer ?

Lucienne s'effaça à peine en ouvrant en grand le battant. D'emblée, Maurice pensa qu'elle avait tout de la victime – la proie rêvée, désignée d'avance pour tous les mauvais coups du sort – avant de se reprocher d'avoir eu cette pensée.

— Vous êtes seule ?

Lucienne, les pieds dans de grosses chaussettes de laine grise et des pantoufles avachies, resserra autour de son corps maigre une robe de chambre informe, en jetant un regard apeuré à Maurice. Elle garda un silence angoissé, en cherchant des yeux une issue de secours à la façon d'une souris piégée qui guette une brèche pour s'enfuir.

Maurice se força à un large sourire.

— Heu, ne vous méprenez pas, vous ne risquez rien. Je suis là pour vous interroger. Pour l'enquête, précisa Maurice comme Lucienne conservait l'air égaré. Votre mère n'est pas là ?

— Elle est partie au travail.

— Et vous restez seule toute la journée ?

— Le docteur m'a arrêtée pour la semaine. Je reprendrai lundi prochain.

Ils étaient dans une salle à manger avec coin cuisine. La cuisine type, avec un évier émaillé blanc pour la vaisselle, une grosse bassine en zinc qui reposait contre le mur pour la toilette du dimanche, une cuisinière à gaz bleue à deux feux. Aussi le buffet Henri II, énorme, qui occupait tout un pan de mur de la salle à manger. Au centre, une table Lévitan avec rallonge, solide et sombre, avec quatre chaises assorties, serrées contre elle. Les deux femmes ne devaient pas recevoir grand monde.

— On peut s'asseoir ?

Sans attendre, Maurice tira une chaise. Lucienne poussa un soupir de soulagement, rassurée.

— Je peux vous offrir quelque chose ? Une tasse de chicorée ? Elle doit être encore chaude. Un apéritif, peut-être ? Maman doit avoir une bouteille de Guignolet…

— La chicorée sera très bien. C'est un peu trop tôt pour un apéritif.

Maurice eut un moment d'absence, il fixait ses mains jointes, comme s'il avait oublié l'existence de Lucienne, avant de se ressaisir.

— Bien ! Est-ce que vous pouvez m'expliquer ce qui s'est passé au dancing l'autre soir ? Je sais que ça ne doit pas être facile à revivre, mais je dois recueillir le maximum de précisions sur vos agresseurs si l'on veut avoir une chance de les coincer. Vous comprenez ?

Lucienne fit un geste imperceptible d'approbation en détournant la tête pour fuir le regard du jeune inspecteur. Pour tenter de cacher son trouble, elle farfouilla dans le buffet et y pêcha une tasse d'apparat décorée de petites fleurs, alla chercher la cafetière encore sur la gazinière, et repartit en quête de sucre et d'une petite cuillère.

Maurice songeait à Ginette, à l'aisance de la jeune femme blonde et élégante, comparée aux gestes empruntés de Lucienne, à son visage aux traits tirés. Il devrait l'appeler ce soir-là pour qu'ils conviennent d'un rendez-vous afin de retourner au Paramount. Ils finiraient quand même par le voir, ce fameux film de Charlot… Sans se l'avouer, Maurice avait été séduit par le naturel de Ginette, son enthousiasme, son côté chaleureux et décontracté, sa simplicité. Une jeune femme moderne.

— Et si vous me racontiez ce qui s'est passé ? Prenez votre temps, on n'est pas pressés. D'accord ?

Lucienne avait eu un gentil sourire pour remercier, avant de se mettre à pleurer avec de petits sanglots discrets.

Elles étaient allées danser au *Balajo*, rue de Lappe, avec sa copine Antoinette ; en fait, c'était sa copine qui avait insisté pour qu'elles y aillent parce qu'elle, ça ne la gênait pas de ne pas sortir le soir, même en fin de semaine, en plus c'était un dimanche, et le lendemain il fallait quand même se lever, mais bon, elle avait fini par se laisser convaincre, d'autant que sa mère avait insisté, elle aussi, pour qu'elles aillent s'amuser toutes les deux. Si elle avait su…

Et elle, Lucienne, elle ne s'amusait pas tant que ça, Antoinette était souvent invitée à danser par des garçons qui se bousculaient autour de sa chaise, alors qu'elle faisait tapisserie.

Et ça l'ennuyait même un peu tout ce vacarme, le boucan de la musique avec les trompettes, les cris des garçons et les piaulements des filles qui rigolaient comme des perdues. Alors, quand les soldats américains étaient entrés – on voyait bien qu'ils avaient déjà pas mal bu, ils parlaient tous très fort, mais peut-être que c'était la coutume de chez eux –, elle avait été contente qu'ils s'intéressent aussi à elle et qu'ils l'invitent sur la piste à faire des danses très compliquées et acrobatiques comme tout...

Puis ils s'étaient installés avec elles à leur table et ils leur avaient fait boire des cocktails, des trucs forts dont ni l'une ni l'autre n'avait l'habitude. Ensuite...

Lucienne s'était remise à pleurer en se cachant le visage dans les mains. Maurice lui tendit son mouchoir. Un brave mouchoir ordinaire en coton, soigneusement repassé et plié par les soins de Réjane. Lucienne protesta : elle allait le salir.

Dans la rue, les soldats les avaient serrées de près. Surtout Antoinette qui rigolait beaucoup et qui se comportait comme... « Un peu comme une putain ! » lâcha tout à trac la malheureuse entre deux larmes.

Ils étaient entrés en bande dans un bar encore ouvert et ils avaient continué à boire. Elle ne voulait plus, mais un des GI l'avait plus ou moins forcée à avaler son verre en multipliant les grimaces et en la chatouillant pour qu'elle ouvre la bouche.

Maurice entendait le commissaire Bléchet insinuer cette fable d'un viol inventé pour cacher un amant dont elle serait tombée enceinte. Par acquit de conscience, il demanda :

— Vous vous entendez bien avec votre mère ?

— Oui, je crois. Comme mère et fille, pourquoi ?

— Si vous aviez des ennuis personnels, vous lui en parleriez ?

— Bien sûr ! C'est même elle qui m'a poussée à venir vous voir quand je lui ai tout raconté !

Lucienne ne mentait pas. Et ne savait sûrement pas.

Maurice sourit. Encore un motif supplémentaire de mécontentement pour le commissaire !

« L'inspecteur Clavault ? Mauvaise recrue. Tout à fait le genre à vouloir compliquer, là où tout serait tellement plus facile. Le gars qui coupe les cheveux en quatre, qui ne comprend rien aux nécessités politiques du moment… Bref, un pauvre type, inapte à la société, inapte à la vie moderne. Un balourd. »

— Est-ce que ces soldats américains avaient quelque chose de particulier ? Quelque chose qui permettrait de les identifier facilement. Je veux dire : en dehors du fait qu'ils étaient américains ?

Lucienne le fixait, sans avoir l'air de comprendre.

— Quelque chose de particulier ?

— Un signe distinctif. Pas tous, mais peut-être l'un d'entre eux. Une particularité physique qui nous aiderait à le confondre, à l'arrêter… Un indice. Je ne sais pas : une cicatrice, un tatouage, une tache de naissance, quelque chose qu'on remarque facilement et tout de suite !

Lucienne s'appliquait. Elle se mordait les lèvres pour mieux réfléchir et secouait la tête, impuissante.

— Ah ! Si ! Il y en avait deux qui portaient de grosses lunettes. Sûrement qu'ils étaient myopes…

Maurice soupira.

« … dans ces conditions, il semble difficile de retrouver les auteurs de l'agression.

Je prendrai cependant contact avec la police militaire américaine pour signaler les faits. Reste la seule chance, le hasard, pour permettre d'identifier les coupables. »

Maurice, assis sur sa chaise au paillage défoncé, tapait avec deux doigts de chaque main la fin de son rapport sur la vieille machine à écrire.

Quand il était revenu au commissariat, Bléchet s'était précipité dans son bureau.

— Alors ? Quel genre, la fille ? Elle a raconté des conneries, n'est-ce pas ?

— Non. Elle a effectivement subi un viol par des GI, mais elle est incapable de nous apporter un témoignage utile pour identifier les coupables. En fait, je serai très surpris si on aboutit à quelque chose dans cette enquête. Elle ne se souvient que d'une chose : deux de ses agresseurs portaient de grosses lunettes de myope. Pensez si on y voit plus clair avec ce genre de détail... Bon, je tape mon rapport et je vous l'apporte tout de suite.

— J'attends.

Le commissaire ne se décidait pas à sortir du bureau de l'inspecteur, il esquissa un pas vers la sortie avant de se reprendre, de revenir sur Clavault et de grimacer un drôle de sourire.

— Dites, Clavault, vous avez bien un avis sur ces traîtres qu'on tarde drôlement à exécuter ? Ils ont collaboré tant et plus et ils restent en prison, presque dorlotés comme des petits princes en attendant leur jugement... Je ne sais pas, mais il me semble qu'on ne devrait pas faire tant de manières avec eux ! Est-ce qu'ils en ont fait avec nous quand ils étaient au pouvoir, le Maréchal et toute sa clique, Laval et compagnie ? Non ! Pas vrai ? Nous autres de la Résistance, je trouve qu'on fait preuve de beaucoup trop de patience avec tous ces traîtres à la patrie.

« Tenez : le vieux Loulou, notre ancien chef, on attend quoi pour le coller contre un mur et pan pan ! une dizaine de balles dans la peau pour cette vieille ordure. Vous n'êtes pas d'accord avec moi ?

Bléchet fixait son subordonné avec un sourire narquois.

Maurice Clavault toussota et réfléchit un instant.

— Vous avez sans doute raison. Je n'ai pas vraiment d'avis sur ce point, mais j'observe que certains

116

collaborateurs – en assez grand nombre d'après les journaux que je peux lire et la radio que j'écoute – se sont empressés de rejoindre le maquis comme résistants, en en prenant même parfois la tête, à partir du débarquement allié en Normandie.

« C'est fou ce qu'il y a eu aussi comme résistants qui se sont découverts sur le tard… pas de la vingt-cinquième heure, mais pas loin ! Vous ne croyez pas ? Et même, tenez ! tous ceux qui tondaient les femmes qui avaient couché avec les Boches, je veux dire tous ces fiers résistants de juillet, août, septembre et au-delà, vous, vous en pensez quoi, commissaire ?

« Remarquez, je n'ai rien à dire. Personnellement, je n'ai pas fait de résistance héroïque, rien. Rien de rien ! J'ai suivi le Maréchal jusqu'aux rafles de 42. À partir de juillet, j'ai cessé d'être pétainiste. Comme beaucoup d'autres. Bref, aucun héroïsme. Alors que tant d'autres, tant de vrais patriotes, ne sont plus là. Nous devons surtout penser à eux pour qu'on ne les oublie pas. Que leur sacrifice n'ait pas été inutile…

« Ça fait discours officiel, mais c'est important. Vous êtes d'accord avec moi, commissaire ?

— Tout à fait. Bon ! Ce rapport, vous me faites ça au plus vite… que vous puissiez retourner à l'autre type. Je crois qu'avec celui-ci vous allez rencontrer des surprises. Pas banale, cette histoire de main peinte !

Après avoir transmis son rapport à Bléchet qui avait reçu les feuilles dactylographiées sans montrer d'intérêt, se contentant de jeter un coup d'œil rapide sur les dernières lignes, Maurice était retourné dans son bureau.

Il relisait le rapport d'autopsie établi par le Dr Darras.

« Une seule balle… en pleine poitrine, ayant touché le cœur », donc mort immédiate. Le corps « calciné partiellement »…

Comme si les assassins avaient été interrompus, surpris peut-être, par un ou des témoins.

Pourquoi ces hypothétiques témoins ne s'étaient-ils pas manifestés, dans ce cas ? La peur d'être inquiétés, voire menacés de mort à leur tour ? Auquel cas, on aurait affaire à une organisation puissante dont les menaces portaient, intimidaient jusqu'à la trouille intense. Une organisation politique. Ou militaire. Ou les deux… Une milice de parti. Comme celles du Parti communiste…

Entre tous les partis, c'était celui qui avait le plus le vent en poupe : il avait multiplié par dix le nombre de ses adhérents. Depuis la Libération et l'été 1944, son prestige était au plus haut avec les maquis tenus par les FTP, l'avance de l'Armée rouge depuis Stalingrad…

Il était aussi possible que ce soit les hommes de Joseph Darnand, d'anciens éléments de l'organisation qui auraient exécuté un traître.

Un autre point semblait très étrange : pourquoi cette main droite – celle du salut ! – peinte en noir ? Et jusqu'au poignet seulement ? La couleur ne devait pas être indifférente. Le noir, couleur des fascistes, des chemises des partisans de Mussolini, des membres de la Gestapo et des SS. Des plus fanatiques parmi les fanatiques de l'extrême droite. Le type avait probablement été exécuté pour son antifascisme.

Ou le contraire. Une fois abattu, on avait peint la main du gars en noir pour le signaler comme fasciste.

Maurice sortit le morceau de caoutchouc gris et la bandelette de papier d'un tiroir, ainsi qu'une loupe. En examinant le premier avec attention, centimètre par centimètre, des deux côtés, il se rendit compte que, sur une des faces, il y avait quelques traces d'une poudre blanche. Blanche ou gris très pâle. Une poudre très fine, aussi fine qu'une poudre à maquillage. Maurice se demanda qui pourrait le renseigner sur la nature de cette poudre. Le laboratoire d'analyse ? Les gars devaient être débordés et il n'aurait rien avant plusieurs semaines. Aucun résultat. Surtout qu'on était en début d'année et que les collègues devaient les tanner pour avoir les résultats des affaires de l'année passée.

Il renifla les traces. Il connaissait cette odeur. Une odeur venue du lointain de l'enfance, qu'il associait à sa mère Réjane, penchée sur lui et souriante. Mais ce n'était pas celle du lait. Elle avait quelque chose de doux. Presque doucereuse à force de mollesse. Odeur de propre aussi.

Maurice reposa sur le bureau la pièce de caoutchouc gris et s'empara de la bandelette étroite de papier avec les lettres griffonnées d'une écriture qui semblait heurtée, tremblotante, pleine d'aspérités et de boucles anguleuses.

« A Parn », « A Parm » ?

Un mot écrit à l'encre dont la couleur s'était délavée, passant d'un bleu probablement soutenu à l'origine à un bleu presque transparent. A (double ou triple espace) Parn. Ou A (double ou triple espace) Parm.

Le nom du type ? Antoine ou Alain Parm, un prénom en A (Adolphe ? Adolf ?) Parm ou Parn. La vérification était toute simple. Le fichier des personnes disparues, un des services de la préfecture de police de la Seine qui centralisait les disparitions d'adultes ou d'enfants qu'on leur signalait. Si le cadavre à la main noire avait de la famille, des amis, sa disparition, pourvu qu'elle soit d'une durée suffisante, y serait certainement enregistrée.

Maurice y avait un collègue avec lequel il avait sympathisé. Un jeune qui avait débuté avec lui. Maurice composa le numéro de téléphone du service sur son appareil mural en bakélite noir.

— Allô ? Jean ? Oui, tout va bien, enfin, au mieux avec ce froid qu'on endure ! Et toi ? Le chef ? Bah… toujours pareil, en ce moment, il me laisse un peu souffler. Et toi ?… Rien de spécial… Dis voir : est-ce que tu ne pourrais pas vérifier un nom pour moi dans les enregistrements de disparitions ?… Oui, mais je ne suis pas sûr que ce soit son nom véritable, c'est juste une hypothèse. Évidemment ça m'arrangerait bien si tu avais trace du gars dans tes papiers !

« Voilà ! Mais je ne suis pas complètement certain non plus de l'orthographe ! Ce serait un homme, probablement la quarantaine passée d'après l'état de la dentition, qui aurait disparu courant novembre, début décembre.

« … Non, le corps est pas mal conservé, mais comme on disait, avec le froid ! Je n'ai que quelques lettres lisibles. A, plus loin, P.A.R.M. ou P.A.R.N. M ou N, à la fin, je n'arrive pas à trancher… La lettre est toute mâchurée. Oui, sur un bout de papier qu'il avait sur lui. Moi aussi je trouve ce truc curieux.

« … certainement une disparition à Paris, ou en banlieue ; enfin, dans le département de la Seine, je ne vois pas pourquoi on se serait amusé à le transporter de plus loin.

« Tu me rappelles dès que tu as quelque chose ? Je te remercie. J'attends, c'est ça…

8

Samuel et Irène attendaient un enfant pour le début de l'année.

Fin janvier, début février. Le médecin qui suivait Irène ne pouvait pas donner plus de précisions. L'année 1934 s'annonçait faste pour les jeunes gens. Un premier enfant, ce n'est pas rien dans un ménage. Un enfant, un foyer heureux et un commerce qui poursuivait son gentil bonhomme de chemin et prospérait convenablement.

Six mois après le départ de Lev, Samuel avait décidé Irène à abandonner son emploi de « cousette » dans l'atelier de couture. Il prononçait le mot en faisant la moue, pour afficher son dédain d'un emploi qu'il considérait subalterne, l'équivalent, en forçant le trait, d'une bonniche. Ce mépris n'impressionnait pas Irène qui avait beaucoup hésité à quitter l'atelier. Pour elle, c'était renoncer à un avenir paisible pour sauter dans l'inconnu, mais surtout s'engager aux côtés d'un homme qui, lui, ne semblait pas pressé de rendre visite aux parents et d'officialiser un quelconque engagement.

Bien sûr, son travail consistait seulement à faire tourner la boutique pendant ses absences, à le remplacer derrière le comptoir, à noter les commandes ; enfin, à se montrer aimable avec nombre de clients qui aimaient volontiers blaguer avec Samuel. Et, parmi ceux-ci, les flics – Samuel préférait dire « les policiers » – du commissariat central du XIe arrondissement, place de la mairie.

Ils n'étaient pas les derniers à apprécier les nombreux talents et qualités de Samuel. Son amabilité – grâce à sa bonne mémoire, il ne manquait jamais de s'informer des progrès scolaires des enfants, de la santé de Madame, l'épouse qui avait été souffrante encore tout récemment, etc. –, sa courtoisie. Ce qu'on prisait par-dessus tout, c'était sa débrouillardise pour trouver la pièce manquante sur la vieille guimbarde ou la motocyclette tchèque, cette fameuse pièce qu'ils désespéraient de dénicher un jour. Samuel les dépannait, sinon en un temps record, du moins dans des délais inattendus en raison de la difficulté à se la procurer.

Irène, qui se refusait toujours à Samuel, s'était vite accoutumée aux usages de la maison. Elle excellait même et Samuel envisageait quelques mois plus tard, vers la fin de l'année 1932, de changer l'enseigne peinte au-dessus de la vitrine.

ACCESSOIRES AUTOS / MOTOS.
TOUTES MARQUES,
Litvak frères.

se transformerait en associant le nom de Sliwoski :

Litvak & Sliwoski associés.

Irène avait protesté et refusé cette reconnaissance qu'elle jugeait inutile.

D'abord, il n'était pas certain que Lev réussirait aux États-Unis et, s'il se décidait à revenir en France, en plus du chagrin qu'il éprouverait de cet échec, il serait sans aucun doute attristé de se voir exclu d'une entreprise qu'il avait contribué à créer avec son cadet. Même s'il n'en était pas à l'origine.

Second point : elle-même n'avait pas collaboré à un point tel au succès du commerce qu'il soit nécessaire que son nom figure sur l'enseigne. Avait-elle apporté une part, même minime, au capital ? Non. Avait-elle participé à la création ? Non. Elle n'avait fait que remplir un rôle d'aide, de remplaçante. Alors ?

Le point de vue était sans appel. Pas de modification. On n'ajouterait pas le nom de Sliwoski sur l'enseigne. Samuel avait souri, heureusement séduit par cette protestation de modestie de bon aloi.

Un samedi – la boutique ne fermait pas le jour du shabbat, mais le dimanche, à l'instar des autres commerces proches –, Samuel avait suggéré, comme en passant, qu'il ne refuserait pas une invitation des parents d'Irène un de ces soirs prochains, et pourquoi pas un dimanche, jour de fermeture. Irène avait feint de considérer avec réserve la proposition. Elle avait rappelé un point de détail : le jeune homme qu'elle présenterait « officiellement » à ses parents devrait être son futur mari.

Samuel se souvenait du détail.

On avait célébré le mariage le mois suivant, un samedi midi de la fin février 1933, dans un restaurant parisien réputé des Grands Boulevards avec sa petite foule de serveurs en tabliers blancs descendant presque jusqu'aux chaussures d'un noir luisant.

À l'occasion de ses noces, Samuel avait supplié dans de très nombreux courriers ses parents de venir en France. Consentiraient-ils enfin à quitter Vilnè, la fameuse Jérusalem de Lituanie, où il faisait de moins en moins bon vivre s'il fallait en croire les rares lettres de Max et Sarah ?

La vie de tous les jours avait même empiré pour eux, semblait-il, avec l'arrivée au pouvoir du chancelier Hitler en Allemagne le mois précédent. La droite polonaise avait redoublé de propagande antisémite haineuse, encouragée par les succès électoraux du parti nazi.

Les parents hésitaient. Ils se faisaient vieux. Ils n'avaient pas le courage de quitter une ville qu'ils avaient tant aimée, où ils avaient vécu heureux, malgré les épreuves… Ils savaient que, s'ils abandonnaient Vilnè, leur départ serait définitif. Jamais ils ne revivraient ses saisons contrastées, jamais ils ne se sentiraient chez eux, à parler yiddish dans les rues.

De son côté, Lev avait dû changer d'adresse. Ou l'invitation ne lui parvint jamais. Ou il n'était pas en mesure de s'acquitter du prix du voyage. Toujours est-il que Samuel était le seul membre de la famille Litvak présent. Il avait demandé à un des inspecteurs du commissariat, un des plus fidèles parmi les fidèles de ses clients, d'être de la fête comme témoin du marié. L'inspecteur en avait été flatté. Il en avait parlé au commissariat et les liens que Samuel avait su nouer avec les policiers s'en renforcèrent d'autant.

Le commissaire, Jules Maldes, qui avait d'autres obligations, fit quand même une apparition pour le dessert et prononça quelques mots, des souhaits de bonheur, très applaudi par toute l'assistance. Yankel, le père d'Irène, le petit casquettier de la rue des Francs-Bourgeois, très impressionné par les relations haut placées de son beau-fils, un peu ému par les apéritifs, le vin et les mets, voulut répondre au compliment. Il se mélangea aimablement les pinceaux entre mots français et mots yiddish, rougissant de confusion et de l'heureuse ébriété propre à toute fin de banquet.

On ne l'en applaudit pas moins avec chaleur.

Samuel, à son tour, leva son verre et prononça un toast dans lequel il disait le bonheur qui était le sien en cette journée. Celui d'épouser Irène, une femme qui parlait un français fluide et qui était aussi belle qu'efficace à la boutique ; le bonheur de fonder un foyer en France, sa nouvelle patrie, tellement plus juste et plus accueillante que les marges septentrionales de cette Europe centrale, ce pays encore à moitié sauvage, dirigé aujourd'hui par des brutes.

On l'applaudit aussi avec une belle vigueur.

Irène s'était installée dans l'appartement au premier étage de la boutique qu'elle avait commencé de meubler selon son goût. Samuel approuvait et se montrait d'ailleurs d'accord en tout et toujours avec les préférences d'Irène. Elle aimait le papier peint discret à petites fleurs modestes, le lit moderne selon la mode Art déco avec tables de nuit et lampes assorties, les meubles vernis plutôt clairs, les parquets de chêne plutôt foncés et les armoires bien profondes où elle pouvait serrer le linge en piles très ordonnées, avec les draps qu'elle parfumait de brins de lavande pour faire « plus frais, comme s'ils avaient séché au soleil, étalés dans les champs ». Elle avait traîné Samuel dans les magasins du faubourg Saint-Antoine, un lieu où – et de tout temps – l'on pouvait acheter de beaux et bons meubles, faits pour plaire et pour durer. Samuel s'était laissé faire avec ravissement, doublement étourdi par le bavardage heureux de son épouse et son bonheur, cette félicité matrimoniale qu'il lisait dans ses yeux lorsqu'elle quêtait son approbation en levant la tête vers lui.

Tout allait pour le mieux pour le jeune couple Litvak.

Bonne année, cette année 1933 ! Très bonne année !

À l'exception de cette triste affaire Stavisky. Cette histoire pourrie de tripatouillages financiers qui, à partir de décembre, faisait la « une » des journaux et venait empoisonner l'atmosphère.

D'après ce qu'on lisait, Alexandre Stavisky, Juif né en Ukraine, naturalisé français, avait émis sur le Crédit municipal de Bayonne, dont il était le fondateur, de faux bons de caisse. Les épargnants, peut-être crédules, peut-être avides – ou les deux –, qui en souscrivaient n'étaient jamais remboursés. Gustave Tissier, directeur du Crédit municipal, avait été arrêté le 24 décembre 1933 et accusé d'avoir émis pour plus de deux cents millions de faux bons de caisse à l'instigation d'un Stavisky en fuite. Or le 5 janvier, Gustave Tessier mettait en cause Dominique Joseph Carat, député-maire radical de Bayonne, qui allait être arrêté ainsi que d'autres personnalités politiques. Le scandale était d'autant plus grand que l'homme d'affaires avait de multiples relations parmi les parlementaires, la presse et la haute administration, relations et amitiés qui se trouvèrent compromises et devenaient douteuses. Ainsi, Stavisky, grâce à ses protections, avait bénéficié de dix-neuf remises successives de son procès. Le parti radical était éclaboussé par ce qu'on appelait désormais « l'affaire Stavisky ».

Les organes de presse, de droite et surtout d'extrême droite, *L'Action française* en tête, se lancèrent dans une violente campagne antiparlementaire et antisémite qui dura bien au-delà de la mort de Stavisky, retrouvé agonisant dans un chalet de Chamonix, le 9 janvier 1934.

On parlait de suicide. Comment Stavisky s'était-il suicidé d'une balle dans le dos ? Dans la nuque ? Etc.

Les accusations les plus folles circulaient dans un climat de haine.

Certains, parmi les clients, espacèrent leurs visites, ou prenaient un air gêné. En pénétrant dans la boutique, ils arboraient des sourires crispés en réponse aux saluts de bienvenue des époux. Ils se dégelaient par la suite et s'expliquaient : ils n'en avaient pas après eux, bien sûr, mais il fallait bien avouer, n'est-ce pas… évidemment, ils ne parlaient pas d'eux ! Les Litvak étaient de braves gens, tout à fait comme il faut, honnêtes, français, autant que vous et moi, mais enfin, certains Juifs en prenaient un peu trop à leur aise, quoi ! À s'insinuer partout aux bonnes places, dans la politique, la presse, la finance… Enfin, la France était-elle encore la France dans tout ça ?

Samuel blaguait, retrouvait un accent juif lituanien, clignait des yeux, multipliait les caricatures en bombant le ventre, les doigts enfoncés dans les poches d'un gilet imaginaire. Il faisait rire. Et tous de se rassurer : certes, Samuel n'était pas comme ça, lui ! Un bon gars ! Et sa femme Irène était bien serviable et bien gentille !

Et c'était pour quand l'heureux événement ? Et tous de s'attendrir devant la promesse du ventre bien rebondi de la jeune femme. Ah ! Le premier enfant ! C'était quelque chose, tenez ! Le mien, vous ne pouvez pas imaginer ce que…

N'empêche, Samuel s'irritait de cette histoire Stavisky qui venait les apostropher, leur claironner, déplaisante piqûre de rappel d'un étrange vaccin, qu'Irène, fille de Juif polonais, et lui, Samuel, fils de Juif tantôt russe, allemand ou polonais, n'étaient pas tout à fait aussi français que d'autres. Tous les Français ne se valaient donc pas ?

Les semaines passaient. L'agitation ne s'apaisait pas et les esprits ne se calmaient pas, malgré la chute

127

du ministère Chautemps. Le mot d'ordre du « Tous pourris ! », prenant de l'ampleur, devenait le cri de ralliement de tous les adversaires du régime républicain, rassemblant aussi bien les anciens combattants du mouvement des Croix-de-Feu dirigé par le colonel de La Rocque que les anciens combattants communistes, ou les Camelots du roi de l'Action française chauffés à blanc contre « la Gueuse », entendez la IIIe République, par Charles Maurras et Léon Daudet.

Début février, le 6 exactement, en début de soirée, Irène, qui, depuis quelques jours, se traînait littéralement de la cuisine à la chambre, avait commencé de ressentir les premières douleurs. Samuel avait appelé un taxi pour les conduire à l'hôpital Pasteur, rue de Vaugirard, dans le XVe arrondissement. Irène était suivie par un des médecins attachés à cet hôpital qui n'était, en vérité, pas parmi les plus proches de son domicile, avenue Parmentier. Samuel emmitoufla Irène dans une couverture chaude tout en lui prodiguant encouragements, mots tendres et gestes affectueux.

— On va arriver tout de suite. Ne t'inquiète pas ! Taxi ! Filez, mais restez prudent, hein !

Le taxi, d'abord inquiet pour ses sièges, se rassura, approuvant la supplique d'une voix rocailleuse qui roulait les *r* comme le font avec les cailloux les authentiques torrents de montagne. Ici, on parlait de vraies montagnes russes, reconnut Samuel à l'accent. Et il s'en félicita.

— Un prince russe conduit mon fils vers une vie toute neuve ! confia le futur père à l'oreille de la mère. Quelle revanche sur ces sauvages, ces amateurs de pogroms !

Samuel tapa sur l'épaule du prince en lui garantissant un pourboire de roi s'ils arrivaient à bon port. Surtout le petit ! Dans une cascade de *r*, le taxi

128

l'assura qu'il ferait pour le mieux, « rassurez-vous, petit père ! ». Ainsi, le prince était aimable ce soir-là. Aimable, mais mal inspiré quant au choix de son itinéraire.

Au lieu de gagner la Bastille et de rejoindre la rive gauche par le pont d'Austerlitz, le chauffeur décida de remonter la rue Saint-Antoine, puis la rue de Rivoli, pour traverser la Seine au pont de la Concorde et gagner la rive gauche, le XVe, puis la rue de Vaugirard.

L'itinéraire n'était pas mauvais en soi, si ce n'est que ni le taxi ni Samuel ou Irène n'avaient suivi l'actualité du jour. Pas plus écouté le poste de TSF sur les ondes de Radio-Paris que lu la presse, ni même jeté un coup d'œil sur les manchettes de journaux dans les kiosques qui annonçaient en gros caractères pour la soirée la manifestation monstre contre le gouvernement Daladier qui se formait le jour même. À l'appel du colonel de La Rocque et de ses Croix-de-Feu, des Camelots du roi, mais aussi de mouvements communistes d'anciens combattants, exceptionnellement unis contre les « vendus ».

Le lieu de rassemblement était fixé à la Concorde.

Dès dix-huit heures, la place était noire de manifestants qui affluaient toujours, alors que d'autres patientaient depuis le bas de l'avenue des Champs-Élysées et la station de métro sur presque un kilomètre. Le pont de la Concorde et l'accès au palais Bourbon, la Chambre des députés, étaient fermés par les gardes républicains à cheval, casqués et le fusil en bandoulière dans le dos. Les chevaux, nerveux, esquissaient de bruyants pas de danse en claquant les pavés de leurs fers, contrés par d'impatientes pressions des genoux et des cuisses de leurs cavaliers que l'attente inquiétait. Paris retrouvait une odeur forte d'émeute. Odeur familière depuis des siècles. Dominant le tumulte, un cri isolé : « À bas les voleurs ! » L'exclamation furieuse était reprise par des milliers de poitrines. Et le flot des hommes en colère se dirigeait vers le pont barré par les gardes et la Chambre des députés sur la rive gauche.

Ignorant tout de la manifestation, le taxi s'était déjà bien engagé dans la rue de Rivoli qu'il remontait depuis le Marais. Samuel s'était étonné de la très faible circulation dans les artères de la ville, il l'avait mise sur le compte de l'hiver, de la nuit qui tombait toujours trop tôt… Le chauffeur, également surpris, s'en félicitait.

— Étrange, cette ville ! On croit la connaître et elle vous surprend toujours ! Pourquoi personne dans les rues ? Tant mieux pour la petite dame : on arrivera plus vite, sans les voitures partout qui se mettent en travers pour passer plus vite !

— Appuyez sur l'accélérateur ! Il n'y a même pas d'agents dans les rues. Étrange, comme vous dites, confirma Samuel.

Ils furent arrêtés plus loin. Les forces de police, surtout les agents à képis et pèlerines lestées de plomb pour les rendre plus lourdes et les transformer en armes contre les manifestants, formaient un cordon massif, interdisant le passage au niveau de la place des Pyramides. Le prince s'apprêtait à parlementer en ouvrant sa vitre lorsqu'un sergent s'approcha en portant un doigt négligent à son képi.

— Interdit ! Demi-tour et circulez, m'sieurs dames !

— Qu'est-ce qui se passe ? La jeune dame va accoucher bientôt : on presse vers l'hôpital !

— Z'êtes pas au courant ? Au bout de la rue, y a des gars avec des armes, des pavés, des rasoirs, et je ne sais quoi d'autre, qui veulent donner l'assaut au palais des députés !

— Alors comment je fais, moi ?

Le sergent haussa les épaules.

— Allez dans un autre hôpital…

Pendant que le prince dialoguait avec l'agent, Samuel entendait des détonations, des bruits de grenades qui explosaient, peut-être des coups de revolver, bref, ça chauffait un peu plus loin. Il devait prendre une décision.

— C'est trop risqué de rejoindre Pasteur, on fait demi-tour et on file à Saint-Antoine ! D'abord, c'est beaucoup plus près de chez nous ! Allez, on y va ! Demi-tour, prince russe ! Ça va aller, ma chérie. Retiens-toi…

Le chauffeur de taxi rigola en s'exécutant.

— C'est amusant ! Pas la première fois qu'on me prend pour un Russe ! Devinez d'où je viens.

— Lituanie ? Pologne ? Ukraine, peut-être ?

— Plus près ! Vous avez devant vous un natif du Berry !

Ainsi naquit Simon, au soir du 6 février 1934.

Le lendemain, Samuel apprit par les journaux qu'il y avait eu plus d'une dizaine de morts à l'issue de la nuit, au moins quinze, dont une femme de chambre qui regardait le spectacle depuis un des hôtels situés sur la place de la Concorde. Une balle perdue, en pleine tête. Quinze morts et mille cinq cents blessés.

Les manifestations ne cessèrent pas pour autant. Les partis de gauche multiplièrent les défilés contre le « coup de force fasciste ». La police, équitable, ajouta les morts aux morts. Morts de gauche, morts de droite : égalité. Ils ne se valaient pas pour autant dans l'esprit de Samuel, qui, bien que ne se souciant pas de la politique, penchait plutôt à gauche depuis que son beau-père Yankel, qui lui s'y intéressait, lui avait raconté le rôle de Zola dans l'affaire Dreyfus.

Alors que Simon trottait dans l'appartement en se raccrochant parfois aux jambes de pantalon de son père, celui-ci suivait avec attention la constitution d'un front antifasciste entre partis de gauche à l'occasion des manifestations populaires de célébration du 14 juillet 1935. La victoire du Front populaire, la vague de grèves avec occupation d'usines, les accords Matignon et les premiers congés payés ne laissèrent pas indifférent Samuel, qui se félicitait de progrès sociaux qui bénéficiaient aussi à la bonne tenue de son commerce. Les ventes de motos et de voitures d'occasion – et donc de pièces de rechange – grimpèrent avec les premiers départs en vacances. La clientèle de la boutique Litvak se diversifiait, s'élargissait, devenait plus ouvrière.

Irène attendait un second enfant pour l'automne.

Samuel s'inquiétait : Max et Sarah n'avaient pas donné de leurs nouvelles depuis l'année précédente. Il se rassurait en pensant qu'avec l'âge ils devenaient plus négligents, moins soucieux des autres, concentrant toute l'attention dont ils étaient encore capables sur leur couple. Peut-être aussi que le collègue de Max, le camarade de syndicat, membre du Bund, n'était plus disposé à rendre le service d'écrire la lettre. Était-il malade, mort ?… Comment savoir ?

Samuel se demandait s'il ne devrait pas faire le voyage. Aller sur place, vérifier que tout allait encore assez bien pour eux. Mais la période n'était pas fameuse. Irène pouvait accoucher prématurément et, les affaires marchant bien, il ne serait pas sage de déserter la boutique dans les semaines à venir. Irène ne serait pas en mesure de faire face à son absence.

De Lev, non plus, on n'avait pas de nouvelles. Pas depuis sa dernière lettre où il disait quitter la côte est pour gagner la Californie. Cette région se relevait plus vite que d'autres de la crise économique qui avait secoué l'Amérique et semé des millions de chômeurs circulant d'un bout à l'autre du pays. Dans les reportages des journaux, les envoyés décrivaient des gosses tout jeunes, parfois de moins de dix ans, des orphelins, qui sautaient dans les trains de marchandises pour tenter leur chance dans les villes de l'Ouest.

Il écrivait aussi son admiration pour le président Roosevelt, un homme courageux et bon. Depuis cette dernière lettre d'il y avait quelques mois, rien.

À Paris, on se doutait bien que le commerce alimentaire, l'épicerie qu'il avait tenté de lancer à New York en s'associant avec un ami avait été un grave échec, tant commercial que personnel. L'ami s'était révélé peu fiable. Au fil du temps, il confondait les recettes dans la caisse avec le fond de ses poches et quittait la boutique de plus en plus souvent. Il buvait. C'est du moins ce que suggérait à mots couverts Lev qui avait vite cessé de parler de l'épicerie pour se plaindre du manque de sérieux de son associé. Une phrase revenait dans toutes les lettres : « Si seulement Johnny (l'associé en question) était moitié moins sérieux et travailleur que toi, mon frère, nous n'en serions pas là où nous en sommes ! » Lev n'en disait pas plus, mais Samuel imaginait une situation des plus calamiteuses.

Il avait proposé d'envoyer de l'argent. Un prêt que Lev rembourserait quand il serait en état. Lev avait ignoré la proposition. Peu de temps après, il avait annoncé son intention de partir pour la Californie. Depuis…

Depuis le 17 octobre, Irène avait accouché de Madeleine. Irène avait insisté pour un prénom goy que Samuel avait accepté à condition que la nouveau-née porte aussi en second prénom celui de sa grand-mère paternelle.

Madeleine Sarah était née dans le XIIe, comme Simon. Samuel savait qu'Irène avait raison. De l'Allemagne si proche, les nouvelles de persécutions antisémites n'arrêtaient plus. D'abord le boycott des magasins juifs dès que Hitler avait été nommé chancelier du Reich, l'interdiction pour les Juifs d'être fonctionnaires ou d'exercer une activité culturelle, enfin, depuis l'an passé, les lois de Nuremberg qui leur ôtaient la citoyenneté allemande.

Samuel s'inquiétait du temps présent, des relents de mort qui l'accompagnaient et lui donnaient la nausée. Il se prenait parfois à regretter d'avoir mis au monde des enfants – les mots « flanqué » ou « abandonné », pensait-il, seraient plus en accord – dans ce bourbier que devenait le monde.

9

Ginette arborait crânement sur le côté un bibi vert bouteille tout simple à la mode Robin des Bois, orné de deux plumes de faisan.

À l'exception du chapeau, sa tenue était très proche de celle qu'elle portait lors de leur première rencontre. Sous son trois-quarts en velours côtelé vert bouteille, elle avait revêtu un ensemble avec veste froncée à la taille, pantalon de coton à pinces couleur rouille et un pull de grosse laine crème.

La jeune femme embrassa Maurice sur les joues en bonne camarade, avant de passer un bras sous le sien en descendant les marches du métro lorsqu'ils se retrouvèrent à la station Porte de Vanves.

Maurice rougit, espérant qu'elle ne remarquerait pas son trouble. Il était surpris. Surpris et très heureux d'être vu en compagnie d'une belle fille qu'on pourrait prendre pour sa bonne amie. Sur ses lèvres, un sourire de satisfaction un peu niais. Décidément, Ginette était une fille épatante, très à la page.

— Vous savez, nos mères doivent bicher !

— Bicher ? Pourquoi ?

— Nous prenons des habitudes ! La sortie au cinéma du dimanche après-midi ! Vous imaginez ce qu'elles vont avoir à se raconter ! Autant que dans leur pensionnat lorsque les sœurs éteignaient les loupiotes et qu'elles se chuchotaient des confidences de lit à lit !

— Ça aurait changé quelque chose si nous avions choisi le samedi soir ?

Ginette rigola, indulgente.

— Vous êtes sûr qu'ils passent toujours *Les Temps modernes* au Paramount ?

— Il y est en exclusivité jusqu'à fin janvier. J'ai regardé hier dans le journal qui traînait au commissariat. Alors, comment s'est passée votre semaine ?

— Sans intérêt. Un boulot de vendeuse. Je change de rayons, je tourne. Selon ce qu'il y a à vendre. À l'étage des textiles, il ne reste plus grand-chose et la plupart des usines dans le Nord ont été bombardées... Le temps qu'on les rafistole ou qu'on les reconstruise !

« Dites, Maurice, vous êtes au courant ? Il est question que les Ricains nous fournissent du ravitaillement, de la nourriture et des objets de première nécessité, du textile, des vêtements... Enfin, voyez le genre ! Ça serait bath de leur part !

— Le ravitaillement par bateaux ? J'en ai entendu parler. Mais ça fait déjà un moment. Vous savez, tant que la guerre ne sera pas finie, il ne faut pas trop compter sur les promesses. « La troupe d'abord ! » comme on disait en 14... On devra toujours se serrer la ceinture !

— C'est comme ce froid ! Pour moi, il n'y a pas pire ! Les Galeries ne sont pas chauffées. On est obligées de garder nos manteaux et encore, même avec un cache-col on doit piétiner sur place comme des pingouins pour ne pas se geler. La chef de rayon a beau jeu de nous dire de nous activer ! On ne fait que ça. Et sans l'ombre d'une cliente à renseigner !

136

« À la radio, ils disent que dans les écoles, les mômes font classe tout en marchant. J'ai entendu un instituteur prétendre que l'exercice physique est le meilleur remède au froid. Moi, je dis que la chaleur, c'est encore le meilleur des meilleurs de tous les remèdes ! Depuis Cro-Magnon, on n'a rien trouvé de mieux ! Le feu dans une grotte, mmh ! Quel bonheur ça serait !…

Ginette pirouetta sur elle-même, bras écartés en ailes d'avion, en faisant voler sa chevelure blonde sous le petit chapeau avant de se rattraper au bras de Maurice en riant. Ils étaient sortis du métro à Opéra et marchaient sur le boulevard des Capucines.

Maurice, après avoir longtemps hésité, avoir esquissé le geste, puis renoncé avant de se décider, entoura d'un bras protecteur les épaules de Ginette qui se laissa faire, souriante. Les deux jeunes gens marchaient d'un pas vif, évitant les amas de neige bleu-gris.

— Vous savez que vous êtes un petit cachottier ?

— Moi ?

— Vous ne me dites rien de ce bonhomme qui nous a empêchés de voir le film la semaine dernière. Vous y êtes obligé en tant que policier ? Quelque chose comme le secret professionnel ?

— Rien de tout ça. Non, simplement je n'ai quasiment rien à dire de nouveau, j'ai fait d'autres choses. Une vilaine histoire.

— Une vilaine histoire ?

— Une pauvre fille qui a eu des malheurs… comme dans les chansons de Damia. Pour en revenir à notre type à la main noire, je n'ai pas avancé. Pas vraiment. Tenez, le bout de papier qu'il avait dans la bouche, j'ai pensé qu'il pouvait s'agir de son nom. A PARM ou A PARN, ça sonne comme l'initiale d'un prénom et un nom. Comme une médaille de chien, sauf qu'il y manquerait l'adresse. Resterait d'ailleurs à comprendre pourquoi on lui a placé ce bout de papier… J'ai téléphoné à un ami qui travaille aux personnes disparues : rien. Il se peut aussi que la disparition de cet homme n'ait pas encore été signalée… Pas impossible.

Le froid devenait plus mordant à mesure que la chaleur du métro se dissipait. Ils se placèrent dans la file d'attente qui s'allongeait sur le trottoir. Déjà, d'autres couples étaient venus s'agglutiner derrière eux.

— Mais si ce n'est pas son nom, pour reprendre l'exemple de la médaille de chien, ça pourrait être son adresse, vous ne croyez pas ? Le nom de sa ville, par exemple…

Maurice prit un air immensément triste. Lâchant les épaules de Ginette, il se prit la tête entre les mains en poussant des gémissements exagérés. Autour d'eux, les gens qui patientaient glissaient vers lui des regards curieux et un peu inquiets. Une dame se retourna et lui toucha le bras.

— Ça ne va pas, monsieur ?

— Non ! Enfin, si ! Je viens de me rendre compte tout juste à l'instant que je ne suis qu'un âne ! Rassurez-vous, je plaisante ! Mais pas tant que ça, à la réflexion… Ginette ! Je vais vous prendre comme assistante !

Dans un élan de courage ou d'enthousiasme, Maurice avait pris le visage de Ginette entre ses mains et lui donnait un long baiser, avant de se ressaisir.

— Je ne sais pas ce qui m'a pris… c'est… disons un hommage, vous voulez ?

— Mais qui vous dit que ça me déplaît ? Au contraire, vraiment ! Ne vous excusez pas. Et même, je l'attendais. À un moment ou un autre… Et si vous aviez tardé, je ne me serais pas retenue. Tenez ! Je suis bonne fille : je vous le rends, votre baiser !

La file commençait de bouger. S'il faisait moins froid dans la salle que sur le boulevard, les spectateurs avaient tous sans exception relevé le col de leurs manteaux et de leurs pardessus.

Ils trouvèrent le film excellent, mais rirent moins qu'ils ne l'imaginaient. La scène finale où Charlot et sa fiancée, la main dans la main, disparaissent dans le lointain et deviennent des points noirs à l'horizon les toucha beaucoup. Ils se tenaient par la main depuis le générique.

— Beau film ! lança Maurice en coiffant son feutre. Nous avons bien fait d'insister.

— Évidemment que nous avons bien fait ! confirma Ginette avec un petit rire plein de sous-entendus en levant son visage vers Maurice pour échanger un baiser.

Maurice, après quelques pas, se pencha vers sa compagne et lui glissa à l'oreille :

— J'ai du mal à croire à ce qui m'arrive. Je trouve que ça va vite, peut-être trop vite… je ne réalise pas.

— Vous regrettez ?

— Non, mais… je ne sais pas ; ça va très vite, c'est tout.

Ginette se moqua.

— Vous êtes vieux jeu, Maurice ! De toute façon, on n'est pas mariés ! Vous me plaisez et je vous plais… On flirte. Il n'y a rien de définitif ni d'irréparable.

Elle ajouta, alors que Maurice gardait le silence :

— Qu'est-ce que vous auriez voulu ? Quelque chose d'officiel ? Du genre : très longues fiançailles avec les noces en lointaine ligne de mire ? Au bout de plusieurs mois vous vous seriez autorisé à me tenir la main dans les promenades digestives d'après-déjeuner dominical ; bien entendu, nous serions escortés par nos mères, toutes deux très souriantes, qui

comploteraient sur notre avenir conjugal, nos reje-
tons, leur éducation… Internat religieux pour les
filles, ça va de soi ! C'est comme ça que vous voyez
les choses ?

Maurice souriait. Il trouvait excellente l'idée de
l'internat religieux pour leurs filles, pour peu qu'on
leur enseignât couture, broderie et piano. Avant de
reprendre, ayant recouvré son sérieux :

— Pas du tout ! Je suis sans doute « vieux jeu »,
comme vous dites, mais pas à ce point ! Non, c'est
que je m'émerveille bêtement, bien naïvement, d'être
capable de vous plaire ! C'est épatant ! Vous êtes tellement moderne… J'ai l'impression d'être à la traîne,
très loin derrière vous.

— Là, je me méfie ! « Moderne » doit vouloir dire
« écervelée », ou en moins distingué : « dinde pim-
pante et superficielle ». Maurice ! Vous me jugez
bien mal !

Le jeune homme rit en serrant Ginette contre lui.

— Vous exagérez ! Jamais je n'ai pensé ça ! Pour
être honnête, jamais vraiment !… Je suis heureux de
plaire à une belle fille comme vous ; belle et qui joue
dans des films en plus ! On les verra quand, ces
fameux *Enfants du ciel* ?

— En mars, et ça s'appelle *Les Enfants du paradis*.
Et je n'ai qu'un tout petit rôle de figurante !
D'ailleurs, j'ai loupé les cours de théâtre cette
semaine.

— Pourquoi ?

— Je n'avais pas eu le temps d'apprendre le texte
que je devais donner. Enfin, je n'ai pas pris le temps.
Pourtant, le rôle de Célimène dans *Le Misanthrope*,
on peut trouver plus effroyable ! Voilà ! Je ne suis
qu'une petite vendeuse songe-creux à la poursuite de
chimères, une midinette qui rêve de gloire…

Réjane ne dormait pas encore quand Maurice poussa la porte du pavillon, avenue Pierre-Larousse.

Maurice et Ginette avaient pris le dernier métro, après être allés dîner dans un restaurant des Halles. Un restaurant coûteux, grand adepte du marché noir, remarqua Maurice en consultant la carte, les mets proposés et les prix pratiqués. Alors que *L'Aurore*, dans son édition de la veille, dénonçait une fois de plus sur sa page du recto le manque d'approvisionnement de la capitale, surtout le beurre qui n'arrivait qu'à la cadence d'un gramme par personne et par jour, le chef recommandait comme entrée du jour la douzaine d'escargots de Bourgogne. Et le beurre persillé et aillé frémissait en abondance dans les coquilles, constata Maurice en admirant le contenu de son assiette.

Ginette avait pourtant protesté contre cette extravagante invitation. Les brigades financières chargées de lutter contre le marché noir par la préfecture de police de Paris contrôlaient à tout va depuis Noël 1944. Elles multipliaient les opérations et arrêtaient aussi bien le personnel des établissements fraudeurs que les dîneurs. Et si elles ramenaient un inspecteur de police dans leurs filets, est-ce que ça ne serait pas déplorable pour sa carrière ?

— Bah ! Je ne serais ni le premier ni le dernier à être pincé. Ce soir est exceptionnel : nous devons célébrer *Les Temps modernes* et les temps nouveaux qui s'ouvrent pour nous deux.

Le repas fut excellent, tendre et charmant. L'addition d'un montant délirant.

Quand il pénétra dans sa chambre, Réjane toussota derrière la cloison. Comme il ne réagissait pas, elle exagéra sa toux pour atteindre dans un élan sublime l'imitation du râle bruyant d'un poitrinaire à l'agonie. Maurice ne réagissant toujours pas, elle se lança dans une nouvelle interprétation. Maurice se mit à rire.

— Ça te fait rire que ta mère, une femme déjà âgée et bientôt fragile, n'arrive pas à dormir ?

— Non, non ! Je pensais à autre chose. En fait, je croyais que tu voulais me demander quelque chose. Par exemple comment s'était passée cette soirée, ce genre de questions… tu vois ? Mais je me trompais, bien sûr ! Alors ! Tu as pris froid juste ce soir, entre cet après-midi et maintenant ?

— Bien sûr, on gèle dans la maison ! C'est-à-dire, tu as un peu raison, je voulais savoir comment tu avais trouvé Ginette.

— Parfaitement, je l'ai trouvée à la station Porte de Vanves, comme convenu.

— Tu es bête ! Elle est charmante, n'est-ce pas ?

— Charmante, tu as raison.

— Et comment vous allez faire ?

— Faire quoi ?

— Pour vous loger… Évidemment, vous pouvez toujours vous installer ici. Avec la pénurie de logements !

— Maman ! Mais de quoi tu parles ? On se connaît à peine et tu nous vois déjà en ménage ! Même si elle est tout à fait séduisante, tu vas un peu vite. D'abord, rien ne dit qu'elle en ait envie, et tout particulièrement avec moi ; ni moi, d'ailleurs… Il est tard, tu devrais dormir. Je suis rentré, tout va bien. Et demain je travaille.

Réjane grommela contre l'ingratitude des fils en général et du sien en particulier avant de se retourner bruyamment dans son lit.

Maurice n'avait pas envie de dormir. Il n'était cependant pas victime de ses habituelles insomnies. Il se sentait léger, très heureux et doublement excité. Autant par la soirée passée avec Ginette que par les perspectives nouvelles qu'elle avait suggérées pour son enquête. Il rumina la suggestion, puis se releva d'un coup en appuyant sur la poire de l'interrupteur de sa lampe de chevet. Celle-ci refusa de s'allumer. Après un flottement, Maurice se souvint qu'il devait y avoir des coupures jusqu'à six heures du matin dans leur secteur.

Conservant une lampe de poche dans le tiroir de sa table de nuit pour faire face à ce genre de situation, il se dirigea vers les rayonnages de la modeste bibliothèque qui occupait une partie de la cloison en face de son lit pour sortir un volume de la rangée du bas. Un ancien atlas qui avait appartenu à son père.

Dans l'index, il ne trouva aux lettres PARM qu'une seule mention, celle de Parme, la ville du nord de la péninsule italienne ; à PARN, Parnaiba, ville brésilienne, le mont Parnasse, en Grèce, et Parnès, une probable cité grecque. Désappointé, Maurice referma l'atlas. À l'évidence, l'ouvrage était loin d'être exhaustif. Maurice croyait se souvenir que son père l'avait reçu comme prix lors de ses premières années de lycée. Le lendemain, il vérifierait dans un ouvrage plus étoffé.

Ne trouvant toujours pas le sommeil, il ouvrit les *Essais* à l'endroit indiqué par le ruban marque-page. S'éclairant de la torche, il lut :

> « Il y a plus : la Nature elle-même nous prête la main et nous donne courage. Si c'est une mort courte et violente, nous n'avons pas le loisir de la craindre ; si elle est autre, je m'aperçois qu'à mesure que je m'engage dans la maladie, j'entre naturellement dans quelque dédain de la vie. Je trouve bien plus de difficulté à digérer cette résolution de mourir quand je suis en bonne santé que lorsque j'ai la fièvre. Parce que je ne tiens plus aussi fort aux agréments de la vie,

dans la mesure où je commence à en perdre l'usage et le plaisir, je vois la mort d'une vue beaucoup moins effrayée. »

La lecture n'était pas aisée et Maurice devait se concentrer pour suivre les lignes qui clignotaient. Ses yeux se fermaient malgré lui. Il reposa livre et torche et s'enfonça sous les multiples strates de couvertures.

Où pouvait se trouver Antoine en ce moment ?
Était-il vivant ? Au moins vivant ! En bonne santé ? Ou, malade, au dernier degré d'épuisement, se préparait-il, sereinement, suivant les préceptes de Montaigne, à passer de l'autre côté du miroir ? Ou bien encore, plein d'angoisse et de crainte, était-il arrivé à cette limite extrême de la vie, à ces instants qui font frontière avec ce redoutable et obscur après ? Antoine tenait-il toujours aussi fort aux agréments de la vie ? En avait-il perdu l'usage ?
Il revoyait son cousin lors de vacances scolaires à Grenoble. Un matin, ils avaient décidé de faire une promenade d'une journée en montagne. Après avoir emprunté un car pour gagner un village à mi-pente d'une côte, lui semblait-il se rappeler, ils avaient marché sur un sentier avant de s'arrêter à midi pour avaler des tranches de pain avec de la viande et du fromage, et des pêches de vigne. Antoine s'était penché sur un ruisseau glacé et buvait en mettant ses mains en coupe. Maurice revoyait son visage, son rire lorsqu'il avait aspergé son cousin du plat de la main dans le courant. Maurice avait feint d'être furieux. Il avait riposté. Leurs cheveux, leurs visages ruisselaient, leurs chemises étaient trempées. Le soleil et le vent les avaient vite séchées lorsqu'ils avaient repris la marche. C'était en août d'un été particulièrement chaud.

Les éclats de lumière accrochés par l'eau dans l'air.

Le visage heureux d'Antoine.

Maurice rêvait. Il allait connaître un nouvel août aussi chaud avec son cousin Antoine. Ils marcheraient jusqu'à être épuisés. À en rouler dans l'herbe.

Dans la chambre, les vitres se couvraient de buée avec la respiration du dormeur.

Il n'avait pas progressé d'un iota sur « l'homme à la main noire » depuis les deux dernières semaines.

À sa décharge, le commissaire Bléchet lui avait confié un autre cadavre.

« L'affaire est dans le sac ! » avait plaisanté mystérieusement son chef en l'envoyant, avec deux agents en tenue, dès son arrivée au poste le mardi chez Mlle Sablot, institutrice retraitée, domiciliée au 30 de l'avenue de Verdun à Vanves.

— Vous verrez sur place. Dans le sac ! Ha, ha ! Vous verrez, mon petit vieux ! Le sac ! Je ne vous en dis pas plus.

Maurice n'appréciait pas davantage la cordialité forcée que les plaisanteries du commissaire ou le côté mystérieux et cocasse qu'il avait voulu donner à cette enquête qu'il lui abandonnait.

En se rendant avenue de Verdun, flanqué des deux agents, il était resté silencieux après les avoir questionnés. Apparemment ni l'un ni l'autre n'était présent lors de l'appel et ils n'en savaient pas plus que lui. Une probable histoire de chat empoisonné par les voisins pour contrarier une vieille dame affligée d'un caractère épouvantable. Avec le chat fourré dans un sac sur le paillasson de la vieille.

Maurice avait vérifié sur un atlas plus complet : il n'existait pas d'autres noms de villes commençant par les lettres du message, et les villes de banlieue :

Pantin, Pavillons-sous-Bois n'avaient que les deux premières lettres en commun. Pourtant, il le sentait, Ginette devait avoir raison. Le message avait sans doute rapport avec un lieu, celui où le crime avait été commis, celui où vivait la victime ; peut-être le domicile de l'assassin. Une localisation. Restait à trouver la bonne clé, celle qui entrerait sans forcer.

La retraitée n'était pas si vieille. Nettement moins que Réjane et elle se montra immédiatement cordiale, mettant les trois hommes à l'aise en proposant du vin de noix de sa confection qu'ils refusèrent avec un bel ensemble avant d'en accepter « un doigt », pour ne pas se montrer désobligeants, comme l'avait suggéré Mlle Sablot. La demoiselle en question avait très vite apporté des précisions sur cet état de « demoiselle ». Elle n'avait jamais réussi à trouver parmi ses amants celui qui, dans le lot, pourrait faire un mari passable. Et Lucienne Sablot avait insisté férocement sur le mot « passable ».

— J'aurais pu aussi employer « potable ».

Maurice avait souri, la franchise de la demoiselle Sablot avait quelque chose de réjouissant.

— Parfaitement, je comprends bien, mademoiselle, mais il semblerait que vous ayez appelé notre poste pour nous informer de tout autre chose. Pouvez-vous nous en donner la raison ?

— J'y viens. J'en suis encore bouleversée. Figurez-vous, inspecteur, inspecteur ?…

— Inspecteur Clavault, Maurice Clavault.

— Vous avez l'air bien jeune pour un inspecteur. Il est vrai que, maintenant, on trouve dans notre armée plus de colonels FFI qui ont moins de vingt-cinq ans que même du temps du Premier Empire ; enfin, je m'égare. Je disais ? Oui, figurez-vous qu'hier après-midi, j'ai trouvé sur le palier un paquet. Quelque chose de volumineux, enveloppé dans des journaux et placé

146

dans un sac en papier, comme un cabas noué avec de la ficelle. Dans ces journaux, il y avait des os et des morceaux de viande. J'ai pensé que quelqu'un voulait faire plaisir à mon chien avec, comment dire ? cette offrande ?

Maurice était stupéfait : avec les routes défoncées, le manque de camions en état de rouler, on n'avait droit à de la viande qu'en rations sévèrement limitées, pas plus de cent grammes, os compris, par semaine. Qui serait assez fou pour offrir aujourd'hui de la viande à un chien ? Abasourdi, il demanda pour se ressaisir :

— Quelle race ?

— Un caniche. Pourquoi ?

— Pour rien. Il ne faut rien négliger, vous savez. Et on a enlevé votre chien ?

— Mais pas du tout ! Il doit être en train de faire son petit tour du matin. C'est un chien très intelligent et très débrouillard, vous savez.

— Alors ?

— Lorsqu'il a refusé de toucher au morceau de viande, vous imaginez ma surprise. J'ai insisté, Alceste reculait toujours. Ce matin, il n'y avait pas encore touché. Je me suis doutée qu'il y avait du louche. Je suis allée voir Albert.

Répondant à la question qu'elle lisait dans les yeux de Maurice, Lucienne expliqua :

— Albert est un de mes anciens compagnons. Nous sommes restés en bons termes et il a un garage que vous avez dû voir, un peu avant mon immeuble, plus haut dans la rue. Je lui ai montré le paquet, à lui et à ses mécaniciens. C'est là qu'ils se sont aperçus que j'essayais de donner de la chair humaine à mon Alceste. J'en faisais un mangeur d'hommes. Une sorte d'anthropophage. Enfin, pas tout à fait : ce n'est jamais qu'un clébard, ce brave Alceste ! Alors ? Qu'est-ce que vous comptez faire ?

— Vous avez le paquet ?

— Je l'ai laissé au garage. Vous ne pensez quand même pas que j'allais conserver cette viande sur l'appui de fenêtre ou dans mon garde-manger !

Lucienne avait pris un air scandalisé qui se mua en sourire secret avec des éclairs de malice dans les yeux.

— Qu'auraient dit mes voisins ! Barbe-Bleue est de retour...

— Drôle de bonne femme ! hasarda, perplexe, un des agents lorsqu'ils se retrouvèrent dans l'avenue.

Lucienne était à sa fenêtre et leur faisait de grands gestes d'adieu accompagnés de sonores « Au revoir ! ».

— Ouais, tu l'as dit. Je dirais même un rien piquée ! Qu'est-ce que vous en pensez, inspecteur ?

— Rien. Je n'en pense rien. Les gens ont le droit d'être mabouls... comme tout le monde, non ?

Au garage, on confia le sac, effectivement volumineux et assez lourd, plus d'une quinzaine de kilos, à Maurice et ses hommes. Un des mécaniciens travaillant dans l'établissement d'Albert avait été apprenti dans un abattoir. Dès l'âge de quatorze ans, il avait commencé à découper des carcasses de porcs, vaches, moutons, chevaux ; bref, toutes les bêtes susceptibles de finir leurs jours sous les couteaux des bouchers. Aucune de ces viandes, à sa connaissance, ne correspondait à celle contenue dans le sac. Plus pâle, plus rose, « un peu comme celle du veau, mais la peau est toute différente, je vous assure ! ».

De retour au commissariat, on identifia la partie droite du tronc d'une femme. Il avait été découpé de la base du cou jusqu'au bassin et l'épaule était totalement désarticulée.

En fin de matinée le lendemain, le commissariat de Vanves recevait un coup de fil. Le correspondant était resté anonyme malgré l'insistance de l'agent au standard. On signalait la présence de restes humains sur un terrain vague, le long de la voie de chemin de fer, mais de l'autre côté, sur la commune de Malakoff. Dans la rue judicieusement nommée « rue du Chemin de fer ». Cette voie ferrée était empruntée par des banlieusards qui gagnaient le terminus de la gare Montparnasse avant de s'éparpiller dans Paris.

Sur place, Maurice avait trouvé, sans aucun souci de dissimulation, à une dizaine de mètres de la palissade qui bornait le terrain, une main droite et un avant-bras, fraîchement coupés.

« Le puzzle continue », s'amusa Maurice, qui se rassura en constatant qu'au moins la main n'avait pas été peinte en noir ! On n'était donc pas en présence d'une bande organisée commettant des crimes rituels.

Selon les experts, le tronc, l'épaule, l'avant-bras et la main appartenaient à un seul et même corps, celui d'une femme, probablement assez jeune et de corpulence moyenne. Tous ces morceaux avaient été découpés fort habilement. Très certainement par un professionnel : un boucher, un chirurgien ou un médecin, des gens avertis qui savaient où trancher les tendons, couper les muscles... à tout le moins par un individu qui avait de solides notions d'anatomie humaine.

Jusqu'au 6 février, Maurice n'enregistra aucun progrès dans les enquêtes qu'il menait.

Une semaine s'était écoulée depuis la découverte du tronc de femme, bientôt trois depuis celle de l'homme dans les décombres.

Maurice piétinait.

Pendant ce temps la guerre s'exaspérait, tournait à la fureur sur le territoire du Troisième Reich. Les blindés soviétiques avançaient rapidement en Allemagne orientale, poussant devant eux des millions de civils qui fuyaient à pied sur les routes, poussant des landaus, des charrettes à bras, traînant des valises, remorquant des enfants trop hébétés pour pleurer, par des températures avoisinant les − 9°. Toujours selon les journaux, les membres du Volkssturm censés défendre Berlin jusqu'à la mort du dernier d'entre eux désertaient en masse devant l'Armée rouge. Dans un communiqué, Moscou annonçait que celle-ci, dans sa progression, avait libéré plus de 10 000 ouvriers étrangers.

Le 2 février, les vendeurs de journaux aux stations de métro hurlaient à la foule qui s'engouffrait vers le sous-sol : « La bataille pour Berlin est engagée ! » et « Joukov masse ses troupes pour lancer l'assaut final ! ». « Demandez *L'Aurore* ! Demandez *Le Parisien libéré* ! »

Le 6 février, donc, Maurice, assis derrière son bureau, lisait un article annonçant l'exécution prochaine de Robert Brasillach. L'écrivain, collaborateur enthousiaste à *Je suis partout*, *Révolution nationale* et *La Gerbe*, était un fasciste convaincu de la victoire nazie en Europe. Un garçon qu'on décrivait comme brillant, tout jeune normalien d'une vingtaine d'années, entré par la suite dans l'après-14 comme critique littéraire à *L'Action française*. Il devait être fusillé ce matin-là aux alentours de neuf heures au fort de Vanves – qu'on appelait d'ailleurs à tort ainsi ou « fort de Montrouge », car en fait ledit fort était situé sur le territoire de Malakoff, à un petit quart d'heure de marche du pavillon de l'avenue Pierre-Larousse – et Maurice, regardant sa montre, pensa qu'on devait l'avoir exécuté. Il était bientôt neuf heures trente.

Les températures s'étaient nettement radoucies, la neige fondait au grand déplaisir des gamins et au grand soulagement des adultes qui pataugeaient dans la bouillasse grisâtre avec de plus en plus de mécontentement. D'ailleurs, le froid et les restrictions de ravitaillement constituaient le fond solide et quasi unique de toutes les conversations, y compris celles du commissariat.

Il se demandait comment il allait remplir sa journée et repensait au dernier dimanche qu'ils avaient passé, Ginette et lui. Elle avait beaucoup insisté pour le traîner à une représentation à la Comédie-Française. On y donnait un classique : *Le Cid*. Il en avait gardé le souvenir d'avoir peiné des heures sur des tirades barbantes et entières du vieux Corneille à apprendre par cœur.

Nous partîmes cinq cents mais par un prompt renfort...

À sa grande surprise, il s'en souvenait au mot près et précédait légèrement l'acteur au grand agacement de Ginette qui lui bourrait les côtes de coups de coude furtifs. Maurice l'empêchait de profiter d'un jeu réfléchi et sobre qui tranchait avec les déclamations qu'on entendait d'ordinaire. Sur le trottoir, il avait dit avoir pris beaucoup de plaisir à suivre la représentation.

— Si ça t'a plu, il faudrait que tu assistes à un de mes cours : il y a une ambiance du tonnerre, tu verras... En tout cas, ça m'a fait plaisir de t'emmener.

Insensiblement, ils étaient passés au tutoiement.

Ginette l'interrogeant sur les cadavres anonymes, Maurice avait dû avouer : point mort sur les deux affaires. On cherchait les morceaux manquants de la femme découpée. Pour l'homme à la main noire, il n'avait pas d'idée, pourtant le mot dans la bouche devait avoir un sens, mais où chercher ? Dans quelle direction ?

Maurice rêvassait derrière son bureau ce mardi-là. Il avait reposé la feuille de *L'Aurore* du jour.

— Inspecteur, une certaine Ginette Delau ou Dalau vous demande au téléphone !

— Ginette Dalau, j'y vais.

Maurice avait pris le combiné de l'appareil mural.

— Oui, allô ! Qu'est-ce qui se passe ?

Maurice écoutait. L'agent, resté à côté, ne dissimulait pas qu'il tentait d'entendre la conversation.

— Un nom de rue… ou plutôt d'avenue ? Le A ne serait pas la première lettre d'un prénom, mais le « A » d'avenue. À vérifier, tu as raison. On se voit demain ? Très bien.

Maurice avait raccroché, il souriait dans le vague.

Son visage se rembrunit.

— Qu'est-ce que vous faites, planté comme ça ? Vous me surveillez ?

Suivant la suggestion de Ginette, Maurice avait entrepris un boulot de longue haleine.

Enfermé dans son bureau, il examinait le plan de Paris et des villes de banlieue punaisé sur le mur pour trouver les avenues commençant par Parn et Parm. Fastidieux, ce recensement, et surtout très lent.

Malakoff : pas d'avenue des deux types.

Vanves : *idem*. (Par contre, des Pasteur dans chacune des deux communes.)

Il élargit ensuite ses recherches aux communes limitrophes.

Montrouge : pas d'avenue, mais une villa Parmentier (sans oublier un Pasteur). À retenir. Il souligna avec un gros crayon rouge la voie très courte.

Issy-les-Moulineaux : un Parmentier, mais rue et non avenue (par contre une avenue Pasteur). Soulignée en rouge.

Châtillon : rien. Mais existence d'une rue Pasteur.

Clamart : une rue Parmentier, suivie d'une rue Pasteur. Rue soulignée de rouge.

Décidément, les trompettes de la renommée soufflaient plus fort dans les voiles du bon Pasteur. Le baron agronome, introducteur de la patate en France, était moins célébré que le génial barbu, natif de Dole et bienfaiteur des petits bergers mordus. « Un comble, pensa Maurice, en ces temps de disette généralisée où, pour le bien-être et la santé, l'on se préoccupait plus de se remplir le ventre que de se faire vacciner. »

Dans ces communes du sud et du sud-ouest de Paris auxquelles il avait borné ses recherches, pas de Parn. Si le mort avait son adresse entre les dents, il ne pouvait s'agir que d'une voie dédiée à la mémoire de Parmentier.

En élargissant les investigations à Paris, il releva également une rue de Parme dans le IXe arrondissement et une avenue Parmentier, à cheval sur le Xe et le XIe.

Restait à vérifier sur place si on avait enregistré la disparition d'un voisin, d'un locataire ou d'un commerçant, une absence inquiétante… Pour se rendre dans les trois communes de banlieue, il dépendait de la disponibilité de la seule voiture du poste, la Juvaquatre.

Maurice se rendit dans le bureau du commissaire. Assis sous le képi, la moustache fine et le regard ironique du Général, Jean-François Bléchet jonglait distraitement avec un crayon, un dossier ouvert devant lui.

— Oui ? Alors, Clavault, vous avancez sur cette affaire de la femme découpée ?

— Non, j'attends qu'on retrouve les morceaux manquants. La tête surtout, ça ne devrait plus tarder. En revanche, pour le corps découvert par les gosses en janvier, je pense avoir trouvé une piste ; j'aimerais vérifier. Il faudrait que je puisse disposer de la voiture et d'un chauffeur. J'ai trois lieux, dans trois communes différentes, où chercher.

— Voyez avec vos collègues. Je crois qu'elle est disponible. Et la fille du viol ?

— Elle ne s'est pas manifestée. De toute façon, à l'heure qu'il est, les violeurs doivent être loin. Ils ont dû franchir le Rhin.

— Ils doivent même foncer ventre à terre sur Berlin, s'ils ne veulent pas arriver trop longtemps après les Russes.

— Je prends Georges avec moi : il a l'habitude de conduire la Juvaquatre. Je serai de retour en fin d'après-midi.

Ils eurent beaucoup de mal à trouver la villa Parmentier à Montrouge, les passants qu'ils interrogeaient ne la connaissaient pas, et Georges tourna longtemps avant de tomber dessus. La villa était une impasse d'une soixantaine de mètres, bordée de six pavillons identiques de chaque côté. Un ensemble de constructions en pierre meulière du début des années 1920. Chaque pavillon était précédé d'un jardinet affligé d'arbustes noirs et tordus. Il semblait n'y avoir personne. Aucun passant dans la rue. Et les rideaux ne frémirent pas aux fenêtres lorsque Georges se rangea en coupant le moteur.

Maurice agita une clochette à la grille du pavillon devant lequel ils étaient rangés. Il attendit un long moment, un temps interminable dans le vent aigre qui soufflait en continu, avant de recommencer en secouant énergiquement la chaînette. La porte n'en resta pas moins close, mais celle du pavillon de droite s'ouvrit sur un vieil homme. Il avait beaucoup de ressemblance avec des portraits d'hommes célèbres, établissant une sorte de compromis entre l'autoportrait de Chardin et la tête sculptée de Voltaire. Coiffé sur le sommet de la tête d'un chapeau trop étroit, en pantalon troué, en vieilles pantoufles, en veston déchiré, lunettes sur le nez, un foulard jaune au cou, nouée sur le devant une couverture de laine pardessus tenant par deux brides. Le visage était creusé, les yeux vifs et mobiles.

L'homme apostropha Maurice resté derrière la grille close.

— Vous aimez le bruit ! Vous aimez le bruit, n'est-ce pas ? C'est normal, vous êtes jeune ! Les automobiles, le bruit, la vitesse, l'agitation.

— Excusez-moi de vous déranger. Je peux vous parler un instant ? Je suppose que vous connaissez bien les gens de la rue ?

— Je les connais. Au moins de vue.

— Je peux entrer ?

— Si ça vous fait plaisir.

Maurice tendit sa main vers le vieil homme resté en haut des marches de son perron. Il la considéra avant de la saisir avec une répugnance manifeste.

— Je suis inspecteur de police. Vous voulez voir ma carte ?

D'un mouvement de la tête, le vieillard signifia que ça lui était indifférent.

— Votre voisin n'est pas là ?

— Non. C'est normal, ils ont fait une tribu de gosses qui braillent tout le temps, et les parents, pour couvrir leur tumulte, écoutent la TSF toujours à plein volume. Ils font un boucan du tonnerre ; alors, pour nourrir tous ces fauteurs de vacarme, ils travaillent tous les deux, dans une administration quelconque, ou à la mairie.

« Terrible ce bruit qu'ils font ! Trois mioches infernaux et j'ai l'impression qu'elle nous en couve

155

un quatrième ! Effrayant ce qu'ils se reproduisent, ces gens-là !

Avant qu'il ne se relance, Maurice se précipita :

— Est-ce que vous auriez remarqué une disparition dans le voisinage, dans la rue ? Je veux dire une disparition depuis plusieurs semaines, probablement autour de deux ou trois mois ?

Le grincheux réfléchissait.

— Si, il y en a bien eu, des disparitions. Je ne suis pas certain qu'elles vont intéresseront. Au moins deux depuis 40, des mobilisés qui doivent être encore à l'heure qu'il est dans les camps de prisonniers en Allemagne ; deux qui ont foutu le camp à cause du STO, il faut croire que travailler dans les usines allemandes n'était pas alléchant… De disparition plus récente, je ne vois pas… À l'inverse, quand les prisonniers rentreront, ils vont avoir des surprises.

Sourire malicieux du bonhomme. Maurice ne montrant pas de signes de curiosité, il continua :

— Le cercle de famille s'est élargi dans quelques maisons : il y a des mioches en surnombre. Ça fera du joli dans la rue.

Le vieux ricanait.

— Cirque et boucan garantis. Elles vont ramasser, ces chiennes !

Pour confirmer les affirmations du petit vieux, qui était resté sur son perron afin de le surveiller malgré le vent, Maurice tenta de s'informer de l'autre côté de la voie. Les portes restaient closes. L'autre glapissait, mais ce qu'il disait était dispersé par le vent et ne lui parvenait que par bribes confuses. Maurice plaça une main en cornet autour de son oreille.

L'autre trépignait.

— Ils travaillent ! Au boulot ! Ils sont au boulot ! Tous !

Et l'énergumène mimait le travail d'une lime sur une pièce de métal.

Alors que Georges faisait demi-tour, le foulard jaune s'agitait toujours dans le vent et le vieil homme en haillons suivait encore la voiture lorsqu'elle obliqua sur la droite.

— Inutile d'insister : il connaît sa rue. Il doit la surveiller tellement qu'il connaît sans aucun doute le nombre d'invités du samedi soir dans chaque baraque !

À Issy, la rue Parmentier était bordée d'immeubles de brique de cinq étages, des constructions probablement destinées aux ouvriers qui travaillaient chez Renault, dans les usines de Billancourt toutes proches. Les concierges qu'interrogea Maurice n'avaient pas remarqué de départs de locataires depuis la fin de la guerre ; d'ailleurs avec toutes les habitations détruites dans les environs par les bombardements alliés, pour empêcher les usines de fournir des camions à la Wehrmacht, ceux qui avaient encore un logement ne se risquaient pas à déménager à la légère.

Le discours était identique dans tous les immeubles de la rue. Les bignoles n'avaient pas enregistré d'absences ou de disparitions, suspectes ou non. Les loyers étaient versés à peu près à temps. La stabilité de ces derniers mois était d'ailleurs étonnante, mais on part plutôt au printemps, quand il fait meilleur, observaient en chœur les concierges, ajoutant – également en chœur – qu'on n'était vraiment pas gâté pour ce qui était de cet hiver et que ça serait mieux pour tout le monde si les températures se faisaient plus clémentes. Des propos de large consensus, bien en vogue et fort appréciés chez les responsables de la bonne sortie des poubelles aux heures où l'aurore soulève un coin de la nuit.

Il était midi largement passé, les deux policiers commençaient à ressentir un petit creux. À l'angle de la rue Parmentier, un bistrot avait peint sur la vitrine en grosses lettres bâtons au blanc d'Espagne le menu du jour.

— Pied de cochon vinaigrette ou salade de pommes à l'huile en entrée et pot-au-feu, comme plat unique, est-ce que ça te convient, Georges ?

La salle était pleine. Ils s'approchèrent du comptoir derrière lequel un homme épais en long tablier bleu de caviste, la tête ronde et rouge, les manches retroussées sur des avant-bras volumineux, plaisantait avec des ouvriers qui s'apprêtaient à partir et finissaient de petits verres d'alcool fort.

— On peut encore manger, patron ?

Le bistrotier s'adressa à une grosse blonde énergique qui avançait, les bras chargés d'assiettes.

— Georgette, ces messieurs veulent manger, il y a encore de quoi ?

— Pas de problème, mais c'est les derniers, hein ! Si vous attendez un peu, la table d'ici va se libérer.

Elle montrait la table la plus éloignée du poêle, juste à côté de la porte d'entrée.

— Normal qu'elle se libère en premier, on ne doit pas avoir envie de s'attarder dans les courants d'air ! lança Georges.

— Si vous préférez voir ailleurs, on force pas les clients, répliqua le patron en assommant le comptoir d'un coup de torchon à faire tituber un bœuf.

Georgette avait débarrassé les assiettes sales, passé l'éponge sur la toile cirée à carreaux et dressé une nouvelle table en un temps record. Déjà, elle apportait une bouteille de rouge et les pieds de cochon.

— Vous avez vos tickets pour le pain ? J'enverrai le gamin à la boulangerie, on n'en a plus avec les clients qui sont arrivés plus nombreux qu'on s'y attendait.

Par chance, la rue Parmentier à Clamart était singulièrement courte. Un petit immeuble de quatre étages et de quelques dizaines de mètres toisait quatre pavillons biscornus, tassés sur eux-mêmes, qui semblaient faire le gros dos face à sa menace. Leurs habitants ne devaient pas souvent voir le soleil en dehors de midi, « et en plein été ! », plaisanta Georges.

La femme qui occupait la loge dans l'immeuble ne voyait pas qui aurait pu disparaître parmi les occupants. Non, ils sortaient et rentraient aux heures habituelles, d'ailleurs l'immeuble était très calme.

— C'est pas ici qu'on pourrait rencontrer de ces apaches qui vous surinent un bonhomme plus vite qu'on peut le dire !

Maurice l'assura qu'on ne risquait plus beaucoup d'en rencontrer de nos jours, vu qu'ils avaient disparu avec la Belle Époque, la Grande Guerre ; enfin, des périodes qui commençaient à dater un peu. Savait-elle pour les pavillons d'en face ?

Deux étaient inoccupés depuis longtemps, d'ailleurs on disait que la mairie allait certainement les reprendre pour tous ces pauvres gens qui se retrouvaient à la rue, tous ces mal-logés qui s'entassaient parfois dans les caves. Quant aux deux autres…

— Non. Je vois pas. Il y a toujours les deux messieurs et leurs épouses, et leurs gosses qui sont un peu turbulents, c'est l'âge qui veut ça, pas vrai ?

Maurice l'assura derechef qu'elle était cette fois en plein dans le mille de la vérité pure : les gosses et la turbulence, ça ne faisait bien souvent que les deux faces d'une même médaille…

159

En réintégrant le commissariat, Maurice apprit qu'on l'attendait dans un terrain vague, toujours le long de la voie ferrée, mais cette fois côté Vanves.

Un clochard avait retrouvé sous un vieux matelas déchiqueté et pisseux une tête de femme et une jambe droite. La tête et la jambe appartenaient à la même personne. Une jeune femme.

10

Le 1er septembre 1939, Samuel apprit au petit matin l'invasion brutale de la Pologne par la radio.

Paris dormait, paisible, dans le calme de la nuit. Prétextant d'un incident entre gardes-frontière allemands et polonais, Hitler avait ordonné à la Wehrmacht d'attaquer à l'aube.

La voix du speaker était grave.

« On vient d'apporter à l'instant une dépêche selon laquelle une cinquantaine de divisions allemandes ont franchi la frontière polonaise à l'aube. L'aviation et les tanks seraient, à l'heure où je vous parle, en train de combattre les troupes polonaises qui luttent vaillamment contre un ennemi ayant attaqué sans déclaration de guerre préalable... »

Samuel s'était levé tôt pour préparer les commandes du jour, plus nombreuses avec le retour des vacances. Effondré sur un tabouret derrière le comptoir, il écoutait, la tête entre les mains.

Le débit dans le poste s'accélérait, d'autres voix s'étaient ajoutées. Un expert militaire annonçait que la France et le Royaume-Uni, les deux grandes puissances garantes de l'existence de la Pologne, ne pourraient pas rester inertes, comme elles l'avaient fait lors de la conférence de Munich, en 1938. On connaissait la suite : Hitler n'avait pas modéré ses ambitions. Les Français devaient s'attendre à une toute proche déclaration de guerre. Cette guerre, menaçante depuis des mois, allait devenir réelle. D'ailleurs, le président de la République, M. Albert Lebrun, et le président du Conseil, M. Édouard Daladier, réunissaient les ministres pour examiner la situation et décider de la réaction de la France. La Chambre des députés devait être convoquée en session extraordinaire.

Samuel n'écoutait plus. Dans le poste, les voix perdaient de la consistance pour devenir lointaines, irréelles.

Et ses parents ? Qu'allait-il se passer à Wilno, au nord du territoire polonais ? Qu'allaient devenir Max et Sarah ? Il était dorénavant exclu de les faire venir. Avec la guerre, la France fermerait ses frontières et n'accueillerait plus de réfugiés qui pourraient cacher en leur sein des espions infiltrés… De toute façon, ils ne supporteraient pas un voyage dans des conditions de clandestinité rendues plus périlleuses avec la guerre.

Et quelle serait l'issue des combats ? Les Polonais résisteraient-ils suffisamment longtemps pour que les secours des Alliés puissent leur parvenir ?

Lorsque Irène descendit dans la boutique accompagnée de Simon, levé de bonne heure, bien qu'en vacances jusqu'en octobre, Samuel était toujours étourdi derrière le comptoir.

— Que se passe-t-il ? Tu n'as pas pris de café, ce matin ?

— Écoute ! La radio répète ça sans arrêt depuis six heures : les Allemands sont entrés en Pologne. Ils vont les massacrer avec leurs avions, leurs tanks.

Qu'est-ce qu'ils pèsent, les autres, en face ? Avec leurs chevaux, leurs charges de cavalerie, sabre levé, contre les tanks, ils vont faire autant de mal que des moustiques agaçant un taureau. De la bouillie. Écrabouillés, les Polaks !

— Et tes parents ? Tu sais ce qui se passe en Allemagne pour les Juifs… Ils sont vieux maintenant.

— Quoi faire ? Si je croyais encore en Dieu, je prierais.

Irène, penchée sur son mari, lui parlait à voix basse.

— Maman ?

— Simon ! Monte te laver et t'habiller, tu ne vas pas traîner toute la matinée dans les pattes de ton père ; tu es assez grand maintenant pour te débrouiller seul.

— Qu'est-ce que nous pouvons faire ? Je devrais essayer…

— Tu n'aurais aucune chance de franchir les frontières en ce moment. Et nous avons besoin de toi.

À midi passé, la mobilisation générale était décrétée à la radio pour le lendemain. Samuel et Irène écoutaient dans la salle à manger. Ils avaient interrompu le repas, leurs gestes restaient suspendus, figés dans un temps qui ne s'écoulait plus. Simon passait du visage de son père à celui de sa mère.

— Tu vas partir à la guerre, papa ?

— Sûrement.

— Qu'est-ce que je vais devenir ? Et Madeleine ?

Le 3, la guerre était déclarée.

Samuel, en épousant Irène née en France de parents polonais, avait acquis la nationalité française depuis 1933. Il avait reçu son affectation pour la zone militaire autour de Forbach.

Le 5 septembre, il se pressait avec ceux de sa classe le long d'un convoi à la gare. Il ne faisait déjà plus partie des plus jeunes qui devaient se présenter dès le 2 et le 3. Les plus âgés ne rejoindraient leur régiment que dix jours plus tard, faute de moyens pour les acheminer. Alors que la locomotive s'énervait, crachait des jets de fumée noire et sifflait à rompre les tympans, Irène lui avait fait les recommandations que font les femmes à leurs hommes en uniforme : Reviens, ne te mets pas en avant, prends garde…

Samuel avait rejoint la 42ᵉ division d'infanterie, appartenant au groupe d'armée n° 2 commandé par le général Prételat, qui attaquait, sur ordre du généralissime Gamelin, dans la région sarroise. Le 9, il était blessé lors de la prise de la forêt du Warndt. Deux balles, l'une dans la cuisse, l'autre dans le genou de la jambe droite. Deux blessures qui allaient lui valoir d'être rapatrié alors que ses camarades dans le même temps allaient stopper leur offensive sur ordre de Gamelin. Les soldats français renonçaient de facto à attaquer la ligne Siegfried.

La guerre était finie pour Samuel qui conservait de cette incursion en territoire allemand une claudication, heureusement passagère. Il regagnait Paris, la boutique, Irène et les enfants. Deux mille soldats français étaient restés sur le carreau dans cette escapade sans lendemain.

La « drôle de guerre » commençait.

Pour Samuel et Irène, cette drôle de guerre qui n'en finissait pas prit la forme d'une hostilité croissante.

Dans leur environnement immédiat, la marchande de fruits et légumes commença par les regarder d'un air bizarre, par ne plus entendre leur salut. Au début, elle ne répondit qu'avec une réticence évidente, puis elle tourna ostensiblement le dos lorsque Irène et

Samuel lançaient un bonjour ou quelque remarque anodine sur le temps. Entendez : uniquement l'état de l'atmosphère.

Certains clients, les occasionnels dont Samuel avait cependant photographié les visages sans leur accoler de noms, espacèrent leurs visites, avant de disparaître.

Parmi les flics du commissariat tout proche, une minorité se complaisait à lancer des piques contre Samuel, multipliant les réflexions sur cette guerre qu'il allait pourtant bien falloir faire. Une guerre inutile contre un pays qui se redressait, qui avait recouvré sa fierté nationale ; une guerre contre un dirigeant qui avait su rétablir l'ordre intérieur en matant les bolcheviques. Et tout ça pour aboutir à quoi ? Sûrement au malheur de la France.

On avait vu ce qu'avait coûté la Grande Guerre...

Tout le sang versé, les monuments dans chaque village avec les funestes listes des noms des conscrits. Interminables ! Et au profit de qui ? Qui allait tirer les marrons ? Les riches, bien sûr ! Et, parmi les riches, parmi les ploutocrates, quelle race se trouvait en première ligne ? Qui étaient ces riches d'entre les riches ? Les Israélites, n'est-ce pas ?

Et le regard coulait vers Samuel, debout derrière le comptoir, le visage impassible. L'interlocuteur attendait une réaction : une moitié de sourire ou une grimace d'espoir hésitante aux lèvres. Attendait. Puis repartait. Vaguement déçu. Frustré dans son désir d'esclandre.

Samuel souriait dans le vague. Il était entendu qu'il ne s'intéressait pas à la politique à laquelle il ne comprenait d'ailleurs rien. Cette guerre, comme celle de 14, était un malheur, mais qu'y pouvait-il ?

Il y eut la campagne contre les ennemis infiltrés dans la population civile qui espionnaient au profit de l'Allemagne hitlérienne, la fameuse « cinquième colonne ». On voyait des espions partout. On devait se taire, des oreilles ennemies écoutaient les bavardages, recoupaient les renseignements, préparaient la défaite des armées françaises en informant l'ennemi de nuit par signaux lumineux.

On avait vu des parachutistes allemands déguisés en bonnes sœurs avec cornettes, en gendarmes dont le képi camouflait le visage. Mais les espions pouvaient aussi bien être des gens ordinaires, comme vous et moi, planqués dans l'administration, parmi les commerçants qui répandaient des rumeurs alarmantes, des mensonges, dans le but de démoraliser les Français. Pour hâter la défaite, la ruine du pays.

Et, parmi cette cinquième colonne, qui mieux que les Juifs étrangers pouvaient en être ? Et parmi les plus actifs !

« Taisez-vous, les murs ont des oreilles ! » proclamaient les affiches placardées sur les murs de Paris.

Samuel, venu d'on ne sait où, Pologne, Lituanie, Russie, bref, d'un de ces pays très proches de l'Allemagne – et pas seulement par la communauté de frontière ! – était en quelque sorte le prototype de l'espion infiltré et réactivé avec le conflit.

Une nuit de décembre, une pierre fut lancée contre la partie vitrée de la porte de la boutique. Samuel, réveillé par le bruit, descendit en pantoufles, une clé anglaise à la main. Arme dérisoire. Marchant sur les éclats de verre, il déverrouilla la porte. L'avenue était déserte. Il pensa voir une silhouette courir au loin avant de tourner à un carrefour. Il n'en était pas sûr.

Il fit poser une nouvelle vitre. Plus épaisse. Beaucoup plus épaisse. Mais elle ne résisterait pas pour autant à un objet lourd, comme un pavé, avertit le vitrier.

Un matin, il reçut une lettre anonyme. Dans une enveloppe non affranchie, un message composé de caractères découpés dans différents journaux lui conseillait de déguerpir. Qu'ils « fichent le camp, lui et sa famille ! Et au plus vite ! ». Cela se terminait par le souhait plus général de voir les Juifs apatrides quitter le territoire. Pour nettoyer le pays. Le mot exact était « purifier ».

Samuel et Irène ne voulaient pas s'en inquiéter. Probablement s'agissait-il d'un illuminé – jamais ils ne pensèrent que l'auteur pouvait être une femme, malgré la croyance habituellement répandue selon laquelle les femmes avaient recours plus fréquemment à ce genre de procédé –, d'un membre haineux de ces groupes d'extrême droite qui avaient prospéré parallèlement à l'avènement des dictatures fascistes. Ou, plus simple, plus probable et plus platement désolant, d'un commerçant jaloux. Toutefois Irène s'inquiétait pour Simon.

Il fréquentait l'école primaire depuis l'an passé et il lui arrivait d'aller s'amuser avec des camarades d'école dans les cours voisines ou dans les squares, celui tout proche de la mairie d'arrondissement ou celui de la Roquette, plus lointain, mais plus vaste, donc propice à des jeux de cache-cache. En général, les gamins étaient accompagnés d'un grand frère ou d'une grande sœur, mais quel serait leur poids face à une menace ? Face à un adulte décidé ? Simon saurait-il résister à la proposition d'une friandise, d'un bonbon pour l'éloigner du groupe de gosses ? Peut-être pour le kidnapper ? Demander une rançon avant de l'exécuter, qui sait ? On avait connu des affaires de ce genre. Notamment avec cet aviateur américain, ce Charles Lindbergh, dont le bébé, si son souvenir était bon, avait été enlevé avec demande de rançon avant d'être tué par ses ravisseurs.

Irène ne se rappelait plus exactement les détails de l'histoire, mais son esprit lui fournissait des images effrayantes de Simon aux mains de tortionnaires aussi impassibles qu'implacables.

Elle prenait Simon sur ses genoux, le regardait avec un sourire tremblé et lui expliquait longuement qu'il devait se méfier des inconnus. Il ne devait jamais suivre un adulte en dehors de ses parents, ou du maître, enfin des personnes qu'il avait l'habitude de voir tous les jours ou presque. Simon parlait de ses grands-parents maternels qu'il ne voyait pas si souvent. « Même eux ? » Bien sûr que non. Simon finissait par se plaindre : maman disait toujours la même chose. Il avait compris. On ne parle pas aux inconnus, on ne les suit pas, on n'accepte rien d'eux, même un caramel mou, ce régal.

Évidemment, elle pouvait lui interdire de jouer à l'extérieur. Si les menaces se répétaient et devenaient plus pressantes, elle devrait s'y résoudre. Quelle autre solution ?

Samuel pensa avoir la réponse. Il irait montrer la lettre au commissariat. Et même directement au commissaire, à Jules Maldes, qui s'était montré bienveillant pour Samuel et sa femme, au point d'assister à leurs noces et d'y prononcer quelques mots aimables. Le commissaire était par ailleurs toujours un client fidèle de Samuel dont il appréciait la bonne humeur et la serviabilité.

Vers la fin mars, Samuel avait obtenu un port d'armes du commissariat du XIe et, par l'intermédiaire du commissaire, il se procurait une arme encore rare. Un pistolet automatique modèle 1935 S. « S », parce que fabriqué à Saint-Étienne en très petit nombre avec chargeur de six balles. Une faveur de Jules Maldes. Ils n'étaient que quelques centaines en France à disposer de cette arme légère qu'il cacha avec les balles dans le haut d'une armoire, sous des piles de linge de table. Les époux Litvak étaient armés pour la première fois de l'histoire familiale. Ils ne s'en sentaient pourtant que modérément rassurés.

À la mi-juin 1940, les troupes allemandes défilaient dans Paris.

Simon voulait assister à la parade des vainqueurs sous l'Arc de Triomphe et sur les Champs-Élysées. Il aimait la musique militaire. Particulièrement le son du fifre. Aigrelet et entraînant, le son du fifre. Même dans des rues à peu près désertées par les Parisiens.

On apprit plus tard que le chancelier Hitler en personne était venu tôt un matin visiter les principaux monuments de Paris, une ville qu'il ne connaissait pas. Le chancelier se montra d'excellente humeur.

À peu près à cette même période, le héros de Verdun, dans une allocution radiophonique chevrotante, écoutée dans tous les foyers, adressait « le cœur serré » une demande d'armistice au vainqueur.

Samuel et sa famille pensèrent quitter Paris et gagner la province. Ils renoncèrent. La plupart des voisins commerçants, obéissant aux ordres officiels, avaient déjà fui la capitale les semaines précédentes lors de l'exode devant l'avance ennemie. Une épopée chaotique et absurde où la plupart avaient laissé leur voiture exténuée sur le bord d'une route encombrée de fuyards moins bien lotis, qui à pied derrière des landaus bourrés de vieilleries chéries, qui sur des vélos aux porte-bagages surchargés, qui en charrettes tirées par des chevaux épuisés, et tous ces éperdus les regardaient avec des envies de meurtre…

Ils étaient rentrés penauds. Affamés et aigris. Dans la seconde quinzaine de juin ou la première de juillet pour les retardataires. Certains n'étaient pas rentrés du tout, ce qui avait intrigué Samuel.

La vie reprenait. La physionomie de Paris changeait. Des panneaux indicateurs en allemand fleurissaient aux carrefours. Bien utiles pour tous ces soldats qui déambulaient, tenant le haut du pavé, parlant haut et fort, et qui affectaient une politesse parfaite envers les dames, à qui ils cédaient volontiers les places assises dans les transports.

Après la défaite, les menaces contre la famille Litvak avaient curieusement cessé. Plus de pierre la nuit dans la vitrine, plus de lettre anonyme dans la boîte de l'entrée. Le matin, Samuel l'ouvrait toujours avec une pointe d'appréhension. Allait-il, parmi la liasse d'enveloppes, factures, règlements et réclames, reconnaître la petite enveloppe bleu pâle portant comme seule mention en caractères d'imprimerie découpés le nom de sa famille ? La petite enveloppe bleue ne s'y trouvait pas. Elle ne s'y trouva plus jamais et l'intimidation allait emprunter une autre voie. La voie officielle.

Irène passait son temps à faire la queue devant les magasins d'alimentation. À partir de l'automne, la grande affaire était de trouver à manger. Irène, munie de ses cartes d'alimentation, partait tôt le matin chez les commerçants qui leur avaient été attribués à la mairie. Ni ceux de leur choix, ni forcément les plus proches…

Samuel avait de plus en plus de mal à se réapprovisionner en pièces de rechange, ses revendeurs habituels se plaignaient de la ponction croissante des troupes et de l'administration allemandes qui pillaient les ressources disponibles. L'essence étant rationnée, Samuel orienta son commerce vers les cycles, le muscle remplaçant de plus en plus le pétrole.

Le 13 mai 1941 fut la première alerte sérieuse pour la famille Litvak.

Samuel partait en vélo en fin de semaine, le samedi le plus souvent, chercher des œufs et des pommes de terre en terre picarde. Il faisait jusqu'à deux cents kilomètres dans la journée, rentrait exténué, brandissant triomphalement la valise en méchant carton bouilli contenant les précieuses victuailles, avant de s'écrouler dans un fauteuil.

Simon voulait savoir la distance et la vitesse moyenne de l'exploit paternel. Samuel inventait des allures fantaisistes qui réjouissaient l'enfant. Avait-il rencontré des soldats ? Oui, il en avait croisé. Avait-il eu peur ? Oui, il avait eu peur, parce que tout le monde a peur face à des gens en armes qui parlent une langue étrangère que vous ne comprenez pas.

Le 13 mai, une lettre arriva dans la boîte des Litvak. Pas une enveloppe bleu pâle, un papier officiel de couleur verte, une convocation à la mairie du XIe.

Cette convocation lui était adressée, à lui seul, Samuel Litvak.

Le nommé Samuel Litvak, domicilié au 17 de l'avenue Parmentier, doit se présenter dans les meilleurs délais à la mairie, au service des étrangers, pour vérification de sa situation personnelle. Il devra être accompagné d'une personne proche, parent, ami, apte à pouvoir attester de sa domiciliation et de son identité. Étranger ? En quoi pouvait-il être rangé dans la catégorie des étrangers ?

Certes, il était né à Wilno, mais il était installé en France depuis pas loin de quinze ans. Il avait épousé une Française, une femme née en France. Et ils avaient des enfants, des enfants français, nés sur le sol français...

Samuel lisait et relisait le papier où, au-dessus de pointillés imprimés, figurait son nom, Samuel Litvak, tapé à la machine. Il n'y comprenait rien. Rien de rien.

Il en était étourdi. Incrédule… et pourtant c'était son nom. Mais il devait y avoir une erreur. L'employé de mairie avait dû mal comprendre, se tromper dans la liste qu'il devait recopier, confondre les listes. Et d'abord, pourquoi son nom figurait-il sur une liste de ce genre ? Et quel en était le but ? Une « vérification de situation ». Ça signifiait quoi ? Qu'il n'était plus français ? Et quel avait été son crime pour être déchu de sa nationalité ? Quel était ce crime supposé ?

Tenant la missive verte d'une main qui tremblait, manquant suffoquer de colère et de chagrin mêlés, Samuel rentra dans la boutique sans relever le rideau de fer qu'il avait fait poser peu après la réception de la lettre anonyme.

— Irène ! Tu peux descendre ? Irène ?

— Qu'est-ce qu'il y a ? Une nouvelle lettre ?

— Non, pire. Peut-être.

Irène lut et relut silencieusement plusieurs fois le papier de qualité médiocre, légèrement pelucheux.

— C'est curieux, ils ne disent pas pourquoi ils font ça. « Vérification de situation », c'est très vague. Et une vérification avec un membre de la famille, un ami. Quel sens ça peut bien avoir ? On peut dire n'importe quoi. Et comment peuvent-ils vérifier l'exactitude des renseignements ?

— Qu'est-ce que je fais ? Il est dit que j'aurai à me présenter demain, le 14, à la mairie. En quoi je suis concerné ?

— Je vais faire un tour dans le quartier pour me renseigner. Savoir si d'autres l'ont reçue. Et si vous êtes nombreux dans ce cas.

Irène était de retour pour le déjeuner. Dans son cabas quelques carottes et un chou.

— C'est tout ? demanda Simon qui se précipitait toujours pour en inspecter le contenu.

Généralement, il sortait déçu de cet examen.

— C'est tout ce qu'il y avait. Plus de pain à la boulangerie. On ne leur a pas livré de farine ce matin et ils ne savent pas quand ils seront approvisionnés. Sans doute demain.

Irène s'était informée auprès des commerçants et des personnes qui patientaient, des femmes dans la grande majorité et quelques vieux qui s'alignaient pour d'autres, moyennant un peu d'argent. Ou de la nourriture.

Seuls les Juifs immigrés, nombreux dans le XIe, avaient été convoqués. Des Juifs étrangers qui n'avaient pas pu être naturalisés, soit parce qu'ils refusaient d'abandonner leur patrie d'origine, soit pour avoir essuyé des refus répétés qui les avaient découragés de poursuivre les démarches administratives.

Le 14, dès le matin, une file s'était formée dans le hall d'entrée de la mairie, un bâtiment imposant du XIXe siècle en pierre de taille ; imposant à la mesure de la République qui s'installait et devait convaincre de sa solidité.

Samuel n'était pas dans cet alignement où l'on parlait peu. Seulement quelques mots, une interrogation répétée, formulée avec un fort accent.

— Attendre quoi pour ouvrir ?

Il faisait beau et presque chaud en cette matinée de printemps, Samuel se tenait debout et regardait les gens pénétrer dans la mairie par la porte principale, tâchant de deviner qui se rendait à la convocation, qui venait pour un autre motif, certainement plus banal. Il surveillait, curieux de voir ce qui allait se passer pour les premiers.

Il attendit jusqu'à l'heure du déjeuner. Il ne se passait rien. Apparemment du moins. Les Juifs sortaient par petits groupes dont il identifiait à l'accent les pays d'origine. De ce qu'il saisit des conversations, il semblait qu'il était question d'une mise à jour des noms, des changements d'adresses intervenus, d'arrivées de membres nouveaux. Tous parlaient de « mise à jour ». À la mairie, les employés avaient dû leur donner cette seule explication qui n'en était pas vraiment une, pensa Samuel.

Certains s'interrogeaient sur la nécessité de cette opération. Peut-être envisageait-on une naturalisation de masse ? Cela semblait peu probable, mais quelques-uns s'accrochaient à cette croyance, faisant preuve d'un optimisme forcé. Enfin, on avait eu affaire à des employés français. Pas à des Allemands, n'est-ce pas ? Alors !

Par les vitres de l'entrée, Samuel pouvait constater que si la queue diminuait, le nombre de personnes qui patientaient était loin d'être négligeable et qu'il aurait encore à attendre des heures pour en voir la fin. Contrairement à ce qu'il craignait, ceux qui s'étaient rendus à la mairie repartaient, semblait-il, sans être inquiétés d'aucune manière.

Il décida de rentrer. Il avait dû fermer la boutique et même si les affaires n'étaient pas toujours formidables, il n'est jamais bon de garder les rideaux baissés en pleine semaine. Samuel vendait des pneus, des chambres à air – leur prix avait d'ailleurs grimpé en flèche avec le manque de caoutchouc –, des rustines pour les bicyclettes qui étaient devenues objets de convoitise et qu'on montait dans les appartements pour ne pas les laisser dans les entrées d'immeubles où les vols étaient fréquents. Il vendait aussi de quoi s'équiper afin de passer au gazogène pour les camions et les quelques rares voitures réservées aux professions nécessitant l'emploi d'un véhicule, médecins ou sages-femmes.

Les autres circulaient en métro. Les rames étaient toujours bondées et l'on se battait souvent pour y

174

pénétrer. Les femmes se plaignaient des butors, des mufles déchaînés, qui écrasaient tout le monde, passaient en premier et allaient jusqu'à aplatir les chapeaux en jouant des coudes pour s'assurer une place dans le wagon. Les rares escaliers mécaniques avaient été arrêtés pour faire des économies et prendre le métro devenait épuisant, provoquait des malaises. Les bicyclettes étaient bel et bien redevenues les « petites reines » dans Paris, et le commerce des Litvak continuait donc de marcher, même si le renouvellement des stocks et l'approvisionnement devenaient de jour en jour plus problématiques.

L'été 1941. Le deuxième été sous domination allemande dans la zone occupée. Deuxième depuis la défaite éclair.

Le mois de juillet avait été chaud et, même en laissant les fenêtres ouvertes la nuit, en fermant les volets de l'appartement du premier dans la journée, la famille Litvak se traînait dans la poussière et une moiteur venue de la rue.

Simon devenait grognon, capricieux ; il tarabustait sa sœur Madeleine pour qu'elle participe à des amusements inventés par lui, des jeux qui, au mieux, ne l'intéressaient pas quand ils ne se faisaient pas à son détriment, à sérieux renfort de pinçons sournois. La fillette pleurait, Irène grondait et Samuel était obligé d'administrer des claques plus fréquemment qu'il ne l'aurait souhaité. Tout le monde était sur les nerfs.

À la fin de la première semaine d'août, Samuel décida qu'ils prendraient deux semaines de vacances à la campagne. On choisirait un coin tranquille, pas trop éloigné afin de ne pas perdre de temps dans les trains, les correspondances. Quant à se rendre dans la zone libre, il ne fallait pas y compter. Les démarches, les justifications, etc.

175

À moins de tenter un passage clandestin de la ligne de démarcation. Forcément de nuit. Quant au passeur, ce devait être un homme de confiance, qui ne vous laisserait pas choir à la première alerte. La famille Litvak en avait entendu, de ces récits lamentables de passages de la ligne qui s'étaient terminés par une errance dans les prés, les labours et les bois, sans aucun repère pour se diriger, avec les lourdes valises qui battaient les mollets. Une pure escroquerie !

Les Litvak optèrent pour la Touraine. Le sud de la Touraine.

La famille y avait un point de chute et la possibilité de louer pour une somme modérée chez des connaissances. Une location au confort rudimentaire, mais bien suffisant pour la saison. Dans les champs. Dépaysement idéal pour de petits Parisiens.

Il s'agissait d'une dépendance de ferme, une grange inutilisée depuis des années que des fermiers avaient aménagée sommairement en créant trois pièces et une cuisine d'été de plain-pied avec les prés et les champs.

Irène, alors jeune fille, s'était liée avec Colette, une jeune provinciale montée à Paris pour recevoir une formation dans un centre d'apprentissage des métiers de la couture situé dans le Marais. Elles avaient conservé ces liens d'amitié après leur mariage à toutes deux et les deux couples se voyaient quelques dimanches midi dans l'année, chez les uns et les autres. Après le déjeuner, on faisait une balade dans Paris pour « aérer » les enfants, sensiblement du même âge.

Le père de Colette possédait une ferme de quelques dizaines d'hectares dans les environs d'Yzeures-sur-Creuse, la ville natale d'une jeune chanteuse prometteuse à la voix de soprano, une certaine Mado

Robin, qui commençait de donner des récitals appréciés. Les amateurs louaient hautement le timbre de sa voix. Colette, qui l'avait connue enfant à Yzeures, en disait le plus grand bien. Par ouï-dire, puisqu'elle n'avait jamais eu l'occasion d'assister à un concert, mais avoir connu une célébrité – même dans son enfance –, c'est un peu de cette célébrité qui rejaillissait sur soi.

Colette disait :

— Et vous pourrez aller la voir… si elle séjourne à Yzeures cet été. Vous lui direz que vous êtes de mes amis. Je suis certaine qu'elle vous accueillera très aimablement !

Le mari de Colette souriait, Samuel également. Probablement pour les mêmes raisons. Samuel était bien décidé à ne pas importuner la chanteuse dont il n'avait, au demeurant, jamais entendu parler.

Colette était ravie de montrer ainsi sa reconnaissance à Irène, qui, lors de ses années d'apprentissage, l'avait introduite dans ce monde inconnu pour elle qu'était alors Paris.

Irène était heureuse de quitter la ville. Depuis qu'elle avait épousé Samuel ils n'avaient pas eu souvent l'occasion de s'éloigner de la boutique à l'exception de quelques jours, « volés » au temps ordinaire, passés au bord de la mer dans un hôtel donnant sur un petit port de pêche normand. Cet hôtel et le port où ils stationnaient longuement pour observer le retour des marins étaient devenus pour eux un lieu fétiche, une parenthèse heureuse dans la banalité de la vie.

Durant la première semaine d'août, la famille, ayant bouclé les valises, baissé le rideau de fer de la boutique, s'était engouffrée dans le métro pour gagner la gare d'Austerlitz. Le train les mènerait d'abord jusqu'à Tours où ils changeraient pour prendre un tortillard qui les déposerait à La Haye. Une bourgade commerçante endormie sur les bords de la Creuse d'après Colette, où viendrait les chercher en chariot le père de celle-ci.

Le train était bien entendu bondé.

Simon était resté dans le couloir, debout à côté des valises et de son père, et regardait le paysage défiler. D'abord la banlieue que mordaient de plus en plus les terrains vagues avant de céder la place aux champs et aux prés. Puis la campagne dont le tissu vert se trouait de loin en loin de quelques villages et villes.

Est-ce que le père de Colette le laisserait conduire le cheval ? Samuel douta de la complaisance du fermier. Simon était bien petit pour mener un attelage. Et si le cheval était aussi jeune que lui ? Et fougueux en conséquence ? On verrait...

Avant l'arrivée en gare de Tours, il y eut deux contrôles simultanés. Le premier effectué par des gendarmes français, le second par des policiers allemands en civil. Ils montèrent à la même gare en prenant en tenailles les voyageurs. Les passagers se raidissaient en présentant billets et papiers officiels. Policiers allemands et gendarmes rappelèrent à tous que pour franchir la ligne les *Ausweis* en règle étaient indispensables.

Samuel ne put s'empêcher de baisser la tête en présentant ses papiers à un des policiers allemands.

— Litvak... Litvak ?... C'est un nom qui n'est pas français, non ?

— Je crois... je

— Oui ? Et vous venez d'où ?

— C'est d'origine bretonne, je crois. Enfin, c'est ce que mes parents m'ont toujours... bref... de Bretagne.

— Bon voyage, alors, Breton. Vous n'allez pas de l'autre côté, je vois.

— Non.

— C'est joli la Bretagne, pourquoi vous n'allez pas en Bretagne si vous êtes breton ?

Samuel haussa les épaules et grommela qu'ils iraient un autre été. Le policier allemand sourit en lui rendant sa carte d'identité.

À La Haye, à la petite gare en contrebas du bourg, plusieurs attelages attendaient, vite occupés à l'exception de celui conduit par le père de Colette, un bonhomme costaud à moustaches épaisses. Un type souriant, mais peu bavard, comme il les en avertit à peine s'étaient-ils installés avec les valises :

— Je suis un taiseux. Rien à voir avec ma fille !

Jean-Marie laissa les rênes à Simon dans les lignes droites en lui tenant les mains. L'équipage arriva à Yzeures ; le village allongeait ses maisons blanches le long de la route départementale, à une petite centaine de mètres de la rivière, la Creuse, qu'ils avaient longée depuis La Haye, l'apercevant par moments avant qu'elle ne s'éclipse, protégée par son épais rideau de feuillus.

La ferme des Joubert était à la sortie d'Yzeures, à l'écart de la route, à mi-côte d'une colline sur laquelle ils cultivaient des céréales. La grange qu'occuperaient les Parisiens était proche du bâtiment principal sans être pour autant accolée à lui. Antoinette rassura Irène : s'il lui manquait quoi que ce soit, ils n'étaient pas loin, surtout qu'elle n'hésite pas. Pour leur venue, elle avait tué un lapin. Les enfants appréciaient ?

On était en milieu d'après-midi. Les Litvak avaient quitté Paris en début de matinée. Dans les jours qui suivirent, ils firent de longues promenades dans les forêts qui s'étendaient sur la partie supérieure des collines, de molles ondulations du terrain où l'œil glissait de vert en vert.

Ils pique-niquaient le midi de pâtés, salade et fruits, véritables festins dont ils avaient oublié jusqu'à

179

l'existence depuis le premier automne de l'Occupation. Le soir, Irène battait les œufs qu'Antoinette lui fournissait. Décidément, il faisait bon vivre à la campagne.

Il leur arrivait aussi de passer la journée au bord de la Creuse. La rivière était basse. Les Litvak y barbotaient des heures dans une eau paisible où un faible courant poussait quelques feuilles paresseuses jaune et ocre. Ils tiraient même quelques brasses dans les creux. De l'autre côté, sur la rive opposée, commençait la zone libre. Alors que Simon et sa sœur continuaient de jouer, assis dans l'eau sous la surveillance distraite d'Irène, Samuel réfléchissait à cette proximité. Elle pourrait s'avérer utile.

Un soir, il en parla – de façon détournée – à Jean-Marie.

Ils étaient assis sur un banc de pierre à côté de l'entrée principale de la longère, le bâtiment bas qu'occupaient les Joubert depuis des générations. Les deux hommes regardaient le soleil se coucher, infiniment lent.

— Quel calme !… Ça a l'air idiot à dire, mais on n'a pas l'impression que la guerre est partout.

Jean-Marie acquiesça d'un signe de tête accompagné d'un léger sourire. Samuel rit et dit qu'il ne voulait pas être particulièrement original, avant d'ajouter :

— La Creuse paraît bien basse, est-ce que cela se vérifie chaque été ? Je parie qu'on peut même la traverser à pied ! En tout cas à certains endroits, je me trompe ?

— Du tout, monsieur Litvak ! Mais y compris en hiver, il existe des gués. On peut franchir la rivière de pierre en pierre. Évidemment, il faut connaître… J'en connais un, pas trop loin. Il y a un moulin en amont. Il faut des points de repère. Quand on ne connaît pas, dès que la Creuse est grosse, on pourrait se laisser entraîner par le courant. Surtout vers novembre, décembre. C'est dans ces mois-là qu'elle est la plus haute. En été, il n'y a pas beaucoup d'eau : c'est la saison qui veut ça...

— J'imagine que c'est surveillé. La ligne de démarcation suit la Creuse par ici ; il doit y avoir des patrouilles.

— Exact. Des patrouilles de gendarmes, côté Vichy ; des soldats allemands de ce côté-ci.

— Alors, c'est dangereux.

— Forcément. Pour les gendarmes, c'est plus facile, ils font leurs patrouilles à heures fixes. Les soldats changent souvent d'horaires. Il faut éviter de traverser les nuits trop claires, celles où il y a trop de lune.

— Et il y a beaucoup de passages clandestins ?

— Il y en a.

— Et il arrive que des gens se fassent arrêter ?

— Ça arrive. Aussi. Pas tant que ça...

Ils étaient installés depuis une semaine quand une lettre leur parvint. La concierge l'avait fait suivre. Le timbre sur l'enveloppe était un timbre suédois. D'après le cachet, la missive était en route depuis début juillet. Deux semaines après la rupture du pacte germano-soviétique et l'attaque nazie contre l'URSS.

— Qui peut nous écrire de Suède ? s'interrogea Samuel en soupesant l'enveloppe volumineuse.

Il n'osait pas l'ouvrir. En examinant l'adresse, il reconnut l'écriture tremblée, appliquée et légèrement penchée sur la droite du vieux camarade de Max.

Monsieur Samuel Litvak,
Je vous écris depuis Stockholm où je suis parvenu à fuir.
Ma personne ne vous intéresse pas.
Votre père me demandait souvent de vous écrire pour lui qui avait du mal avec les lettres, vu qu'il n'avait pas beaucoup d'école.

Je dois vous faire part d'une mauvaise nouvelle, une très mauvaise nouvelle. Je peux dire aussi un grand malheur qui vous touche et qui touche aussi toute notre communauté.

C'est très difficile à écrire et les larmes me montent dans les yeux à essayer de vous expliquer.

Vous savez que les Russes s'étaient installés à Vilna depuis l'année dernière, depuis juin de l'an dernier et, pour ainsi dire, pour le premier anniversaire de l'arrivée des Russes, on a entendu des avions le 22 juin au-dessus de notre Vilnè. Ils volaient haut et on entendait seulement le bruit des moteurs, mais on ne voyait pas bien de quel pays ils venaient.

On était vers les midi, par là. Et les avions sont descendus et c'est à ce moment qu'on a vu les croix sur les ailes. Des Allemands. C'était des Allemands. Des Allemands avec la croix qui venaient de l'ouest. Ça on aurait dû le voir, le remarquer qu'ils venaient de l'ouest, mais on avait tous la tête en l'air à regarder dans le ciel.

Et ils descendaient toujours jusqu'au moment où ils ont laissé tomber les bombes sur Vilnè et les faubourgs de la ville.

En bas, dans les rues, on était stupéfaits, tous. Pourquoi ils nous lançaient des bombes ? Pourquoi ? On croyait qu'ils étaient bien d'accord, les Russes et eux ! Et voilà que la Luftwaffe lâchait des bombes sur notre ville !

Alors, qu'est-ce qu'il fallait faire ? Max et Sarah ont dit qu'ils ne savaient pas. Et moi non plus. On est resté. Qu'est-ce qu'on pouvait faire d'autre à ce moment ?

Monsieur Litvak, je vous écris tout ce qui s'est passé, mais vous devez trouver que c'est embrouillé. Dans la tête, c'est tout embrouillé, alors j'écris comme ça me vient.

Et le dimanche c'était le 22 juin, le premier jour des bombardements, puis il y a eu le lundi, le 23, où s'est produit un deuxième bombardement sur la ville. Dans la nuit.

La nuit était douce et j'avais laissé les fenêtres ouvertes.

Les bombes ont plu encore sur la ville et quelques-unes sont tombées sur la gare et le cimetière. Et l'aube est revenue. Et le silence est revenu aussi. Le calme et le silence se sont abattus sur nous.

Quelques maisons de plusieurs étages étaient en feu ; elles étaient les proies des flammes, comme dans la rue aux Juifs. Les flammes qu'avaient allumées les avions allemands. Des voisins sont partis sur mon palier. De même dans notre rue ou celle de Max et Sarah. On dit qu'un millier de Juifs a fui la ville.

Mais ce n'est pas du lundi que je voulais parler.

Monsieur Litvak, il faudra aussi le dire à votre frère, Lev, qui est parti aux Amériques.

Je voulais vous parler du mardi. Le mardi 24, les blindés allemands sont entrés dans Vilnè.

La population lituanienne les applaudissait. Il fallait les voir. Voir leurs visages heureux, les bras levés.

La foule massée sur les trottoirs pour saluer les blindés et les soldats qui souriaient aussi. Les Lituaniens accueillaient leurs amis. Leurs alliés. Ceux qui les avaient débarrassés des Russes et des Polonais. Alors nous, les Juifs, nous ne sommes pas sortis.

Et ils ont mis en place une police lituanienne formée de volontaires. Ils, c'est les soldats allemands, les « Einsatzgruppen ». Des unités de tuerie qu'ils ont créées en Allemagne. Des féroces qui, je crois, encadraient les volontaires de la police.

Moi, je me suis caché.

J'ai dit à Max et Sarah de se cacher. Qu'il valait mieux se cacher. Attendre et se cacher.

Max et Sarah croyaient qu'ils étaient trop vieux pour intéresser la police ou les soldats.

Alors ils sont restés chez eux. Dans le logement que vous leur avez donné. Sans se cacher comme moi.

Malheur !

Ils ont été pris dans une rafle pour le « travail ». On avait décidé de mettre les Juifs au « travail ». Et les « policiers » tiraient sur les Juifs qu'ils rencontraient dans la rue.

Au hasard.

C'est-à-dire ceux qu'on voyait qu'ils étaient juifs, comme les rabbins et les personnes pieuses. Les vieilles personnes... Pan ! Pan ! Au hasard ! Ils appelaient les tirs : les « Schiessparade ».

On m'a raconté que Max portait la pioche sur l'épaule et qu'il marchait à côté de Sarah. La pioche sur l'épaule.

La colonne a marché pendant des kilomètres. Vers le sud.

Ils ont marché sept kilomètres, vers le sud, jusqu'à Ponar. Le village dans la forêt. Ponar, vous devez vous rappeler de ce petit village dans la forêt ?

Et quand ils ont arrivés à Ponar, ils ont dû creuser un fossé.

Un long fossé. Avec les pioches et les pelles qu'on leur avait données.

Malheur !

Vous avez compris, monsieur Samuel Litvak ?

On leur a tiré une balle dans la tête à chacun et ils sont tombés dans la fosse. En avant. Le corps en avant. Des centaines et des centaines dans le long fossé dans la forêt.

Mais ça on me l'a raconté, je ne l'ai pas vu de mes yeux.

Alors, je vous dis : je regrette.

Max et Sarah, mes amis, me manquent.

Comme ils vous manquent, je suis sûr ! S'ils avaient voulu se cacher... mais je ne dois pas dire ça.

Je vous serre les mains.

Haïm Tilkman

Samuel remuait les lèvres en suivant les lignes. À la fin, il eut une longue plainte, un gémissement d'animal blessé.

11

Au commissariat, on ne parlait que de ça !

Les uns, les plus nombreux, s'en réjouissaient, les autres restaient indécis. Bien sûr, ils n'avaient eu que ce qu'ils méritaient, mais ils auraient quand même dû être jugés. Sinon, on faisait comme eux. Ni plus ni moins. En conséquence, on était semblables.

Dans la nuit du dimanche au lundi 5 février, la prison de Gap avait été prise d'assaut par un groupe armé qui avait enlevé douze détenus. Douze prisonniers politiques. Des miliciens de Joseph Darnand, des affiliés du Parti populaire français de Jacques Doriot, l'ancien maire de Saint-Denis, ex-communiste devenu collaborateur enragé, et des membres français de la Gestapo, des truands, supplétifs de la répression allemande. Tous étaient en attente de jugement depuis leur arrestation au cours de l'été ou l'automne 1944. Ils avaient été embarqués. En pleine nuit.

On ne savait pas l'identité des hommes qui composaient cette bande, mais on soupçonnait fortement l'action du Parti en sous-main. Le groupe devait être formé de membres des milices patriotiques, des FTP exaspérés par la lenteur d'une justice qui gardait au frais des coupables avérés de collusion avec les occupants et le régime de Vichy. On parlait d'épuration, on en parlait chaque jour, à la radio, dans les journaux… Les jours et les semaines passaient : il ne se passait rien. Justement.

On se doutait que le temps jouait en leur faveur, que la colère, le désir de vengeance s'émousseraient et que ces fumiers finiraient par s'en sortir avec des peines de prison de plus en plus légères.

Le lendemain, sur les bords de la Durance, sur les galets, le long du fleuve à moitié en crue, dix cadavres criblés de balles avaient été retrouvés. Justice avait été rendue, selon les patriotes et les résistants. Dix sur douze. On ignorait le sort des deux « manquants ». Avaient-ils été acquittés par une cour improvisée ? Étaient-ils prisonniers dans un lieu secret ?

Au commissariat de Vanves, on s'interrogeait.

Que faudrait-il faire si un cas semblable se produisait au fort de Vanves où des collabos étaient détenus, dont l'ancien « patron », le vieux Louis, « Loulou » Bobillot ? Défendre les collabos contre les résistants ? C'est-à-dire l'injuste contre le juste ? Au nom de quel principe ? Celui de la loi ? La Loi. Une Loi immuable, alors que le passé récent nous avait appris – et on avait assez payé pour le savoir ! – qu'elle peut changer du tout au tout, selon les circonstances et le pouvoir en place.

Le plus grand nombre penchait pour tourner les regards ailleurs pendant qu'on forcerait les portes du fort. Le comportement des trois singes. Rien entendu, rien vu, rien dit. Quelques-uns s'opposaient au nom du respect du droit. De la morale.

Maurice ne se prononçait pas. Il avait la tête ailleurs.

Il suivait dans les journaux le jour, la nuit à l'écoute du poste, l'avancée des Alliés sur le territoire allemand.

Surtout celle de l'Armée rouge. Le mardi 23 janvier, les Soviétiques étaient encore à deux cent quatre-vingts kilomètres de la capitale allemande, enfonçant les défenses en Prusse-Orientale et en Silésie. Le dimanche précédent, le général de Lattre de Tassigny lançait une contre-attaque en Alsace et progressait avec ses troupes en direction de Colmar. Le 24, le maréchal Joukov n'était plus qu'à deux cent quarante kilomètres de Berlin. Le 25, à deux cent dix kilomètres. Et le samedi suivant l'Armée rouge n'en était plus distante que de cent soixante.

Maurice n'était pas assez naïf pour être totalement convaincu de cet effondrement militaire du Reich ; il fallait compter avec la propagande, mais le mouvement était indéniable. Ses camarades de stalag devaient avoir été libérés par l'Armée rouge à l'heure qu'il était. Peut-être Antoine l'avait-il été également par les troupes alliées. On parlait de camps de prisonniers spéciaux que les Soviétiques avaient libérés en Pologne et maintenant en Allemagne. Justement, ce samedi 27, ç'avait été le cas d'Auschwitz-Birkenau.

Les gardiens du camp s'étaient enfuis et, à ce qui se disait, seules des silhouettes fantomatiques, des sortes de cadavres en costumes et calots rayés, aux yeux enfoncés dans les orbites, qui marchaient, précautionneux et hésitants comme des funambules, avaient accueilli dans un morne silence leurs libérateurs.

Maurice ne savait pas s'il devait accorder un quelconque crédit à ces rumeurs qui paraissaient tout à fait invraisemblables. Néanmoins, il gardait une sourde inquiétude qui le tourmentait et le réveillait en pleine nuit. Et si, bien qu'exagérées, elles avaient un fond véridique ? Si Antoine avait été déporté et

188

emprisonné dans un camp de ce genre, avait-il trouvé en lui la force de rester en vie ?

Il le connaissait, son presque petit frère ! Il était trop doux. Il avait horreur de toute forme de brutalité. Bref, trop gentil.

Cousin Antoine, tu rêves ? Trop souvent rêveur. Dans la lune, le petit frère ! Il n'y aurait pas survécu si ce qu'on avançait sur les camps avait une once de vérité.

Maurice dormait un peu mieux, mais il se réveillait encore à maintes reprises.

Il n'avait toutefois plus de ces longues périodes d'insomnie qui le laissaient hagard au matin, après avoir passé des heures à lire Montaigne. Des pages qui s'embrouillaient et dont il ne se souvenait aucunement lorsque le réveil sonnait.

Il sortait de son sommeil en voyant le visage d'Antoine. Visage décharné, aux yeux sombres, enfoncés dans les orbites. Antoine hurlait des mots qu'il ne saisissait pas. Ils sortaient de la bouche et étaient immédiatement happés par le vide de la nuit. Un appel à l'aide. Sans doute. Venait se superposer ensuite un second visage. L'ancien, celui du soleil, de la balade en montagne. Éclaboussé des lumineuses gouttes d'eau fraîche du torrent.

Lequel était le bon ?

Il devait patienter. D'ici à quelques semaines, au printemps sûrement, la guerre serait terminée. Une période de mauvais temps qui allait passer. Comme le reste, saisons, chagrins…

Il enquêtait sur la femme découpée.

Il manquait des morceaux au puzzle. Ils avaient d'abord retrouvé la partie droite du tronc, déposée sur le palier de Mlle Sablot, l'institutrice à la retraite, puis la main droite et l'avant-bras correspondant avaient fait leur apparition dans un terrain vague longeant la voie ferrée, côté Malakoff. Ils en avaient été alertés par un coup de fil resté anonyme.

À ce moment de l'enquête, suivant les avis des légistes, ils avaient conclu que ces morceaux appartenaient à une femme – la forme spécifique du bassin l'attestait –, et une femme jeune. Quelques jours plus tard, alors qu'il avait repris ses investigations sur « l'homme à la main noire », revenant en fin de journée au commissariat, il avait dû repartir le long de la voie ferrée, côté Vanves cette fois.

L'agent à l'accueil venait de recevoir l'appel d'un clochard qui prétendait avoir des révélations à faire sur l'histoire de « la femme découpée », comme la qualifiaient en première page les journaux à sensation. Avant d'apporter toute autre précision, il avait demandé si l'on avait prévu une récompense pour le témoin ou la personne ayant fourni des renseignements.

La cloche n'était pas très exigeante : il souhait juste recevoir de quoi se caler l'estomac, du pain et du vin, surtout. On avait tellement de mal à en avoir… Au commissariat, on s'était contenté de dire qu'on verrait ce qu'on pouvait faire, sans s'avancer plus que ça. Le vin, c'était drôlement difficile de s'en procurer.

Maurice avait donc retrouvé le bonhomme devant la palissade, à un endroit où les planches qui en fermaient l'accès avaient été déclouées. Un vieux type, enveloppé dans un pardessus d'uniforme trop large, au visage bruni de crasse, hirsute, au poil blanc sur la tête et les joues. Malgré le vent soutenu, il empestait à plusieurs pas de distance.

— Bonsoir, chef !

— Bonsoir ! Vous n'avez touché à rien ?

— À rin ! J'ai juste laissé l'matelas comme il était. J'avais commencé de l'tirer vers un coin abrité pour dormir dessus. En l'traînant, j'ai été surpris par ces vieux restes d'viande qui cocotaient un sacré bout, pouvez m'croire ! Alors, j'suis allé voir de quoi y retournait, des fois que...

— Que quoi ?

— Bin, que j'puisse en faire de quoi boulotter, pasque la viande, j'en vois pas trop m'passer sous la dent !

Maurice retint une mimique d'écœurement que son vis-à-vis dut deviner.

— J'ai pas les moyens d'faire mon délicat... et pis, quand c'est cuit, l'odeur s'en va. Ça chlingue moins, pas vrai ? Bon, alors comme j'disais, j'm'suis approché d'ces bouts d'viande et c'est là qu'j'ai compris en voyant les poils, j'veux dire les ch'veux sur l'plus gros morceau ! Alors, j'me suis dit qu'il fallait prévenir les poulets. J'ai eu raison, s'pas ?

— Sûr. Vous me montrez ?

Maurice et le clochard avaient tiré le matelas.

Une tête et une jambe droite étaient apparues. Manquaient les membres côté gauche, de la main jusqu'à l'épaule, du pied jusqu'à l'aine.

La classique enquête de voisinage n'avait pas permis à Maurice d'établir l'identité de la victime. Il avait interrogé les habitants des immeubles et pavillons les plus proches de la ligne de chemin de fer, tant à Vanves qu'à Malakoff. Essentiellement les concierges qui étaient en général toujours au courant.

On n'avait rien remarqué de suspect, pas de disparition ou d'absence prolongée. Rien.

Les légistes à qui Maurice avait confié les derniers morceaux trouvés, après analyse, avaient rectifié leur jugement initial : la femme n'était pas aussi jeune qu'ils l'avaient d'abord établi. La malheureuse avait même doublé le cap de la cinquantaine. De son vivant, elle avait été une robuste matrone, pétant la santé, et rien n'aurait dû hâter l'heure de son trépas.

Une plainte déposée au commissariat du XIV\(^e\) arrondissement vint éclaircir le mystère.

Une certaine Julie Plessis, nièce d'une veuve nommée Plachart, s'étonnait de l'absence prolongée de sa parente. Elle ne l'avait pas vue depuis plus d'une semaine alors que les deux femmes se retrouvaient à jours fixes ; les mercredis et samedis soir, elles dînaient avant d'aller au cinéma dans une salle de quartier. Une habitude de plusieurs années à laquelle elles ne dérogeaient jamais, à moins de se prévenir et à titre tout à fait exceptionnel. D'ailleurs, Julie Plessis précisait que sa tante n'ayant pas eu d'enfants, elle avait plus ou moins joué ce rôle depuis son enfance.

La veuve Plachart, Danielle de son prénom, avait perdu son mari, victime d'une pleurésie, il y avait deux ans, mais elle avait tenu à conserver ouvert son commerce, une charcuterie.

Cette charcuterie était située rue Vercingétorix, dans le XIV\(^e\), à la hauteur de la station Plaisance. Le couple Plachart qui y était employé, Danielle et Émile, elle vendeuse et lui commis principal, avait repris le fond à ses patrons lorsque ceux-ci, au début des années 1920, avaient décidé de se retirer.

Danielle et Émile avaient poursuivi l'activité de la boutique, changeant seulement de statut, passant d'employés à patrons. Ils avaient su accroître la clientèle.

Danielle, qui tenait la caisse, montrait un sourire irréprochable – même au plus fort des rigueurs de l'Occupation – et une connaissance approfondie des petites misères de chacun, auxquelles elle compatissait volontiers à défaut de pouvoir les soulager.

Émile choisissait avec beaucoup de sérieux ses porcs. Il savait les découper en artiste et préparer des plats qui plaisaient aux habitués.

Avec l'aide d'un commis dévoué qu'ils employaient depuis des années, elle avait surmonté les épreuves du veuvage, jointes, bien sûr, aux difficultés inhérentes à la tenue d'un commerce de détail. Le commis, un Albert qui venait d'Auvergne, connaissait sur le bout des coutelas son métier ; d'ailleurs Émile n'avait pas ménagé ses conseils, sachant combien un bon employé, capable de seconder utilement le commerçant, est précieux.

La nièce, dès le premier jeudi matin, était venue à la boutique, s'inquiétant de l'absence de Danielle. Elle avait interrogé Albert. Il se tenait seul derrière les étalages, le billot et la caisse. Elle s'était vu répondre dans un premier temps qu'il ignorait tout de cette absence. Il avait ouvert la boutique, s'étonnant un peu de ne pas la voir. Il se pouvait qu'elle ait décidé de se promener... Ce genre de décision ne lui ressemblait pas. Prendre du bon temps en semaine !

Le dimanche matin suivant, Julie était revenue. Comment pouvait s'expliquer la défection de la tante la veille au soir ? Avait-il, lui, Albert, quelque éclaircissement à donner ? Une raison qu'elle lui aurait confiée, un motif pour cette nouvelle désertion alors qu'elle avait de nouveau négligé de prévenir sa nièce ? Pas crédible.

Albert, penché sur le billot, détachait des côtelettes à coups de tranchoir. Il demanda à Julie de patienter : la queue se prolongeait sur le trottoir, il était débordé. En pesant un petit tas de farce pour une vieille dame qui recevait ses enfants, il glissa que la patronne était partie en cure. Ou peut-être visiter une vieille amie en province. Albert ne se souvenait pas exactement.

Danielle lui aurait dit « entre deux portes » qu'elle devait s'absenter une dizaine de jours. Il se pouvait même qu'elle fasse les deux : la cure et rendre visite à cette amie.

La nièce avait été troublée. Et doublement intriguée. Pourquoi n'avait-elle pas été mise au courant d'un tel voyage ? Second point obscur : pourquoi une cure, elle qui se portait comme un charme, sans compter que les installations thermales, comme tout le reste, avaient souffert de la guerre ? Et quelle destination avait-elle pu choisir ?

Il semblait à Julie que le commis charcutier invoquait des motifs surprenants. Il n'en aurait rien su, rien affirmé, sans doute aurait-elle été rassurée. C'est ainsi qu'elle s'était décidée à confier son trouble au commissariat de l'arrondissement, lequel avait prévenu celui de Vanves et, en conséquence, Maurice.

Maurice s'était rendu dès le samedi matin, le 10 février, chez Julie Plessis. Elle habitait sous les toits une chambre de bonne au cinquième sans ascenseur, rue d'Alésia, et entamait des études d'infirmière à l'hôpital Notre-Dame-de-Bon-Secours, à deux pas de chez elle.

Maurice toqua à la porte marron sombre. Dans le couloir d'un vert pâle, maculé de chocs de meubles et de traces de mains, la faïence d'un robinet et une porte qui affichait le mot « Toilettes » en blanc dénonçaient le confort tout relatif de l'étage.

Nerveuse, Julie, une petite brune inquiète, se fit montrer la carte barrée tricolore. Elle invita ensuite Maurice à s'asseoir sur la chaise, près du lit, lui proposa un verre d'eau – elle avait l'eau sur le palier –, ou une infusion de chicorée qu'elle ferait sur le réchaud à alcool.

Maurice voulait entendre d'elle ce qui lui avait été résumé par le commissariat de l'arrondissement.

— Mais pourquoi un inspecteur venu de Vanves ? Et seulement ce matin ? Il y a trois jours que j'ai signalé la disparition de ma tante au commissariat...

— Il faut le temps. Transmettre les informations, ce qu'il y a de plus long. J'ai lancé un avis pour identification d'un... d'une personne, vous avez peut-être lu les journaux ces jours-ci ?

Elle n'avait rien lu, n'était au courant de rien.

— Quel est le rapport avec mon cas personnel ? demandait la jeune fille dont le visage s'assombrissait.

— Sans doute aucun. Mais nous ne pouvons rien négliger. Pour résumer, nous avons trouvé un corps éparpillé, je veux dire un corps découpé, pas dans sa totalité d'ailleurs, et...

— Et vous vous demandez si... l'interrompit la jeune femme.

— Ce n'est qu'une hypothèse. Malheureusement, la façon dont le cadavre a été démembré, la précision de la coupe, aux articulations, la connaissance des attaches, des tendons... bref, il semble qu'on ait affaire à un professionnel. On a pensé à un chirurgien, un médecin. Des gens qui ont une bonne connaissance de l'anatomie, mais aussi les bouchers, habitués à couper la viande. Excusez-moi si je suis brutal, mais vous comprenez : les nécessités de l'enquête...

Julie, le visage caché dans les mains, se reprit. Relevant la tête, elle regarda l'inspecteur dans les yeux :

— C'est affreux ! J'espère qu'elle...

— À quelle date a-t-elle disparu, à votre connaissance ?

— Au plus tard depuis le mercredi de la semaine dernière, à la fin janvier. Le mercredi 30. Ou 31. Je ne sais plus.

— Vous êtes certaine du jour ?

— Certaine ! Ma tante et moi, on se voyait chaque mercredi soir depuis mes seize ans. Je dînais chez elle et on allait au cinéma après le repas.

— Le mercredi 31 janvier, donc. Les dates correspondent avec les premières découvertes. Nous devons vérifier. Rien n'est encore certain à ce stade. Inutile de vous alarmer inutilement. La boutique est ouverte aujourd'hui, j'imagine ? Le samedi doit être une grosse journée… Je vais interroger le commis.

Maurice consulta son carnet.

— Albert, c'est bien ça ? Je vous tiens au courant.

En sortant, l'inspecteur alla s'installer dans un café, à l'angle de la rue d'Alésia et de la rue Vercingétorix. Depuis sa table, il pouvait surveiller la charcuterie Plachart. Sur la façade, au-dessus de la vitrine, des porcelets peints dans un rose enfantin s'ébattaient dans des prés vert pomme acide bordés de haies. Les animaux souriants, dressés sur leurs pattes arrière, portaient fièrement des queues qui tirebouchonnaient à n'en plus finir. Sous la vitre de l'entrée, une truie épanouie contemplait d'en bas son aimable progéniture avec un air bonasse. À l'intérieur, une dizaine de personnes patientaient.

Le garçon s'approcha de Maurice qui commanda un blanc-cassis. On approchait doucement de midi. Le temps était au redoux malgré le vent aigre qui soufflait par rafales.

Dans la boutique, la queue diminuait. Maurice observait Albert. Il s'activait entre la caisse, l'étalage, les crochets et le billot, décrochant des morceaux qu'il découpait, changeant avec dextérité d'outils. Des gestes précis.

Sur la table voisine de celle de l'inspecteur, un consommateur avait laissé un journal. Maurice le parcourut distraitement.

L'Agha Khan, chef religieux des Indiens musulmans, devait recevoir, à l'occasion de l'anniversaire de diamant de son accession au pouvoir spirituel, l'équivalent de son poids en diamants. 120 kilos tout rond !

Un grand gala avait lieu ce samedi soir au palais de Chaillot au profit des blessés de l'armée française ; Damia, Marie Dubas, Fernandel et Édith Piaf devaient y chanter, Jacques Tati serait également de la soirée.

Le général de Lattre de Tassigny, commandant de l'armée française, déclarait dans un communiqué au ministre de la Guerre : « J'ai la grande joie de vous annoncer que la bataille d'Alsace s'est terminée ce matin 9 février à huit heures. »

Le Havre affrontait le Racing le samedi soir au Parc des Princes. René Roulier, l'avant-centre, qui, pour ses vingt ans, avait été capitaine de la finale victorieuse contre l'Olympique de Marseille en 1940, attaquant vedette du Racing Club, rétabli après une blessure qui l'avait éloigné des terrains, devait jouer de nouveau à la pointe de l'attaque. Beau match de football en perspective.

Lorsque Maurice entra dans la boutique, il n'y avait plus qu'une cliente.

— On ferme, monsieur ! Je sers madame et je ferme.

— Je ne viens pas pour acheter. Servez cette dame, ensuite vous pourrez fermer. Police.

Il lui sembla que les épaules d'Albert s'affaissaient. Il leur tournait obstinément le dos. Un moment, il ne bougea plus, puis leur fit face. Maurice pensa qu'il s'était donné le temps de retrouver de l'aplomb. Son visage était plâtreux.

— Qu'est-ce que vous vouliez déjà ? J'ai oublié.

— Rien. Je reviendrai, dit la vieille dame, effrayée de la pâleur du charcutier. Vous n'avez pas l'air bien. Pas bien du tout. Je reviendrai.

— C'est ça. Au revoir.

La porte tinta à la sortie de la cliente. Un son aigu, d'une étrange allégresse.

Albert essuya le sang de ses mains sur le tablier blanc qui protégeait la veste à petits carreaux bleu foncé et blancs avant d'en faire une boule qu'il jeta sur le billot.

— Alors, Albert, que s'est-il passé ?

Le visage d'Albert se plissait, comme s'il réfléchissait à quelque chose d'immensément compliqué. Un client venant d'ouvrir la porte, Maurice lança, sans se retourner, les yeux toujours fixés sur le commis :

— La boutique est fermée !

Comme le bonhomme s'étonnait et ne faisait pas mine de s'en aller, il ajouta :

— Albert, vous devriez boucler. On pourra s'expliquer sans être dérangés.

Albert ferma la porte et accrocha le panonceau « Fermé » sur la vitre d'entrée à l'aide d'une ventouse.

— Alors, comme ça, Mme veuve Plachart, votre patronne, est partie en cure thermale ? En cure ou chez une amie ? Et où précisément ?

— Pas chez une amie, en cure… L'endroit, j'en sais rien. Elle m'a rien dit.

— Pourtant vous avez parlé d'une vieille amie à sa nièce…

— C'était juste pour m'en débarrasser : il y avait du monde qui attendait. En plus, elle ne m'a jamais aimé, cette Julie !

— Bon, donc Danielle Plachart a décidé, comme ça, tout d'un coup, un beau matin, de partir suivre

une cure. Et elle vous a laissé le soin de tenir sa charcuterie pendant son absence ? C'est bien comme ça
que ça s'est passé ?

— À peu près.

— Elle avait l'habitude de partir en laissant tout
derrière elle ?

— Non. Mais peut-être qu'elle était malade et
qu'elle a senti qu'elle devait s'éloigner…

— On pourra interroger son médecin sur cette
affection qui nécessitait une cure urgente. J'imagine
que vous vous souvenez de la date précise du départ
de votre patronne ?

— Il y a une dizaine de jours.

— Vous avez assisté à son départ ?

Albert réfléchissait. Maurice, le crayon levé, son
carnet noir à élastique ouvert au-dessus de la caisse,
observait son vis-à-vis.

— Oui et non. Elle est partie très tôt un lundi
matin. Il ne faisait même pas jour ; je l'ai à peine
vue. Elle m'a dit qu'elle s'éclipsait quelques semaines, je crois que c'est à ce moment qu'elle a parlé de
cure…

— Elle avait des bagages ?

— Je me souviens plus… un sac de voyage. Un
sac de voyage, c'est bien ça.

— Un sac de voyage seulement, alors qu'elle vous
dit partir pour plusieurs semaines ! Et vous n'avez
pas trouvé ça curieux ? Où est son logement ?

Le commis fit un signe vers le plafond.

— Au-dessus de la boutique ? Et vous, où habitez-
vous ?

— Il y a une petite chambre dans l'appartement.
Quand M. Plachart est mort, Madame m'a proposé de
m'y installer : ça serait plus commode pour la marche
de la boutique. On commence de bonne heure dans le
commerce de la viande.

— Vous étiez où quand elle est partie tôt ce matin d'il y a une dizaine de jours ? Dans votre chambre ? Ou peut-être dans celle de Mme Plachart ?

— Ni l'une, ni l'autre. J'étais ici, en train de découper une demi-bête que je n'avais pas pu traiter la vieille.

— Vous voulez dire la veille… Ça m'a l'air bien embrouillé, toute cette histoire. Dites, il me vient une idée comme ça, en passant : on peut visiter, j'imagine ?

L'appartement, un séjour assez vaste, une cuisine carrelée de dimensions plus modestes et deux chambres donnant sur la cour, une assez grande et une plus petite, sentait le renfermé, la poussière, le velours passé. Une atmosphère lugubre de lieu sans plaisir.

Dans la petite chambre, le lit n'était pas défait, avec un couvre-lit tiré sans le moindre faux pli, celui de la grande était ouvert, les draps chiffonnés et une lampe de chevet était allumée. Maurice passa une main entre les draps.

— Le nid est encore tiède… Vous êtes bien certain que vous ne partagiez pas le lit de la patronne ? Vous allez me suivre au commissariat de Vanves. On va revenir sur cette histoire de cure bien mystérieuse. Bizarre, comme explication.

La Juvaquatre conduite par Georges, le chauffeur attitré du commissariat, était venue prendre les deux hommes.

Ils l'avaient attendue à l'abri du vent de février dans la charcuterie.

Albert avait enfilé au-dessus de sa veste de travail un pardessus sombre à pans croisés qui l'engonçait. Il avait eu du mal à en fermer les boutons. Maurice l'avait observé s'escrimer sur la boutonnière avec un sourire amusé.

— Il fait aussi partie du legs du bien aimable Émile Plachart, je suppose. Il ne manquait plus que votre nom sur l'enseigne…

Pendant le trajet dans les rues vides vers la banlieue, une formule ironique pour l'enseigne de la maison Plachart s'imposait à l'imagination du jeune inspecteur : « Aux deux cochons : le regretté et le regrettable. »

Installé dans le bureau de Maurice, Albert avait craqué au cours de la soirée.

Lâchant pied progressivement et mis devant ses contradictions par les questions et remarques de Maurice qui ne le bousculait pas et lui laissait le temps de réfléchir avant de répondre, il était d'abord revenu sur son témoignage.

Il ne savait plus pourquoi il avait inventé cette stupide histoire de cure. Sans doute parce qu'il avait lu un article ou entendu une émission à la radio à ce sujet. Aussi parce qu'il avait pensé que si la patronne ne revenait pas tout de suite, l'histoire de la cure expliquerait une absence qui se prolongeait…

Mais pourquoi Albert s'était-il mis en tête de fournir une explication, un alibi en quelque sorte, à la veuve Plachart pour cette curieuse disparition ? Quelle nécessité pour lui ? Ne lui aurait-il pas été plus simple de signaler le départ – ou la disparition – de la dame, et, en tout premier lieu, à la nièce qui s'inquiétait ?

La seule explication à ce premier mensonge était que lui, Albert, avait de très bonnes raisons de le faire. Et même de s'enfoncer en ajoutant le détail du sac de voyage qui détonnait… Et quelles étaient ces raisons ?

Comment se faisait-il qu'il dormait dans le lit des Plachart ? Depuis combien de temps ? Peu de temps après le veuvage ? Longtemps après ?

À l'évidence, ce n'était pas le point le plus important. Et ce n'était en aucun cas un crime ! Puisque Émile Plachart était mort… À moins que…

Albert avait gardé le silence.

Et même si la liaison était antérieure au « départ » d'Émile, avait repris Maurice en s'ébrouant, la fatigue lui tombant dessus et raidissant sa nuque. Même si cette liaison était plus ancienne, l'adultère était de toute façon tombé avec la mort du mari.

Alors, pourquoi cette histoire de cure ? Comme il partageait le lit de la veuve, il devait certainement être au courant des motifs de sa disparition…

Les vrais motifs, pas cette histoire fumeuse de cure ou de parente – laquelle ? Quelle cousine bretonne au douzième degré que Danielle aurait décidé de visiter, sur un coup de tête ? Évidemment, il avait reconnu qu'il n'y avait pas de visite. Pas de cure non plus, alors ?

Quand on couche avec une personne depuis des années on est au courant de ses déplacements, on est au moins prévenu. Comme la nièce, Julie, curieux qu'elle n'ait pas été au courant. Non ? Et pourquoi n'aimait-elle pas Albert ?

Elle était probablement au courant d'une liaison qu'elle réprouvait.

Alors, les personnes les plus proches ignoraient tout des projets de la veuve ? Difficile à croire…

Albert se tassait sur la chaise.

Il n'avait pas voulu ce qui s'était passé. Et si tout devait recommencer, jamais les choses ne tourneraient comme elles avaient tourné. Il avait eu comme un blanc et, ensuite, il avait dû faire face et improviser. Mais rien n'était voulu. En tout cas, lui n'avait pas voulu ça. Sûrement que c'était le destin qui s'était embrouillé, qui avait bouleversé sa vie, celle de

Danielle… Alors que tout était arrangé depuis long-temps, qu'ils étaient bien d'accord tous les deux !

— D'accord sur quoi ?

— On laissait passer quelques années et je prenais la place à côté du patron. Sur l'enseigne ! Maison Émile Plachart et Albert Dhôt, charcutiers. Ça aurait fait rudement bien en lettres dorées au-dessus de la vitrine. On gardait Émile et on ajoutait mon nom. À la suite du sien. On était d'accord, Danielle et moi. Et on se mariait. Pour régulariser.

— Et qu'est-ce qui s'est passé ?

— Elle n'a plus voulu. Elle pensait vendre la bou-tique et s'installer dans le Sud, sur la côte, au bord de la mer. Pour prendre du bon temps, elle disait.

— Et vous ?

— J'allais aussi dans le Sud. Comme une valise. Mais j'ai pas l'âge de me retirer, moi ! On s'est dis-putés. Je lui ai demandé pourquoi elle m'en avait jamais parlé avant. On était en bas, dans la boutique, et je préparais la vitrine. Elle a dit que c'était trop tard, de toute façon, qu'elle avait un repreneur sûr. Alors, mon nom sur l'enseigne… Elle en rigolait. Je l'ai poussée…

— Et ?

— Elle est mal tombée. Sa tête était tordue, le nez du côté des omoplates. Du sang coulait de sa bouche et de son nez en faisant des bulles. Alors, j'ai compris que je devais me débarrasser d'elle. J'étais à côté du billot… J'ai pensé à rien d'autre.

— Mais pourquoi le sac sur le palier de l'institu-trice ?

— C'est une vieille histoire. Je l'ai connue quand je suis monté à Paris. J'étais apprenti à Vanves chez un patron, elle était cliente et je la trouvais rigolote à dire des trucs étranges dans la boutique. Elle surpre-nait, quoi ! Et moi, ça me plaisait. Un jour, je l'ai suivie et on s'est mis à discuter. Ça a été ma première femme. Mais ça n'a pas duré. Je ne l'amusais plus et elle m'a giclé. Comme un clébard ! Alors…

— Et les autres morceaux, le bras et la jambe gauches ?

— Dans la chambre froide.

— On va aller se coucher, maintenant. Georges ! Tu veux bien emmener monsieur dans une cellule ?

Le lendemain, Maurice avait rendez-vous avec Ginette en début d'après-midi. Elle avait accepté d'aller voir *Le Front des barbelés* au Grand Palais, l'exposition patronnée par le ministère des Prisonniers, Déportés et Réfugiés. Après les salles qui étaient, s'il fallait en croire les critiques, saisissantes de réalisme, il pensait lui proposer d'assister à la séance de fin d'après-midi du *Dictateur*, le dernier Chaplin qui était projeté au Belleville-Pathé. Il y avait une scène bidonnante où Hitler jonglait avec un globe terrestre qui valait mille…

12

Par les après-midi de grand soleil, harassée de chaleur et de lumière, la famille Litvak s'engourdissait dans une heureuse indolence.

Elle oubliait la guerre. Celle-ci semblait si loin des rives de la Creuse qu'à l'exception de deux ou trois soldats allemands qu'on apercevait au hasard d'une promenade, on aurait pu croire qu'elle n'existait plus dans ce coin sud de la Touraine.

Samuel repensait souvent à la lettre d'Haïm Tilkman lui annonçant la mort de Max et de Sarah. Comment prévenir Lev ? Il n'avait plus de nouvelles depuis longtemps. Où le joindre ? À sa dernière adresse connue ? Saurait-on où faire suivre la lettre ? S'était-il trouvé une situation ? Avait-il réussi à créer ce commerce ou cette entreprise qu'il imaginait ? Sans doute pas. Il l'aurait annoncé triomphalement, autant à ses parents qu'à son frère. Était-il même encore en vie ?

Samuel pensait à Lev. Il voyait Max et Sarah, debout devant la fosse, attendant la balle dans le dos, la nuque, et il regardait Simon et Madeleine crier de plaisir en s'aspergeant, avec Irène, souriante dans leur tumulte joyeux.

Vers le milieu de la troisième semaine d'août, Samuel décida de mettre fin aux vacances. Le temps filait dans cette insouciance lumineuse. Ils avaient assez oublié, maintenant il leur fallait rentrer. La guerre, la mort attendaient. Inutile de se mentir. Plus que d'autres, ils seraient sur leurs gardes.

Samuel, avant de regagner Paris, au cours de conversations avec Jean-Marie, s'était assuré de son concours pour aider sa famille à franchir clandestinement la Creuse s'ils devaient passer en zone sud et gagner l'étranger, franchir la frontière vers l'Espagne. Jean-Marie pensait qu'ils pourraient plus facilement trouver refuge dans le Massif central : les gens n'y aimaient pas beaucoup les Allemands... ni leurs alliés de Vichy.

Ils débarquèrent à Montparnasse le premier dimanche de la troisième semaine d'août et retrouvèrent un Paris qui sembla à Samuel engourdi, apathique. Seulement parcouru par des civils furtifs et des groupes de soldats arrogants.

Rien n'avait bougé. La boutique du numéro 12 de l'avenue Parmentier avait le même aspect qu'à leur départ. Ni inscription, ni affiche ou avis officiel placardé sur le rideau de fer. Irène, qui éprouvait une légère nostalgie de la quiétude d'Yzeures, en fut réconfortée. La famille retrouvait avec plaisir son quartier, ses lieux d'habitude.

Dans les jours qui suivirent, Samuel entama le tour de ses fournisseurs pour refaire le stock qui s'amenuisait de façon accélérée depuis le début des restrictions. On manquait de tout. Surtout de caoutchouc avec l'occupation de l'Indochine par les Japonais. Les chambres à air et les pneus de bicyclettes, même d'occasion, devenaient une denrée rare et de plus en plus chère. Les grossistes, casseurs et récupérateurs qui l'approvisionnaient depuis qu'ils avaient fondé leur commerce, tous les vendeurs habituels des frères Litvak lui tenaient le même discours : ils n'avaient plus grand-chose et éprouvaient beaucoup de difficultés à retrouver de la marchandise. Les Allemands, surtout ceux qui achetaient pour le compte de l'armée, raflaient tout.

Ils payaient bien. On savait que c'était avec de l'argent français, celui des « frais d'occupation », mais... on n'avait pas les moyens de jouer les patriotes. D'être plus patriotes que le Maréchal, pas vrai ? « Qui peut se vanter d'être plus français que lui ? » serinait une affiche idiote montrant le vieillard absorbé dans une songerie mystérieuse, très probablement sans objet précis.

Les vélos étaient de plus en plus convoités, y compris les vieilles bécanes, du moment qu'elles pouvaient rouler. Même au bout du rouleau, lourds que c'en était une corvée où l'on suait de tous les pores de son corps à s'escrimer dessus en danseuse ! Pour dire ! Et maintenant on les volait à une cadence terrible. À un point tel que leurs propriétaires se les coltinaient jusqu'au cinquième et au sixième étage sans ascenseur. C'était devenu comme de l'or cette marchandise ! Et on ne parlait même pas des voitures ! À part les collabos et les très riches... Et même équipées de gazogène comme ça devenait la règle.

Samuel rentrait épuisé de ses virées en banlieue. Il marchait beaucoup et ne revenait souvent qu'avec des promesses : on penserait à lui... on lui mettrait de côté...

Un matin, alors qu'il s'apprêtait à partir en tournée vers les communes du Nord-Est, dans un secteur qu'il n'avait pas encore écumé, autour de Bobigny, Bondy, et qu'il finissait de relever le rideau de la boutique, il vit Jules Maldes, le commissaire du XIᵉ, devant l'entrée. Il lui adressait des signes derrière la vitre.

— Bonjour, commissaire, vous vouliez me voir ?...

— Bonjour, Samuel. Vous êtes de retour depuis longtemps ?

— Le début de la semaine. Nous avons passé quelques jours de vacances en Touraine chez des amis de ma femme.

— Dommage que vous n'y soyez pas restés plus longtemps !

— Pourquoi ?

— C'est très imprécis, mais j'ai eu vent de rumeurs, des bruits... Vous vous souvenez du recensement des Juifs étrangers du mois de mai organisé dans notre arrondissement ?

— Oui.

— Il semblerait – attention ! il n'y a rien d'officiel pour l'instant, juste des rumeurs, mais suffisamment insistantes pour qu'il soit raisonnable de les prendre au sérieux – qu'une vague d'arrestations soit prévue, précisément dans notre arrondissement, dans les tout prochains jours. Je voulais vous prévenir, Samuel, vous savez l'estime que j'ai pour vous et votre famille...

— Je vous remercie, monsieur le commissaire. Je vous suis très reconnaissant. Et que nous conseillez-vous ? Devons-nous partir ? Quitter notre domicile et le quartier ?

— Pas forcément. Restez discrets, ne vous montrez pas, ne sortez pas. Je crois que ça suffira. Au commissariat, nous avons été prévenus que tous les effectifs devraient être disponibles demain pour soutenir une action de l'armée allemande. Cette mobilisation pourra être nécessaire quelques jours ; pas de repos, tous les congés sont annulés.

« La rafle devrait commencer tôt demain matin. J'ignore l'heure exacte. Enfermez-vous, vous et votre famille. Ne sortez sous aucun prétexte.

— Vous voulez entrer une minute, commissaire ? Je peux vous offrir une tasse de café, de l'ersatz malheureusement, mais la cafetière est encore chaude…

— Merci, je dois y aller. Bonne chance ! »

Au matin du 20 août, à cinq heures et demie, le XIᵉ arrondissement était bouclé.

Du faubourg du Temple jusqu'au faubourg Saint-Antoine, de Belleville jusqu'à Beaumarchais, tout le secteur était cerné par des soldats allemands qui avaient débarqué par camions entiers alors que le jour se levait à peine. Les hommes de troupe étaient secondés par des agents français en uniforme et des inspecteurs en civil. Ils formaient un cordon qui fermait rues et boulevards donnant accès aux arrondissements limitrophes.

Les camions militaires gardaient leurs moteurs allumés, les officiers criaient leurs ordres aux soldats qui sautaient des véhicules. Dans les rues, des volets s'ouvraient timidement aux fenêtres et des têtes apparaissaient avant de reculer furtivement dans la précipitation. Les ampoules s'allumaient dans les intérieurs, laissant deviner depuis la rue des silhouettes d'hommes en pyjamas et de femmes ayant passé précipitamment leurs robes de chambre.

Les travailleurs qui se rendaient à leurs stations de métro habituelles, le long des boulevards Voltaire et Richard-Lenoir, trouvant les grilles closes, restaient perplexes. Ils furetaient, cherchant l'explication, l'affichette ou l'avis sur une ardoise donnant la raison de cette pratique, très inhabituelle en cette saison où les suicides sur les voies du métropolitain étaient rares.

En sous-sol, des voyageurs qui voulaient descendre pour rejoindre leur travail, déposer un enfant à garder dans la famille, se regardaient en constatant que la rame poursuivait son chemin entre Nation et République, ou Bastille, sans marquer d'arrêts ; les portières restant bloquées, nul ne pouvait gagner le périmètre ainsi rendu hermétique.

La veille au soir, Samuel avait descendu le rideau de fer et bouclé la porte. Il avait demandé à Irène de clore tous les volets de l'appartement. Y compris ceux qui donnaient sur la petite cour. Avant de quitter la boutique, Samuel avait fabriqué un panonceau demandant à son aimable clientèle de bien vouloir excuser la fermeture imprévue du magasin en raison d'un deuil familial. Il avait accroché l'avis, puis rejoint Irène et les enfants qui l'attendaient dans la cuisine où était allumée la lampe à suspension au-dessus de la table.

— Éteignez. Irène, éteins s'il te plaît.

— Mais… pourquoi ?

— Je t'expliquerai.

À l'intention de Simon et de Madeleine qui le regardaient, surpris de se retrouver dans une pénombre juste atténuée par des rais de lumière venus de l'extérieur mais dont l'intensité diminuait avec le crépuscule qui pointait lentement dans les rouges de l'été, Samuel ajouta :

— On va faire un jeu avec maman. On va jouer aux bandits. Il ne faut pas que les gendarmes ou les soldats nous repèrent et, si on garde de la lumière, ils vont savoir qu'on est là ! Ils vont nous trouver et nous emmener en prison, peut-être même nous attacher à un poteau. Comme les Indiens ! Tu veux garder ton scalp, Simon ? Bien sûr ! Toi aussi, Madeleine, pas vrai ? Avec les beaux cheveux que tu as, ça serait dommage qu'ils pendent à la ceinture du Grand Chef.

210

« Alors, tout le monde est prêt à jouer ? On va apprendre à vivre dans le noir ! Sans se cogner partout. Surtout : on ne crie pas et on ne court pas ! Le premier qui crie a perdu et sera bâillonné.

— Même si c'est toi, papa ?

— Même si c'est moi. Ou maman… C'est bien compris ? Et on n'arrêtera le jeu qu'à mon commandement. Maintenant : silencieux comme des Sioux ou des Apaches sur le pied de guerre !

Le lendemain, Samuel et Irène, qui n'avaient presque pas dormi, fermant les yeux et sombrant par intermittence, s'étaient levés alors que la nuit virait au gris sale avant de pâlir rapidement. Samuel, à travers les fentes des persiennes, tâchait de regarder en biais sur la gauche en direction de la place de la mairie. La position était inconfortable, les muscles de son cou se raidissaient. Il ne semblait pas y avoir de mouvement. Il rejoignit Irène à la table, mais avala debout la mixture qu'on vendait pour du café.

Plus tard, il entendit des cris, des ordres jetés, et il vit en se tordant le cou un cordon de soldats et de policiers former une nasse pour regrouper les passants sur la place. Les soldats et les agents français demandaient leurs papiers d'identité aux hommes. Ils laissaient repartir les femmes et les enfants ; certaines protestaient et refusaient d'être séparées du groupe des hommes. Sûrement les épouses, repoussées sans ménagement par les agents de police et les militaires.

Ces derniers ne quittèrent l'arrondissement qu'à la nuit.

Jusqu'au matin du 22 août, les Litvak demeurèrent calfeutrés dans les pièces à peu près obscures de leur appartement. Simon et Madeleine trouvaient le jeu de moins en moins amusant et ne cessaient de demander à leurs parents quand les gendarmes et les soldats qu'on entendait se disputer en bas dans l'avenue se lasseraient. Puisqu'ils ne pouvaient pas les trouver, ils ne tarderaient pas à rentrer dans leurs maisons à eux.

Irène alla aux nouvelles, munie d'un cabas et des tickets de rationnement.

Daniel, le cordonnier du coin, un vieux Polonais toujours souriant, qui travaillait un peu plus loin, au 16, avait été embarqué alors qu'il ouvrait sa boutique. Il était de ceux qui, naïvement ou confiants dans l'État français, et surtout n'ayant rien à se reprocher, s'étaient fait recenser en mai comme Juifs.

Irène avait également eu confirmation par une des femmes qui patientaient sur le trottoir que seuls les hommes avaient été contrôlés et raflés par les forces françaises et allemandes. Elle avait aussi rencontré, faisant la queue à la boulangerie dont la famille dépendait sur le boulevard Voltaire, Jeanne Brard, une cliente régulière du magasin. Elle lui avait appris que les hommes de l'arrondissement qui avaient été ramassés avaient été regroupés dans le gymnase Japy. Ils étaient plusieurs centaines, peut-être des milliers, entassés sous l'architecture métallique du bâtiment.

Cette femme, au chômage, habitant rue de Charonne, s'était rendue comme d'ordinaire à Japy pour pointer le 20 au matin. Comme tous les chômeurs du XIᵉ. Arrivée sur place, des flics lui en avaient interdit l'accès en lui expliquant, comme elle s'étonnait, qu'« on arrêtait tous les Juifs ».

En fait, elle avait pu voir, par-dessus le cordon des agents de police, les hommes regroupés dans l'enceinte. Ils ne semblaient pas spécialement inquiets ; d'ailleurs un des flics lui avait affirmé qu'il ne s'agissait que

212

d'une simple formalité, un enregistrement administratif. Une vérification de la validité des papiers d'identité.

Tard dans la nuit, les hommes qui étaient retenus étaient tous grimpés en bon ordre dans des bus ordinaires, surveillés par les agents de police. On disait qu'ils étaient conduits dans une banlieue vers le nord. Drancy. Ou peut-être Bobigny… Un nom qui se finissait en *i*. On ne savait pas du tout pourquoi on les y conduisait. Pour une autre vérification ?

Le 23, la boutique de Daniel était encore fermée, l'intérieur vide et sombre. Les autorités d'occupation n'avaient toujours pas rendu le vieux cordonnier à son établi, à ses cuirs, à sa colle et à ses clous. De même que les autres hommes qui avaient été embarqués le 20 et le jour suivant n'étaient pas réapparus dans les échoppes et les ateliers de l'arrondissement. On ne comprenait pas pourquoi ils étaient retenus si longtemps.

Une semaine plus tard, Samuel apprit le lieu de détention du cordonnier et des autres : ils étaient gardés cité de la Muette à Drancy.

Samuel ne connaissait pas ce secteur. Pour lui, Drancy et les communes limitrophes, c'était déjà la campagne. Arrivé en bus dans le centre, il s'informa auprès de rares passants de la cité de la Muette. Existait-elle ? Et dans quel coin ?

La première femme qu'il interrogea ne connaissait pas le nom. Il y avait bien une cité, un ensemble de bâtiments modernes, des cubes et des barres qui n'étaient pas finis de construire quand la guerre avait éclaté et dont l'achèvement était repoussé à une date forcément lointaine, puisque les Allemands y avaient parqué au début des opérations militaires des prisonniers anglais et français. Enfin, il lui semblait… La Muette, drôle de nom, elle ne saurait dire.

Un homme à qui il s'adressa ensuite lui indiqua la direction de la cité, d'ailleurs il ne pouvait pas la manquer, on voyait de loin les tours en béton, les cinq tours et des barres plus basses.

S'il cherchait le camp, à l'instar de beaucoup avant lui, c'était les bâtiments en U, qui dessinaient une forme de fer à cheval. Les trois immeubles étaient en béton brut, uniformément gris, pas gais du tout. D'ailleurs, ils n'avaient ni volets ni fenêtres, les travaux ayant été arrêtés et jamais repris. L'entrée était fermée par des barbelés et contrôlée par des gendarmes. De nouveaux arrivants peuplaient le camp depuis quelques jours. Des hommes qui venaient de Paris. Des Juifs, paraît-il.

— Mais ça m'étonnerait beaucoup qu'on vous laisse approcher. Vous serez refoulé par les gendarmes. Moi, je vous conseillerais de demander aux habitants des pavillons qui donnent sur l'entrée. Ça sera plus facile pour vous. Vous cherchez quelqu'un… de la famille peut-être ?

— Merci du conseil.

Samuel fut arrêté à une centaine de mètres de l'entrée du camp.

— Vous habitez ici, monsieur ? dit le gendarme en saluant d'un geste négligent. Vous savez que l'accès est interdit…

— Non, mais je vais voir un ami qui habite un de ces pavillons.

— Bon. Vous pouvez y aller.

Samuel cherchait parmi les centaines d'hommes qui tournaient sans but dans la cour poussiéreuse une silhouette de connaissance. Évidemment sans y parvenir, même en ralentissant le pas jusqu'à adopter une marche qui devait paraître suspecte. Il sonna à une des grilles identiques qui ceinturaient les jardi-nets étriqués. Un voilage bougea, laissant apparaître le visage d'une vieille femme, avant de retomber. Samuel insistant, la fenêtre s'ouvrit.

— Qu'est-ce que vous voulez ?

— C'est difficile à expliquer, comme ça dans la rue. Vous voulez bien me laisser entrer ? S'il vous plaît : les gendarmes regardent de mon côté !

— Donnez-moi une raison valable.

— C'est pour les gens qui sont en face... Je cher-che des amis, des gens de connaissance... pour avoir de leurs nouvelles.

— Je vous ouvre. Mon fils est prisonnier en stalag. Depuis longtemps je ne sais plus ce qu'il devient.

Ils étaient à la fenêtre et regardaient, voilage à peine soulevé, les hommes emprisonnés. Ceux qui tournaient dans la cour, ceux qui discutaient en petits groupes, ceux qui restaient seuls, adossés aux murs de béton gris. Ils contemplaient aussi les gendarmes à l'entrée, les barbelés, les projecteurs et une curieuse fosse, creusée dans la cour.

— C'est le coin des latrines, je les vois y aller sou-vent. Les pauvres ! Ils mangent dans des boîtes de conserve. Vous cherchez quelqu'un de précis ?

— Un vieux voisin. Un brave homme.

— Vous aurez du mal à le repérer : dès qu'il y a du vent, avec le mâchefer, leurs visages deviennent tout gris. Je ne sais pas s'ils ont un coin pour se débar-bouiller.

Ils laissèrent retomber le voilage.

La vieille femme expliqua que, mine de rien, les gendarmes guettaient les mouvements des riverains. Samuel l'assura qu'il ne voulait pas lui causer d'ennuis.

Elle regarderait si elle ne remarquait pas le vieux monsieur qu'il lui avait décrit. Les vêtements qu'il portait sûrement lors de son arrestation. Ceux de tous les jours dans la cordonnerie. Les cheveux blancs. Samuel ne pouvait pas lui parler de son sourire. À tourner dans cette cour, entre les immeubles gris, dans la poussière de mâchefer, il devait moins sourire.

Il reprit l'autobus dans le centre de Drancy.

Les enfants couchés, Samuel, après avoir décrit le camp et la façon dont il avait été refoulé, déclara à Irène qu'il leur faudrait rester sur leurs gardes : les arrestations recommenceraient très certainement. À tout moment, ils devraient se tenir prêts à partir.

Les mois suivants semblèrent s'écouler d'une manière désespérément lente jusqu'à l'été 1942. Pourtant une étoile jaune s'affichait depuis le printemps. Samuel préféra l'ignorer avec superbe.

Le 15 juillet 1942, Irène était partie avec Simon et Madeleine pour rendre visite en début d'après-midi à ses parents.

Yankel, le petit casquettier, et Hannah, son épouse, vivaient toujours dans la rue des Francs-Bourgeois, dans cet appartement sombre, tout en longueur et étroit, qu'ils ne voulaient pas quitter. Ils avaient conservé l'atelier, la pièce la plus spacieuse, bien que Yankel ait réduit à presque rien son activité. Il se bornait à confectionner quelques gapettes en tweed pour ses amis et pour Simon, son petit-fils, qui les avait en horreur.

Irène avait fait des gâteaux secs avec de la Maïzena et du sucre qu'elle avait réussi à se procurer. Elle avait choisi de venir en début d'après-midi pour ne pas embarrasser ses parents en arrivant plus tôt. En tout cas, certainement pas à l'heure du déjeuner ou même du café pour leur éviter de partager l'orge grillée qu'ils faisaient passer et repasser.

Les enfants avalaient les gâteaux que se contentaient de grignoter les grands-parents et Irène. La conversation sautillait entre les silences, passant de Samuel : « Comment se débrouille-t-il ? », à la guerre, dont on ne voyait pas plus l'issue que de quel côté irait la victoire. Rebondissait sur les restrictions, les cartes de rationnement qui ne donnaient droit à rien, ou à si peu ; sur les attentes interminables qu'Hannah devait subir à son âge. Sur le silence qui s'établissait spontanément dans les queues lorsque le rideau de fer du magasin se levait. Un silence fait d'espoirs et d'appréhensions. Sur les échanges qu'Irène et sa mère entendaient lors de ces heures à patienter – elles commençaient parfois la queue à six heures, voire cinq heures du matin alors que la boutique n'ouvrait qu'à sept heures trente – pour finir trop souvent par constater qu'il n'y avait plus rien à vendre d'après l'ardoise du commerçant, sauf à recourir au marché noir, mais qui pouvait se le permettre ?

Ces conversations des ménagères tournaient la plupart du temps en récriminations. On se plaignait beaucoup des départements ruraux qui ne manquaient de rien, eux, mais pas seulement. On critiquait de plus en plus ouvertement le Maréchal et son gouvernement d'amiraux – drôle d'idée de s'installer dans une ville d'eau douce ! – à la botte des nazis.

Vers les cinq heures, Irène songeait à regagner l'appartement avec Simon et Madeleine qui commençaient à s'agiter lorsqu'on sonna. Yankel entrouvrit la porte, un jeune homme à la figure agréable, aux cheveux bruns peignés en arrière, sans veste et en bras de chemise retroussés, se tenait sur le palier, un sourire incertain aux lèvres, comme s'il hésitait sur l'attitude à adopter.

— Bonjour, monsieur.

— Bonjour, jeune homme, vous désirez ?

— Je voudrais m'entretenir avec vous de quelque chose d'important. De très grave !

— Très grave ? À quel propos ?

— C'est difficile à vous expliquer sur le palier. Je suis inspecteur de police. Tenez ! Ma carte !

Yankel ouvrit la porte.

— Je vous en prie, entrez. Venez-vous asseoir. Non, prenez le fauteuil ! Je ne peux pas vous offrir grand-chose… Un verre d'eau, peut-être ?

— Rien, merci. Je viens pour vous avertir d'une opération baptisée « Vent printanier »… Vous vous souvenez de la vague d'arrestation de Juifs qui a eu lieu l'an dernier ? Elle n'avait concerné que le XIe.

— Bien sûr ! Ma fille, ici présente, et son mari habitent cet arrondissement. Ils ne s'en prenaient qu'aux hommes, mais mon gendre a pu échapper à l'arrestation.

— Une autre rafle est prévue pour demain et après-demain. La police est mobilisée et les appartements, les logements de tous ceux qui sont répertoriés ou connus comme juifs seront fouillés, leurs occupants arrêtés.

— Comment êtes-vous au courant ? intervint Irène.

— J'ai eu en main une note adressée au commissaire. Croyez-moi : vous êtes en danger. Il faut que vous soyez partis cette nuit, que vous quittiez votre appartement, sinon…

— Mais pourquoi serions-nous arrêtés ? demanda Yankel. Nous n'avons rien fait d'illégal…

— Savez-vous ce que sont devenus les hommes du XIe qui ont été envoyés à Drancy l'an dernier ?

Yankel, de même que sa femme et sa fille, l'ignorait. Samuel, qui y était retourné, avait pu constater qu'ils n'étaient plus détenus dans la cité de la Muette.

— Ils sont partis dans les wagons de la SNCF vers l'Allemagne. On n'en sait pas plus. Plus de nouvelles ! Demain, partez avant l'aube ! Après, il sera trop tard. Allez chez des amis. Chez des voisins, si vous êtes sûrs d'eux. Cachez-vous ! Surtout, ne restez pas chez vous ! Vous avez compris ?

Les 16 et 17 juillet 1942 avaient lieu les rafles.

Les Juifs parisiens se retrouvaient parqués au Vélodrome d'Hiver. Le Vel'd'Hiv', comme l'appelaient les amateurs de courses-poursuites par équipes sur fond et flonflons d'accordéon.

Les Litvak, Samuel, Irène et les enfants, ainsi que les grands-parents Sliwoski, Yankel et Hannah, débarquaient au matin du 16 à la gare de La Haye. Tous étaient épuisés par la nuit passée debout dans le couloir d'un wagon bondé alors que le convoi multipliait les arrêts en pleine campagne ou dans des gares minuscules.

Jean-Marie, assis dans sa carriole, les attendait. Les adultes portaient chacun une valise, Simon et Madeleine leurs jouets favoris.

Plus tard, les deux hommes abordèrent le problème de la situation des réfugiés et de leur avenir. Jean-Marie proposait qu'ils restent à la ferme. Il y avait suffisamment de place pour loger tout le monde et on se débrouillerait pour répondre aux questions que le voisinage ne manquerait pas de se poser sur ces vacances qui s'attardaient. Ou de leur poser. On pourrait toujours évoquer des membres de la famille venus du Nord, sinistrés par un bombardement anglais qui avait entièrement détruit leur logement.

Samuel objectait qu'il ne voulait pas abuser de l'hospitalité de Jean-Marie et, surtout, qu'Yzeures se trouvait en zone occupée, donc moins sûre pour eux. Sans compter les risques qu'ils faisaient courir à leurs hôtes…

La zone sud était moins périlleuse. Elle était sous administration française, même si l'on pouvait douter de l'indépendance du gouvernement qui rivalisait de mesures antisémites pour s'attirer les faveurs des occupants… Sans oublier que la zone non occupée offrait la possibilité de passer à l'étranger, en Espagne. Ou au Portugal. Avant de quitter l'Europe pour gagner l'Afrique du Nord et de là… Enfin, selon les circonstances. Et les Allemands ne seraient pas toujours victorieux. Ils s'étaient engagés dans trop de batailles.

Jean-Marie, revenant à l'idée qu'il avait suggérée l'année précédente, proposait l'asile de cousins paysans dans un village à proximité du Puy. Un village perdu, à l'écart des routes principales, en plein Massif central, ce serait bien le diable qu'on vienne les y chercher.

Il avait eu l'occasion de sonder son cousin. Un homme de parole. Issu d'une famille de protestants qui gardait le souvenir des persécutions subies par les ancêtres. Il avait assez de biens. De la terre, des prés, des champs, des bois et même un peu de vigne qui donnait année après année un vin régulier en quantité… « et toujours médiocre en bouche », plaisantait Jean-Marie.

François-Eugène, le cousin protestant, se plaignait d'avoir de l'ouvrage au-delà de ses propres possibilités matérielles. Son fils était prisonnier depuis juin 1940 et son absence pesait sur l'exploitation.

Jean-Marie savait que Samuel et sa famille seraient les bienvenus. Samuel et Irène pourraient aider dans le travail à la ferme. Le pasteur de ce village, qui comptait une cinquantaine de foyers, fermes et maisons, n'hésiterait pas à les déclarer comme étant de ses ouailles. Si besoin était, ce dont Jean-Marie, encore une fois, doutait fort. Là-bas, ils seraient en sécurité.

Si Samuel en était d'accord, il écrirait à François-Eugène pour le prévenir de leur arrivée. Ensuite, d'ici à la fin du mois, il leur ferait franchir la ligne de démarcation. La Creuse était aisément franchissable aux abords d'un ancien moulin dénommé le moulin de la Roche. En été, l'eau était basse et de nombreuses roches affleuraient. Bien sûr, il faudrait éviter les patrouilles des gendarmes qui assuraient ordinairement – et sans grande conviction – la surveillance de la ligne. Les Allemands faisaient quelques rondes impromptues : elles étaient rares et ça serait bien le diable de tomber dessus. De toute façon, on marcherait de nuit. On laisserait la carriole sur la route pour couper à travers les champs qui bordaient l'affluent. On attendrait sous le couvert des arbres que la voie soit libre.

Fin juillet, Jean-Marie guidait Samuel et sa famille jusqu'aux rives de la Creuse. Ils avançaient en file indienne, Samuel portait Madeleine sur ses épaules en lui soufflant de bien se cramponner à son cou et de ne pas dormir. De plus loin, depuis l'autre rive, des vaches mugissaient sourdement. Sans doute rêvaient-elles… à moins qu'une bête sauvage ne les ait inquiétées dans leur sommeil.

Ils traversèrent sans difficulté à deux heures passées, se mouillant tout juste les pieds et le bas des pantalons pour les hommes. Les gendarmes avaient dû regagner leurs guérites disposées le long du cours du fleuve.

À Vicq-sur-Gartempe, Jean-Marie les conduisit jusqu'à l'arrêt des autocars. Une faible lueur à l'est annonçait le proche lever du jour, les Litvak s'assirent sur leurs valises au bord d'une place bordée de tilleuls en fleur, formant un rectangle allongé avec en son centre une lanterne des morts. Le bourg commençait de s'éveiller. Les animaux avant les hommes.

Par un itinéraire compliqué, empruntant surtout des autocars, plus rarement des tortillards à dessertes locales, allant de ville (Limoges) en bourg (Meymac), et de bourg (Condat) en village, les Litvak gagnèrent Arlempdes.

Un village, distant de plusieurs dizaines de kilomètres du Puy-en-Velay et, comme l'avait signalé Jean-Marie, tout à fait à l'écart des routes principales ou de voies ferrées – même secondaires.

Les Litvak n'étaient pas les seuls réfugiés.

La ferme de François-Eugène était elle-même isolée, distante d'un bon quart d'heure de marche du village, de son centre avec le temple et l'église, mais aussi de l'école communale où Simon et Madeleine, sous le nom de Cordou, celui de François-Eugène et Antoinette, leurs hôtes, furent inscrits à la rentrée, Simon en grande section, Madeleine en petite. L'école communale ne comptait que deux sections regroupant garçons et filles de niveaux différents.

Fin 1942, la zone dite « libre » cessa de l'être.

La neige était déjà installée depuis la mi-décembre à Arlempdes lorsqu'un soir, à l'écoute de la TSF, sur les ondes interdites de la radio de Londres, la maisonnée apprit en février la reddition de Paulus devant Stalingrad.

On se congratula dans la ferme. François-Eugène déboucha une bouteille. Du mousseux qu'il réservait pour les noces. Le lendemain, dans les deux cafés du centre, les conversations et les visages furent plus animés. Même à propos de la neige qui semblait bien vouloir se maintenir jusqu'à la fin du mois.

Les Litvak se mêlaient maintenant aux habitants en conservant une discrétion certaine sur leur vie passée. Ils faisaient de possibles cousins et ceux du village ne se montraient pas autrement curieux.

Les habitants se prenaient à espérer qu'une vraie libération, l'authentique libération, ne tarderait plus trop. Ainsi, depuis l'hiver 1943, cet hiver de grand enneigement, l'espoir avait changé. De camp et de nature.

Est-il utile de dire l'attente, la montée en puissance des maquis, les phases de découragement, de morne résignation et d'exaltation fiévreuse ? Tous ces sentiments que ceux d'Arlempdes, ceux de la ferme des Cordou, partageaient avec beaucoup d'autres...

Depuis la remontée des armées alliées, un instant stoppée avant Rome, le long de la botte italienne, on se plaisait à imaginer celle que ces forces feraient en France depuis les côtes méditerranéennes. On vivait dans les rumeurs. Et d'elles aussi...

C'était pour bientôt ! Certain !

Pour mars, sûrement ! La rumeur n'était qu'un bobard, l'autre face de la médaille ! On vivait aussi beaucoup de bobards au printemps de l'année 1944. Pour avril, peut-être. On entendait à la station de Radio-Paris les speakers décliner les bombardements traîtres des Anglo-Américains, dénombrer les innocentes victimes françaises, les usines et les gares détruites, réduisant les braves ouvriers français au chômage, dénoncer enfin tous les malheurs causés par ces ploutocrates repus, alliés des bolcheviques, tous unis dans une même détestation de la civilisation européenne. Simon demandait ce que signifiait le mot « ploutocrate ». Samuel l'embrouillait dans des explications trop longues.

Enfin, il y eut le débarquement en Normandie début juin. L'été se passait, on avait vent de colonnes allemandes qui remontaient vers l'ouest pour colmater les brèches. Vers l'est aussi. Pour protéger l'Allemagne.

Fin août, des bruits circulaient sur la libération de Paris à Arlempdes. On savait aussi qu'à la mi-août un débarquement avait eu lieu en Provence.

Samuel songeait de plus en plus à retourner à Paris.

Ils avaient quitté l'avenue Parmentier depuis plus de deux ans. Dans quel état retrouveraient-ils la boutique ? Et l'appartement ? Probablement pillés. Les meubles, les ustensiles disparus ou fracassés pour l'un, les quelques marchandises restantes depuis longtemps volées pour l'autre. Il était entendu que Samuel remonterait seul, en avant-garde, de façon à assurer la sécurité de la famille qui le rejoindrait plus tard avec les grands-parents. On était encore en vie, n'était-ce pas le plus important ? répétait Irène. Le reste, on pourrait toujours le retrouver. Avec de la patience, du courage, du travail.

Samuel disait « oui, oui ».

Restait à faire le voyage. Par quel moyen ? Résultat conjoint des bombardements alliés, de l'action désespérée des Allemands en pleine débâcle et des sabotages perpétrés par les maquis afin de retarder la retraite des occupants, plus un seul pont n'était encore debout pour franchir la Loire. Aucun train n'était en mesure de rallier la capitale depuis la moitié sud de la France.

Samuel n'allait quand même pas se déplacer en bicyclette et traverser la Loire à la nage ! À la table des Cordou, on riait le soir à évoquer la scène, cet héroïsme tragi-comique de Samuel trempé, prenant pied, ruisselant d'eau, d'herbes et de vase, sur la rive droite de la Loire.

Fin octobre, Samuel, ayant eu vent du rétablissement en urgence d'une ligne par les services d'équipement de la SNCF du côté d'Orléans se décidait à partir.

13

Ginette et Maurice s'étaient donné rendez-vous en fin de matinée de ce samedi 17 février.

Ils devaient se retrouver sur le pont des Arts qui enjambe la Seine face au Louvre. Un lieu réservé aux piétons, très apprécié des amoureux.

Ce choix de la passerelle ne devait rien au hasard. Lorsque les jeunes gens s'étaient retrouvés le mardi soir pour assister à la projection du *Dictateur* de Chaplin au Belleville-Pathé on ne parlait que de ça dans la file d'attente !

La crue de la Seine ! Elle rappelait celle de l'année 1910, sans atteindre pour le moment son exceptionnelle ampleur. Mais on n'en était peut-être qu'au début avec la fonte de la neige tombée en abondance en janvier.

Enfin, on ne parlait presque que de ça... On parlait aussi des méfaits du marché noir, des exploiteurs criminels des insuffisances du ravitaillement, comme en témoignait le pastis frelaté vendu à Nancy qui avait entraîné la mort de dix personnes et en avait rendu des dizaines d'autres aveugles.

On évoquait également la décision qu'aurait prise le Gouvernement provisoire de réquisitionner les habitations des prisonniers et des déportés pour faire face à la crise du logement causée par les destructions. Le service mis sur pied à cet effet se montrait particulièrement actif et recensait les logements vides dans Paris et sa banlieue. Les gens se partageaient entre ceux qui estimaient qu'il fallait parer au plus pressé et ceux qui défendaient les absents, ces victimes qui seraient en quelque sorte punies une seconde fois ! Même si la détresse des sans-abri, de ceux qui dormaient dans les caves, dans des maisons à moitié en ruine n'en était pas moins un rude problème…

Entre Ginette et Maurice la discorde régnait. Ginette tenait pour la réquisition alors que Maurice, sensibilisé à la question à cause de son cousin Antoine, répugnait à cette solution qu'il disait être le fruit blet d'un faux bon sens.

Ils s'étaient réconciliés pendant la projection du film. La scène de jonglerie d'Hitler avec le globe qui finissait par lui éclater au nez valait effectivement mille !

Donc, ce n'était ni par hasard ni pour sacrifier à un rite d'amoureux que Ginette et Maurice s'étaient donné rendez-vous au beau milieu de la passerelle. La Seine, l'Oise et la Marne rivalisaient dans les hauteurs atteintes, si l'eau ne s'était certes pas hissé au niveau atteint en 1924, la crue tenait son rang parmi celles qualifiées de « majeures »…

À l'est de Paris, les eaux de la Seine, de la Marne et du canal latéral s'étaient rejointes et formaient une nappe d'une largeur de plus de quatre cents mètres. Les curieux affluaient en famille à Maisons-Alfort et à Alfortville les fins de journée pour voir l'étendue briller sous le soleil pâle de février. Distraction gratuite qui faisait frissonner quand on pensait au sort des malheureux riverains. Ceux d'Ivry surtout puisque, l'alerte ayant été donnée par erreur que les barrages en amont, chargés de réguler et de contenir les eaux, avaient été rompus, les habitants proches des rives avaient été évacués vers les hauteurs de la ville.

On se réjouissait de ne pas faire partie de la masse des sinistrés et on s'affligeait de cette calamité météorologique dont on n'avait vraiment pas besoin alors que l'on aurait plutôt aspiré à une période sans histoires.

Maurice, habillé de son costume croisé bleu marine qu'il portait les jours de repos, sous son lourd pardessus sombre de tous les jours, cravaté à rayures sur une chemise blanche, les cheveux légèrement gominés bien tirés en arrière, attendait Ginette, accoudé à la rambarde, et regardait couler la Seine, boueuse, agitée de frissons tourbillonnants. Les berges avaient disparu sous l'eau brune.

Un type, accoudé à côté, lui lança une banale remarque sur le fleuve qu'il n'avait personnellement jamais vu de toute sa vie aussi sacrément haut, tellement hors de son lit habituel.

— ... Et vous savez qu'à Villeneuve-Saint-Georges on compte plus de quinze cents sinistrés ! Si c'est pas malheureux ! Après tout ce qu'on a...

Maurice avait coupé le type en l'assurant qu'il partageait en tout point son avis : la Seine était sacrément haute et c'était sacrément malheureux tous ces malheureux qu'on avait à déplorer ! Son interlocuteur, vexé, se renferma dans le silence en crachant d'un air dégoûté dans l'eau boueuse.

Ginette avait maintenant plus de dix minutes de retard, constata Maurice en regardant sa montre. Il était habitué. La moyenne de ses retards tournait entre un quart et une demi-heure ; elle s'en excusait en alléguant le temps qu'elle prenait à choisir sa tenue, changeant in extremis pour une combinaison de vêtements qu'elle jugeait plus seyante.

228

— C'est pour mieux te plaire, mon chéri ! lançait-elle, ajoutant en pirouettant : Comment tu me trouves ? Tu vois ! Tu ne serais pas heureux si je négligeais ma tenue, je me trompe ?

Il la vit arriver de loin, de même que le type d'à côté qui sifflota entre ses dents, d'un air appréciateur. Ginette portait un tailleur en crêpe noir à basque plissée et drapée, avec sur les poches de la jaquette des garnitures rouges ; elle était coiffée d'une haute cloche de feutre s'évasant au-dessus de la tête en velours de ton paprika, garnie d'un oiseau – Maurice pariait pour une hirondelle – de même ton. Son manteau de drap, qu'elle portait déboutonné et qui soulignait la fluidité de sa démarche, était également noir.

— Sacré morceau, cette belle blonde ! Un veinard, le gars qui a mis la main dessus !

— Merci. Décidément, je suis toujours d'accord avec vous !

Maurice adressa un signe à Ginette qui lui sourit, radieuse. La jeune femme, après l'avoir embrassé, s'extasia sur la crue. Le curieux la buvait du regard avec une telle intensité qu'elle s'en aperçut et chuchota à l'oreille de Maurice :

— Qu'est-ce qu'il a ? Il n'a pas l'air normal, ce bonhomme…

— C'est rien, juste que tu lui fais autant d'effet qu'à moi et qu'à tous les hommes présents. Tu viens ? Si tu restes, il va se jeter à l'eau. Quelle élégance ! Comment fais-tu ?

— La couture ! Les Galeries vendent les patrons des modèles à la mode… j'en profite ! Et une amie m'a prêté la cloche, je lui ai confié que j'avais rendez-vous avec toi.

— Je suis victime de la conspiration des femmes, maintenant ! Victime comblée, mais affamée ! On va déjeuner ! Je meurs de faim ! On m'a parlé d'un boui-boui dans les Halles qui propose des harengs pommes à l'huile de première ! Après, on avisera pour le programme. Qu'est-ce que tu as tout d'un coup ? Tu n'as pas envie de harengs ? Il y a sûrement d'autres entrées…

— Tu es bête… je pensais que ce n'était pas très agréable de finir toujours dans une chambre d'hôtel. Ça me donne le cafard, ces chambres sont si tristes ! Pas toi ?

— Et qu'est-ce que tu voudrais ? Que je t'épouse ?

— Non. Pas forcément. Mais qu'on ait un logement à nous. Même tout petit… Une chambre avec un coin cuisine. Tu sais ce que m'a proposé maman ?

— J'imagine assez bien : la mienne m'a fait la même offre ! Et depuis un moment, encore ! Tu te vois cohabiter avec l'une ou l'autre ?

— Pourquoi pas ? Provisoirement, le temps qu'on se trouve un lieu à nous. Moi, ça me plairait. En attendant, bien sûr…

À peine sortis du petit restaurant, Ginette persuada Maurice d'aller dans le XIe, avenue Parmentier.

Dans le fond, c'était l'ultime piste pour résoudre cette histoire du type retrouvé dans les décombres et l'idée de poursuivre cette enquête avec son… – Ginette ne savait pas quel terme utiliser : son fiancé, son homme, son amoureux ? – l'inspirait. Elle se voyait bien démêlant les fils d'un crime mystérieux. Elle s'accrocha à son bras en insistant.

— Fais-moi plaisir ! Je voudrais comprendre comment vous faites, toi et tes collègues. Dans les journaux, ils n'expliquent pas comment les flics travaillent, leurs méthodes pour retrouver les meurtriers. Et puis, si je deviens ta femme, il faudra bien que je sache quels risques tu cours !

230

— Tu risques d'être déçue, c'est rarement passionnant, d'ailleurs je t'ai déjà raconté la fin de l'histoire de la femme en morceaux. Une partie d'elle attendait probablement de s'éclipser sous forme de farce ou de hachis.

Ginette fit la grimace et relança, de l'espoir plein les yeux :

— S'il te plaît, Maurice ! Cet après-midi, on suit ma piste...

À la station Voltaire, ils constatèrent sur un plan que l'avenue finissait devant les murs de l'hôpital Saint-Louis et ne faisait pas loin de deux kilomètres. Ils ne la croyaient pas si longue, mais il faisait beau et c'était une balade comme une autre. Une promenade d'après-repas, d'une distance digestive raisonnable. Par contre, puisque l'initiative venait d'elle, Maurice, prétextant de ses rares jours de repos, lui laissa le soin de mener les investigations et les interrogatoires de routine, auprès des concierges et des commerçants.

Bien sûr ! Des disparitions, l'avenue en avait connu ! Et en pagaille !

Des disparitions monstres avec les rafles de 1941 et 1942. Sans compter les arrestations de résistants !

On avait vu à l'œuvre plus souvent qu'à leur tour les tractions noires de la police, les policiers en civil, feutres enfoncés sur la tête, imperméables ceinturés à la taille, foncer à trois ou quatre pour cueillir un gars à n'importe quelle heure du jour ou de la nuit. On avait vu les agents en uniforme qui dirigeaient et canalisaient les pauvres gens en file vers les autobus de Paris pour les emporter vers Dieu sait quelle destination... Maintenant, on en savait plus, on avait des renseignements sur les trains, les convois partis en Allemagne, ou ailleurs vers l'est.

Sans parler des gestapistes français, des collabos de tout poil, qui faisaient des descentes à l'aube ou au milieu de la nuit pour terroriser les gens.

Bien sûr, des disparitions, il y en avait eu ! Mais depuis la Libération, non, pas vraiment. Quelques collabos avaient été arrêtés et mis en prison, la plupart néanmoins avaient pris les devants et mis les bouts très tôt, dès le mois de juin 1944, surtout que l'arrondissement n'était pas de ceux où vivent les riches, alors ils savaient à quoi s'en tenir, pas vrai ?

Au début, lorsque Ginette rejoignait Maurice qui l'attendait à distance, elle gardait son entrain, toutefois il constata, de numéro en numéro, que son enthousiasme faiblissait même si elle s'obstinait à questionner les concierges et les commerçants, d'entrée d'immeuble en boutique, toujours sur le côté impair de l'avenue, côté gauche en montant vers l'hôpital. À chacun elle expliquait qu'elle cherchait un membre éloigné de sa famille, un petit cousin dont on savait qu'il avait trouvé refuge dans l'avenue, mais dont on était sans nouvelles.

À mi-parcours, elle s'exclama :

— J'ai la désagréable sensation de radoter ! Mon pauvre Maurice, ça doit parfois être terriblement ennuyeux d'interroger les gens, de passer des jours et des jours à chercher les témoins ! J'éprouve la sensation pénible de progresser dans un tunnel tout noir, de marcher en cherchant une issue qui n'existe sans doute pas, de m'épuiser à traquer un peu de lumière dans toute cette obscurité ! Tu ressens ça, toi aussi ?

— De temps en temps... Mais on s'habitue. Les enquêtes donnent souvent l'impression de piétiner. On marche aussi beaucoup. Pour être un bon flic, il faut peut-être du flair, avoir l'esprit logique, avoir de la chance, être persévérant, patient, enfin, toutes les qualités que tu veux, mais je pense qu'il faut surtout

avoir de bonnes jambes et de bonnes chaussures !
C'est pour ça que le gouvernement devrait nous pré-
voir une allocation spéciale godasses ! Les miennes
ne devraient pas tarder à prendre l'eau... Tu veux
continuer ?

— Je ne sais pas. J'ai le sentiment qu'on n'en finira
jamais. On n'en est même pas à la moitié du côté
impair !

— Il y a aussi une autre solution.

— Laquelle ?

— Devine ! À qui a-t-on recours pour rechercher
une personne disparue ?

— Aux flics ! Aux flics, bien sûr ! Pourquoi n'y
as-tu pas pensé plus tôt ?

— C'est toi qui enquêtes, non ? Il n'y a plus qu'à
rebrousser chemin, le commissariat principal est dans
le bâtiment de la mairie.

Maurice se présenta au planton de garde à l'entrée
du commissariat comme collègue, inspecteur à
Vanves.

Après avoir décliné son nom, déclaré son apparte-
nance à la « maison » et expliqué dans les grandes
lignes l'objet de sa visite, il demanda à l'accueil à
quelle personne il devait s'adresser pour avoir des
renseignements sur les disparitions signalées dans le
secteur, depuis le début de l'automne.

— Le commissaire doit être encore dans les locaux.
Je ne l'ai pas vu sortir. Son bureau est au premier,
face à l'escalier. Vous ne pouvez pas vous tromper, il
y a son nom et son titre sur la porte. Jules Maldes.

L'escalier était sombre et étroit, les marches de
bois grinçaient et les murs auraient eu besoin d'un
sérieux lessivage et d'un bon coup de peinture. Le
commissaire était derrière son bureau. Une cigarette
maïs, une probable Caporal ou Celtic, s'étouffait

lentement dans le gros cendrier de troquet posé sur une des piles de dossiers qui en encombraient la surface.

— Qu'est-ce que je peux faire pour vous, inspecteur ? Inspecteur…

— Maurice Clavault, du commissariat de Vanves.

— Ah ! Très bien, Jean-François Bléchet est un de mes bons amis et un collègue sérieux. Je l'apprécie beaucoup. D'ailleurs, nous avons appartenu au même réseau de résistance : « Honneur de la police ».

— Je ne l'ignorais pas. Pour ce qui est du commissaire, du moins.

— Un homme encore jeune et très capable. Il devrait progresser. Très capable, oui… Mais en quoi puis-je vous aider ?

— Il y a à peu près un mois, j'ai été amené à intervenir à la suite d'une découverte faite par des enfants qui jouaient dans les ruines d'un immeuble sur la commune de Malakoff. Ils étaient tombés sur un corps, dont seule une main dépassait. Le corps en question, après exhumation, était celui d'un homme nu qui avait été partiellement carbonisé. Le crâne et le torse avaient probablement été arrosés d'essence dans le but de retarder ou d'empêcher toute identification de la victime mais, dans l'ensemble, il était encore en assez bon état de conservation. Et ce cadavre avait deux particularités, l'une tout à fait évidente : sa main droite était peinte en noir jusqu'au poignet et la seconde, que j'ai découverte un peu par hasard, était qu'il avait dans la bouche un fragment de papier protégé par une enveloppe de caoutchouc portant une inscription.

Le commissaire avait une expression lasse, il semblait écouter distraitement le jeune inspecteur tout en craquant une allumette pour ranimer sa cigarette éteinte.

234

— C'est intéressant, mais en quoi...

Jules Maldes, qui s'affaissait dans son fauteuil, se redressa.

— Oui, c'est même très intéressant. Et qu'est-ce qu'il y avait ? Quelle était cette inscription ?

Jet de fumée âcre en direction de l'inspecteur.

— Il ne restait plus que le début, le reste de la bandelette de papier avait probablement été rongé par les insectes, ou détruit par les liquides du corps. Deux mots étaient écrits : A PARM ou A PARN. J'ai envisagé différentes hypothèses, un nom de famille, de ville d'origine, et j'ai fini par arriver à celle qu'il pouvait s'agir d'un nom de rue. Ou d'avenue pour le A détaché de PARM. Je suis parti sur le pari qu'il s'agissait de l'avenue Parmentier.

Le commissaire toussota.

— À supposer que votre hypothèse soit juste, inspecteur, il doit y avoir des avenues Parmentier dans toutes les communes. Ou presque.

— Pas tout à fait. Avant de commencer mes recherches sur les avenues ou rues Parmentier dans les communes limitrophes de notre secteur, je pensais comme vous. Et je dois dire que ça m'a découragé ! Finalement, il y en a beaucoup moins que ce que je craignais. J'ai fait le travail d'enquête de voisinage habituel. Dans aucune des communes où je me suis rendu on n'avait remarqué de disparition. Pour tout vous avouer, commissaire, vous êtes mon ultime recours. Est-ce qu'on vous aurait signalé une disparition depuis octobre-novembre ?

— Navré, mais pas que je sache. En tout cas, je n'ai pas personnellement entendu évoquer de disparition suspecte dans l'avenue Parmentier ces derniers mois. Peut-être mes inspecteurs ont-ils été saisis de plaintes allant dans ce sens... j'en doute beaucoup. À moins que l'un d'entre eux n'ait considéré qu'il s'agissait d'une affaire fantaisiste, une plainte déposée par un affabulateur, une vieille personne un peu dérangée qui vient pour s'épancher, bavarder un moment… Ça arrive tout le temps. Je suis désolé, maintenant, vous m'excuserez, j'ai encore à faire.

Maurice s'en alla, désappointé.

Ginette l'attendait sur un des bancs en bois de la place, emmitouflée dans son manteau ; de dos, elle avait l'air frigorifiée. Elle sursauta quand Maurice lui posa la main sur l'épaule.

— Alors ?

— Alors rien ! Mauvaise nouvelle, notre piste a définitivement du plomb dans l'aile. Je sors du bureau du grand chef local, il n'a entendu parler de rien… Il n'est au courant de rien. Aucune disparition d'homme ou de femme… Dans l'avenue Parmentier, comme ailleurs.

— Alors, c'est foutu ?

— Dans l'immédiat, oui, malheureusement… Il se peut qu'on tombe sur une nouvelle piste, le hasard, un élément nouveau comme un témoin qui se réveille.

— C'est ça ! Taraudé par la mauvaise conscience qui le tient éveillé toutes les nuits, l'assassin vient se livrer à la police et faire des aveux. Tu es en train de me border le soir pour que je m'endorme avec une belle légende !

Maurice haussa les épaules.

— Bon, qu'est-ce qu'on fait ? Il y a ce film qui est sorti depuis une semaine : *Carmen*. D'après l'opéra. Ça te dit d'aller le voir ?

— Je ne sais pas, on le donne où ?

— Place Clichy, mais je ne sais plus le nom de la salle. Un film de Christian-Jaque, je crois. Alors ?

Les jeunes gens se dirigeaient vers la station de métro quand un agent en tenue avec pèlerine qui, les ayant rejoint, marchait à leur hauteur leur souffla :

— Vous vouliez savoir si on nous avait signalé une disparition suspecte dans les derniers mois ? Je vous ai entendu en parler au rez-de-chaussée. On vous a dit qu'on n'avait rien connu de ce genre, je suis certain. Et un autre son de cloche, ça vous intéresse ?

— Bien sûr !

— Attendez-moi au café *Le Réveil-matin*, qui fait l'angle de l'autre côté entre l'avenue Parmentier et la rue du Chemin-Vert. Ce sera plus discret que sur la place.

« Je finis mon service dans une demi-heure. Ne vous inquiétez pas : j'aurai des choses à vous raconter !

L'agent fit demi-tour et les quitta en grommelant un « À tout de suite ! » étouffé.

En marchant, Ginette s'étonnait : pourquoi ce témoin, aussi inattendu que surprenant – le fameux témoin « réveillé » dont parlait Maurice –, ne se manifestait-il que maintenant ? Un flic !

Son compagnon n'avait pas de réponse. Une hypothèse, tout au plus. Le mystérieux témoin attendait le moment ad hoc… ce moment qui aurait très bien pu ne jamais se présenter. Ils s'installèrent au fond de la salle et commandèrent deux Dubonnet. Un inconnu vint à leur table et commanda un rhum au garçon qui le salua comme un habitué.

— Je vois que vous ne me reconnaissez pas en civil : Gustave, agent de police au commissariat du XIe. Je vous ai entendu déclarer à l'accueil que vous étiez inspecteur à Vanves et quand vous avez parlé d'un corps que vous aviez retrouvé dans les ruines d'un immeuble à Malakoff, j'ai tout de suite su que vous parliez de notre zig ; du zig dont le patron nous a demandé de nous charger.

« Nous étions deux agents présents cette nuit-là, Charles et moi. En toute discrétion, il nous a recommandé, le chef ! Une mission de confiance. Jamais nous ne devions en parler, ni évoquer cette nuit de la fin octobre. On était le 31 ou peut-être bien le 1ᵉʳ novembre.

« Nous devions nous débrouiller pour faire disparaître le corps et qu'on ne le retrouve jamais, ou le plus tard possible. On a pensé à ces ruines, suffisamment éloignées de notre secteur pour que le lien ne soit pas facile à établir. Nous devions aussi le cramer pour rendre plus difficile l'identification du zèbre. On l'a fait. Enfin, en partie.

— Je sais, mais pourquoi « en partie » ?

— Bah ! Pour des raisons pas trop glorieuses, mais vous savez ce qu'on touche, nous, les flics de base ? Alors, si on peut gratter un peu par-ci, par-là… On a gardé de l'essence, au prix qu'elle atteint !

— Et qui c'était ?

— Notre gars ? On savait pas, Charles et moi. Le commissaire nous a dit de nous rendre au 12 de l'avenue Parmentier, un macchabée nous attendait dans la boutique. Tenez ! On pourrait la voir d'ici si on n'était pas au fond. Sur le trottoir d'en face ! À côté de la Compagnie d'électricité. Le gars était flingué, bien propre, étalé de tout son long au milieu de la boutique ; bien sûr, le rideau était baissé, sinon on aurait tout vu de la rue.

« Ah ! La boutique marche bien, ils font dans l'accessoire d'autos, de vélos, ils vendent en douce de l'essence, des pneus neufs. Vous voyez le genre ? Même des pièces neuves de bagnoles… Ça vient de chez les Ricains.

— Marché noir ?

— Quoi d'autre ? C'est sûr que, pendant l'Occupation, ça n'a pas été la même chose, mais là, ses affaires marchent bien à Samuel. Samuel Litvak, le patron. Je me demande quand même comment il se débrouille. Ce sont des combinards, ces gens-là.

— Alors, c'est vous qui avez mis le papier dans la bouche ?

238

— C'est ça ! Enveloppé dans un morceau de vieille chambre à air qui devait servir pour faire des rustines. Je me suis dit que ça donnerait une piste. Au cas où... Je me suis pas trompé, faut croire !

— Bien sûr ! Et la poudre blanche, c'était du talc ! J'aurais dû y penser ! Mais d'où il venait, ce gars ?

— Sais pas. Maintenant, c'est votre boulot !

Ginette, qui n'avait jusqu'alors rien dit depuis que Gustave s'était assis, intervint :

— Mais pourquoi vous vous décidez à nous raconter toute l'histoire ? Vous n'auriez rien dit, l'homme à la main noire aurait continué à être une affaire non résolue, avant d'être classée.

— Ça, ma p'tite dame, c'est une histoire de conscience. Chacun la sienne, comme on dit ! Moi, la période passée, j'étais pas contre ! Et je ne m'en suis pas caché ! Le Maréchal ! Bon, c'est du passé... Alors, vous imaginez les possibilités de promotion que je peux espérer dans les années qui viennent !

14

La lumière baissait en cette fin d'après-midi de février. Il était dix-huit heures passées et les quelques maigres ampoules qui s'allumaient dans les boutiques peinaient à rendre moins lugubre l'avenue Parmentier. Celle portant pour enseigne « Accessoires Autos / Motos. Toutes marques. Litvak frères » ne faisait pas exception, restant dans une quasi-pénombre triste.

Lorsque Maurice et Ginette y pénétrèrent, il n'y avait qu'un gamin d'une dizaine d'années qui était en train de bricoler le plateau d'un vélo, probablement le sien.

— Ça va ? Tu y vois quelque chose ?

Sans lever la tête, le gamin grommela une approbation nuancée : ça serait drôlement chouette si on avait plus d'électricité, c'était bien la peine d'être juste à côté de la boîte !

— Tu es tout seul ?

— Mes parents sont au premier.

— Ton père, c'est Samuel, Samuel Litvak, comme sur l'enseigne ?

— C'est ça. Je vais l'appeler. Papa ! Y a un monsieur et sa dame qui te demandent ! brailla le gamin au pied de l'escalier. Papa !

— Oui, oui ! J'ai entendu ! Je descends… Bonsoir, monsieur et madame, vous arrivez juste : j'allais fermer. Avec les restrictions et les coupures d'électricité… Qu'est-ce que je peux faire pour vous ?

— Juste répondre à quelques questions. Je suis inspecteur de police au commissariat de Vanves, déclara Maurice en présentant sa carte à Samuel.

— Vanves ?

— Je sais, je ne suis pas dans mon secteur, les besoins de l'enquête… Voilà, je cherche à identifier une personne retrouvée morte dans des ruines à Malakoff. Une victime dont le corps avait d'étranges particularités. Sa main droite était peinte en noir jusqu'au poignet. Seulement jusqu'au poignet, ce qui doit avoir une signification précise ; ensuite, la tête et le torse étaient sans doute brûlés, sans doute par aspersion d'essence, et surtout, et c'est ce qui m'amène à vous interroger, elle avait dans la bouche, enveloppée dans un morceau de chambre à air de vélo, une bande de papier avec les lettres A, plus loin, PARM écrites au stylo.

« Un bout de chambre à air et une adresse, avenue Parmentier ; ces éléments me conduisent à votre établissement. Vous vendez des chambres à air et nous sommes dans l'avenue Parmentier. Qu'en pensez-vous ?

— Ce n'est pas un peu mince ? Un bout de caoutchouc et un bout d'adresse, c'est peu ; je veux dire, pour soutenir une accusation. Car j'imagine que vous m'accusez d'être pour quelque chose dans la mort de cet homme, non ?

— J'en suis même totalement convaincu. Mais j'ai un autre élément, plus probant : le témoignage de la personne qui a écrit l'adresse et l'a placée dans la mâchoire du mort.

— Une dénonciation, je suppose. Foutues dénonciations ! On n'en sortira donc jamais, de cette malédiction ! Pendant la guerre, on nous dénonce parce que juifs. Après la guerre, on nous dénonce encore. Encore et toujours ! Et pourquoi ? Vous savez pourquoi ? Parce qu'on est encore vivants ?

« Mes parents sont morts en Pologne. Ou en Lituanie. Les nazis les ont exécutés. Une balle, une seule balle dans la nuque ! Et ils sont tombés dans la fosse qu'ils avaient creusée ! Ils se sont affaissés et les villageois, peut-être des gens de connaissance, les ont recouverts de terre. C'est ça que vous voulez ?

Maurice jeta un coup d'œil à Ginette avant de revenir à Samuel. Il se sentait mal à l'aise, pris dans le flux d'intense énergie, de colère et de folie mêlées de cet homme qui le fixait avec insistance.

— C'est ça que vous voulez ? La France des Lumières, celle des droits de l'homme et du citoyen, c'est du blabla, alors ! Rien que du blabla ! De la bouillie !

— Nous sommes redevenus citoyens d'un État de droit. Il existe à nouveau une justice.

— Une justice ? Peuh ! Et quand est-ce que cela se serait passé ?

— Vers la fin octobre. Début novembre.

— Fin octobre ? J'étais encore réfugié en province avec ma famille. Dans le Massif central. Vous pouvez demander confirmation à mon épouse… Irène ! Tu veux bien descendre, s'il te plaît ?

Irène et Maurice s'examinaient. Sans dire un mot. Avec un léger sourire. Le sourire incertain qu'arborent des personnes qui se croisent et qui ont l'impression, et parfois même la certitude, de s'être déjà vues ; qui se connaissent – un peu –, mais qui ne savent plus d'où naît cette sensation de vague familiarité des visages.

Samuel et Ginette les observaient, d'abord surpris, puis gagnés par ce sourire interrogateur.

— Nous nous sommes déjà vus. Rapidement. Entrevus. Vous n'êtes pas un client de Samuel, n'est-ce pas ?

— Non, je suis inspecteur de police.

— C'est ça ! L'inspecteur de police ! Vous étiez venu chez mes parents, rue des Francs-Bourgeois, dans le Marais ! Vous vous souvenez ? C'est le tout jeune homme qui était venu nous avertir pour la rafle de juillet 1942 ! dit Irène à son mari. Je vous reconnais. Maintenant, nous pouvons vous remercier. Nous avons eu beaucoup de chance ! Ils sont si nombreux ceux dont on ne sait pas ce qu'ils sont devenus, s'ils sont encore en vie, ou... Oui, nous pouvons vous remercier ! Vous allez rester dîner avec nous, qu'est-ce que tu en dis, Samuel ?

Irène embrassa Ginette, sans attendre la réaction de Samuel.

— C'est votre femme ? Elle est ravissante ! Je vous souhaite tout le bonheur possible. Et des enfants, de beaux enfants. S'il vous plaît : restez dîner ! C'est d'accord ? Nous lui devons la vie, Samuel ! répéta Irène, tournée vers son mari qui restait muet.

Et ils se regardaient, maintenant silencieux tous les deux, avant que Samuel ne finisse par lancer :

— Irène ! Arrête avec cette invitation ridicule ! Inspecteur, je vous remercie de nous avoir prévenus, ma famille et moi.

« Ce jeune homme et sa fiancée ne sont pas venus pour dîner, Irène. Monsieur est venu m'arrêter. Et comme c'est un spectacle délicat, celui de l'arrestation d'un homme, il a l'attention touchante d'en faire

243

bénéficier Mademoiselle. Voilà ! Une très belle fin de samedi après-midi.

« Et toi, tu veux le retenir à souper… Tu mettras les petits plats dans les grands, comme on dit ici. La vaisselle de cérémonie. Enfin, celle qui n'a pas été brisée par ceux qui occupaient la boutique et l'appartement quand je suis rentré. Ou peut-être vendue.

— Je suis navré de vous demander ça, madame, mais ça simplifiera bien des choses. Pouvez-vous nous dire à quelle date votre mari a regagné Paris ?

— Je ne me rappelle plus exactement. Vers la fin octobre ? Peut-être tout début novembre ?

Irène avançait les dates d'une voix hésitante, guettant les réactions de Samuel sur son visage.

— Fin octobre, je dirais… mais c'est loin.

— Alors, ça pourrait correspondre.

— Mais quoi ? Qu'est-ce qui pourrait correspondre ? De quoi parle-t-il, Samuel ?

— D'un meurtre, madame ! Un meurtre qu'aurait pu commettre votre mari, fin octobre, début novembre. J'ai découvert, il y a environ un mois, un corps enseveli dans des ruines sur le secteur de notre commissariat, et il s'avère que ce corps correspond à celui d'un homme retrouvé mort d'une balle dans votre boutique. Je cherche à savoir quel rôle a joué votre époux dans cette histoire. A-t-il tué cet homme ? Le meurtre était-il prémédité ? Cela peut changer bien des choses… Possédez-vous une arme à feu ?

— Un pistolet automatique. J'ai un permis que m'a obtenu pendant la drôle de guerre Jules Maldes, le commissaire du XIe. Je suis tout ce qu'il y a en règle !

— En tout cas, vous avez à l'évidence de bons rapports avec le commissaire. Lorsque je l'ai informé de mon enquête et que je l'ai interrogé sur une possible disparition dans son secteur, il a dit n'être au courant de rien. Curieux, cette ignorance.

« Mais cet homme, ce cadavre qu'on a transporté, selon un témoin, de votre boutique à l'endroit où je l'ai découvert, il a bien fallu qu'il soit abattu ! Et pas par un rôdeur, pas par un type qui passait dans la rue et qui est reparti aussitôt ! Comment pouvez-vous expliquer cette affaire ?

— Je pourrais avancer des hypothèses. Tenez, par exemple, imaginez un homme rentrant chez lui après une absence assez longue. Imaginez aussi qu'il soit parti pour une raison indépendante de sa volonté. On l'a forcé à partir. Il n'était plus le bienvenu dans la ville où se trouve sa maison, on ne voulait plus de lui dans cette ville à ce moment… ou n'importe quelle raison possible… Donc il rentre dans la maison dont il est propriétaire, sa maison, après cette longue absence, et il y trouve un inconnu qui s'y est installé, un parfait étranger. Et ce parfait étranger prétend – tout de suite, dès la première question, dès le premier étonnement – qu'il est chez lui. Qu'il est maintenant chez lui, depuis des années, deux ans… Les temps ont changé. La vie n'est plus ce qu'elle était et les règles aussi ont changé.

« D'abord, qui est cet homme qui prétend être propriétaire de cette maison, de cette boutique ou de cet appartement ? Qu'est-ce qui lui prouve à lui, qui est maintenant installé depuis deux, trois ans ou plus dans cet appartement, dans cette maison, dans cette boutique, que l'homme qui est de retour est bien le propriétaire légitime ? Rien ! Est-ce que l'homme qui revient a gardé les papiers prouvant ses prétentions ? Certainement pas ! Est-ce que l'homme qui revient n'a jamais entendu parler des biens aryanisés ? Des biens qui appartenaient aux indésirables, des immeubles que les autorités ont confisqués et ont mis en vente ?

« Il existe un syndicat qui défend les droits des propriétaires de biens aryanisés. Il existe. Ou l'on ne va pas tarder à le créer, ce syndicat de défense ! Parce que les Français de souche ont tout de même des droits à faire valoir ! Et quand ils ont acheté un bien, justement cette maison, cet appartement, qu'ils l'ont acheté avec du bon argent, il faut bien qu'on leur garantisse leur propriété !

« Alors, imaginez qu'un bonhomme à tête de fouine vous dise, enfin, dise à l'homme qui revient de cet exil et qui retrouve sa maison que celle-ci n'est plus sa maison, avec ce parfait étranger à l'intelligence épaisse qui se campe, les mains sur les hanches, son museau pointu levé vers vous, l'air bravache d'un qui est dans son bon droit, qu'est-ce que vous feriez, vous ?

« Vous, l'inspecteur…

Samuel fixait Maurice, debout, face à lui. Maurice avait écouté le récit sans l'interrompre, d'un mot ou d'un geste.

— Je ne sais pas. Vraiment, je ne sais pas comment j'aurais réagi…

Maurice essayait d'évoquer une semblable situation, le pavillon de l'avenue Pierre-Larousse, Réjane et lui, placés dans des circonstances analogues. Quelle aurait été sa réaction ?

— Mais vous, qu'avez-vous fait ? lança-t-il à Samuel qui l'observait.

— Je ne parle pas de moi. J'imagine toujours des hypothèses. Mais s'il s'était agi de moi, je veux dire, placé dans un tel guêpier, il me semble que j'aurais ordonné à ce bonhomme de sortir tout de suite de ma maison. Ce parfait étranger, je lui aurais donné quelques minutes pour sortir.

« Oui, je lui aurais donné très peu de temps pour sortir de cette maison qui n'était pas la sienne. Bien sûr ! J'aurais agi de la sorte.

— Et s'il avait refusé ? S'il avait parlé d'appeler les flics ?

— L'exilé a toujours eu d'excellents rapports avec la police. Depuis que son frère, capitaine dans l'armée américaine, est à Paris, ces rapports se sont même améliorés grâce à quelques coups de main que l'exilé peut rendre en profitant de détournements mineurs dans les stocks de l'armée US. Oh ! Pas grand-chose ! Des pneus, de l'essence. Tout fait défaut... vous savez bien.

— Il aurait donc refusé ?

— Certainement. Une intelligence épaisse, comme je l'imagine, ne peut pas comprendre à quel moment il convient de s'arrêter, de ne plus s'obstiner. Admettre sa défaite n'est pas aisé. C'est probablement comme ça que toute cette histoire s'est finie.

« Il est même très possible que le vrai propriétaire ait voulu expliquer son geste, ce coup de revolver, car il a dû y avoir un coup de feu tiré contre le récalcitrant, en démontrant qu'il n'exerçait qu'une juste vengeance contre un probable partisan des nazis, contre un collaborateur évident des occupants ou des maréchalistes, en peignant avec un fond de peinture noire la main droite du « coucou » qui était venu pondre dans ce nid volé. La punition d'un fasciste qui ne saluera plus, bras et main dressés. On peut imaginer toute cette histoire comme ça.

— Mais il existe une loi pour la restitution des biens des rescapés !...

— Une ordonnance du gouvernement, pas une loi. L'ordonnance a été prise le 14 novembre 1944. À la date que vous indiquez, vers la fin octobre, elle n'existait pas encore. Vous voyez ? La fatalité. Une sale fatalité.

« D'abord, les parents expulsés de chez eux et abattus comme des chiens d'une balle dans la nuque, ensevelis dans une fosse commune par là-haut dans le nord de l'Europe, ensuite la rencontre entre l'exilé et cet homme obstiné qui ne voulait rien comprendre.

« Le vent de l'histoire, la fatalité ; tout ça, c'est un peu du pareil au même. Vous ne pensez pas ? Vous êtes encore un tout jeune homme… cependant, vous devez comprendre, n'est-ce pas ?

Il était trop tard pour la dernière séance de cinéma place Clichy.

Quand Maurice et Ginette regagnèrent la place Voltaire, il n'y avait plus que quelques silhouettes qui se pressaient en direction de la bouche du métro-politain.

— … de toute façon, mon patron sera averti de ma démarche par son collègue du XIe. On ne parlera certainement plus de ce zèbre qu'on est allé déterrer bêtement dans les ruines où il avait trouvé son dernier logis… Tout ça parce que des gosses ont bravé l'interdiction des parents. Pourtant, on le dit bien dans les journaux que des gamins sautent chaque jour sur des mines ou des bombes qui n'ont pas explosé en jouant dans les bâtiments bombardés.

— Demain. On pourra y aller demain si tu y tiens, suggéra Ginette en se serrant contre Maurice pour se protéger du vent qui soufflait en plein sur la place.

— Aller où ?

— Voir *Carmen* ! C'est toi qui en parlais comme si tu avais une envie folle de le voir.

— Folle ? Non, on ne peut pas dire… C'était juste une suggestion.

À proximité de la station de métro, un vendeur brandissait une feuille imprimée vers les passants qui gagnaient la chaleur du sous-sol ; sur l'autre bras reposait la pile d'exemplaires qui lui restait. Il criait :

— Demandez *L'Aurore* ! Demandez *France-Soir* ! Demandez la presse !... Un tapis de bombes sur le Reich ! Un tapis de bombes ! 2 000 avions alliés ont pilonné les centres vitaux ennemis ! 70 000 morts à Dresde après les bombardements alliés ! Les Américains auraient employé un nouveau de type de bombe incendiaire ! Une émeute à Dijon ! L'ancien commissaire de la ville a été lynché par la foule qui a enfoncé les grilles de la prison ! Le cadavre a été traîné dans les rues de Dijon avant d'être accroché aux grilles de l'hôtel de ville !... Demandez la presse ! Demandez *France-Soir* ! Demandez *L'Aurore* ! Un tapis...

Maurice chercha une pièce dans son pardessus.

— *L'Aurore* ? *France-Soir* ?

De l'autre côté de la bouche de la station, un vieux, emmitouflé dans des couches de vêtements superposés, se réchauffait les mains au-dessus d'un brasero.

— Chauds, les marrons ! Chauds ! Tout chauds ! Un cornet, mademoiselle ? Un cornet de marrons bien chauds ! Saleté de vent ! Le monsieur va bien offrir un cornet à la jolie demoiselle ! Alors ?

— C'est combien ?

— 10 francs le cornet ! 10 francs seulement ! 10 francs de chaleur dans le bec, c'est donné !

Le lendemain, en ce dimanche 16 février 1945, on annonçait le dégel et une probable aggravation de la crue de la Seine.

Composé par Nord Compo Multimédia
7, rue de Fives, 59650 Villeneuve-d'Ascq

Impression réalisée par

BRODARD & TAUPIN

La Flèche (Sarthe), 61542
N° d'édition : 4333
Dépôt légal : janvier 2011

X05108/01

Imprimé en France